Le violon de Leonardo

L'incroyable voyage d'un violon Gagliano

www.editions-spinelle.com

Eliane Keramidas

Le violon de Leonardo

L'incroyable voyage d'un violon Gagliano

Roman

ÉDITIONS SPINELLE

ISBN : 978-2-37827-378-1

A Olivier.

« Sans la musique, la vie serait une erreur »
Nietzsche

Chapitre I : Leonardo GAGLIANO

1760 : Ce soir Leonardo est heureux. Dans quelques jours, le cardinal PIGNATELLI, prince de TERRANOVA, recevra des artistes dans son palais de NAPLES et Leonardo a été invité. Le comte SPERANZA s'est déplacé en personne pour lui faire part de cette nouvelle et le jeune homme croit rêver. Lui, le fils de paysan calabrais élevé à Naples par un oncle luthier. Lui, l'enfant de la balle qui n'a connu que les trottoirs mal famés de la cité napolitaine. Lui, le gosse misérable à qui des pères célestins ont enseigné la lecture des partitions et la pratique des instruments de musique dans un couvent austère. Lui, Leonardo GAGLIANO, musicien troubadour et fauché, est convié à participer à une représentation musicale dans un palais princier.

A l'annonce de cette nouvelle qui l'a bouleversé, un sentiment de joie et de fierté, mêlé de panique, s'est emparé de son corps, paralysant son souffle, bousculant son esprit. Depuis son enfance, auprès de son oncle Nicolo, il a vécu dans l'atmosphère désordonnée et rassurante d'un atelier de lutherie. Il a grandi dans le fouillis des outils, des cordes, des boutons, des chevilles. Respiré les odeurs de colle, de vernis. Observé des ouvriers consciencieux penchés sur les archets, les caressant de leurs mains expertes. S'est enivré des essences de sapin et d'érable, de tilleul, d'hêtre, de peuplier ou de noyer. A découvert tous les secrets de ce lieu magique où les sons naissent et s'envolent en mouvements ondulatoires, graves ou aigus, lents ou intenses. Où l'homme, tendu vers l'instrument, n'entend plus que ses vibrations. Chaque jour Leonardo s'est nourri de ces sons. Nicolo lui a expliqué, jour après jour, que pour bien jouer de la musique, il faut jouer avec son âme. Qu'on ne devient pas artiste mais que l'on *nait* artiste parce que l'on porte la musique dans son cœur. Qu'il faut cependant beaucoup de travail pour atteindre la perfection, ce mariage absolu entre la technique et la beauté.

Durant toutes ces années, le cœur de Leonardo a battu au rythme des luths, des mandolines, des violoncelles. Et un jour l'apprenti est devenu ouvrier. Il a vu se transformer sous ses doigts des chevalets, des baguettes, des caisses de résonance, des tables d'harmonie. Il a manipulé des barres, des éclisses, des filets, des tasseaux.

– Un violon GAGLIANO qui porte notre nom doit être parfait, lui disait Nicolo, en lui livrant le secret de chaque pièce. En lui expliquant longuement que chaque violon est unique. Que l'art d'assembler les multiples pièces de l'instrument, de les façonner, constitue une alchimie qui différencie un violon ordinaire d'un grand violon. Il portera ensuite la marque indélébile de celui qui lui a donné naissance.

Nicolo lui a raconté l'histoire des plus grands luthiers qui par un travail minutieux de longue haleine, durant toute leur vie, ont fait évoluer l'âme du violon et porté les sons à un tel sommet, une telle puissance, que leur magie est devenue un mystère.

– On peut être un excellent luthier sans être un grand violoniste, ajoutait Nicolo, mais toi tu possèdes déjà la musique et tu es un bon ouvrier.

Leonardo jubilait à l'idée de construire un jour son premier instrument. Il avait observé durant des années le travail de ses oncles. Il en connaissait tous les outils, les bois, les astuces. Il savait qu'au-delà des connaissances techniques il lui fallait *de l'oreille et de l'instinct*.

Au fil des années, de nombreux artistes s'adressèrent directement à *l'assistant* Leonardo, lui confiant leurs instruments comme on confie des corps souffrants à des doigts experts pour les sauver. Il écoutait les bruits de leur thorax, le souffle de leurs bronches. Puis un jour, sous ses rabots, ses compas, ses limes, il a vu naitre son premier violon et entendu son premier cri. Il s'est alors saisi de l'archet pour l'apprivoiser. Le guider. Donner à ses accents un mystère, une ampleur et une saisissante majesté. L'âme du violon s'est mise à rythmer avec son cœur.

— Je suis fier de mon élève, lui dit Nicolo. Tu viens de mettre ton premier enfant au monde, d'autres suivront peut-être mais celui-là ne ressemblera jamais aux autres. Parce qu'il est l'aboutissement d'une quête. Celle de l'harmonie, de la perfection. Celle de ta passion pour la musique.

D'année en année Nicolo l'observait :

— Cet enfant a des dons exceptionnels, disait-il à son frère Gennaro. Il ira loin, très loin. Il est doté d'un incroyable instinct, d'une extraordinaire mémoire. Les notes s'impriment dans son cerveau dés qu'il les entend. Les partitions sont dans sa tête. Il domine la musique. Il y a dans son jeu quelque chose d'inexplicable, d'impénétrable, une force singulière dont il possède seul le secret.

Ce soir l'heure est venue pour l'élève de quitter le maître. L'invitation apportée par le comte SPERANZA est autant une grande joie qu'une profonde préoccupation pour Nicolo. Il n'ignore pas que dans sa famille GAGLIANO l'univers musical s'est substitué au monde paysan. Que l'on en vit de père en fils depuis deux générations. Mais il sait aussi que le génie a besoin d'espace pour s'exprimer. Et que les murs de son atelier de lutherie seraient une terrible prison pour un talent exceptionnel s'il ne pouvait se déployer.

— La Cour de Naples, dit-il à Leonardo, depuis l'aube de ce dix huitième siècle qui t'a vu naitre, est le lieu de rendez-vous des intellectuels et des artistes. Le paradis de la musique, du théâtre, du luxe, des plaisirs. Une ouverture sur le monde dans cette magnifique baie longeant la mer sous le regard sombre du Vésuve.

Nicolo aime raconter à son neveu comment sa ville a atteint un tel prestige :

– Depuis le départ des Habsbourg et l'avènement du roi CARLO, lui dit-il, le royaume de Naples est devenu le plus prestigieux état italien. Un lieu incontournable, un passage obligé pour la créativité, l'intelligence et le faste. L'illustre famille PIGNATELLI a vu se succéder princes, vice-rois, marquis, cardinaux, archevêques, ducs, barons, grands d'Espagne, tous conseillers du roi et à son service, exerçant de hautes responsabilités civiles ou militaires et détenteurs par leurs fonctions d'immenses pouvoirs et de grandes fortunes.

Le luthier a toujours su cependant qu'un artiste sans mécène est un être misérable. Que seuls la noblesse et le clergé détiennent le pouvoir de reconnaitre le talent et d'encourager la création. Et ce soir la porte d'une noble lignée s'ouvre sur l'innocence et le génie de Leonardo. Nicolo comprend que le chemin de son neveu vient de se tracer.

X

Le père de Leonardo vivait dans une grande misère au cœur de la campagne calabraise où la malnutrition et les épidémies décimaient les familles de paysans. Des dix enfants mis au monde par son épouse, seuls trois d'entre eux avaient survécu. Deux filles et un garçon. Pour soustraire son fils à une effroyable pauvreté, il avait un jour décidé de le confier à des membres de sa famille GAGLIANO, deux frères prénommés Nicolo et Gennaro, qui avaient hérité de l'entreprise de lutherie de leur père à NAPLES.

Nicolo, l'aîné, un homme doux et bon, accepta l'enfant

et lui voua une profonde affection. Il l'éleva avec ses quatre fils. Leonardo fut ainsi, dés son plus jeune âge, éloigné d'une tradition de dénuement et de misère résultant de la tyrannie exercée depuis des siècles par des envahisseurs étrangers sur le monde rural dans de nombreuses régions d'Italie et notamment dans le Sud.

Des années étaient passées depuis que le jeune garçon alors âgé de cinq ans, lui avait été confié et Nicolo s'était attaché à cet enfant qui très tôt avait manifesté un grand intérêt pour le travail de lutherie, toujours prêt à aider les apprentis, transporter les outils, accrocher à des cordes les violons aux vernis encore frais, s'intéresser aux violes de gambe, violoncelles, luths et mandolines. Et poser mille questions. La curiosité de Leonardo n'avait jamais cessé d'émouvoir Nicolo qui avec une infinie patience lui faisait partager son amour pour les instruments, lui apprenant à distinguer la contrebasse de la grande basse, la basse ou le dessus de viole, l'initiant au violoncelle, au violon alto ou à la viole d'amour. Dans l'antre sombre de cet espace magique, Leonardo se nourrissait des conseils de celui qu'il avait toujours appelé *zio Nicolo*. Il grandissait dans cet univers.

Alors que son protégé était âgé d'une dizaine d'années, Nicolo avait reçu un jour la visite d'un religieux, le père Paolo, qui lui avait proposé d'accueillir l'enfant dans un couvent de pères célestins où de nombreux orphelins ainsi que des gosses de milieux indigents recevaient gratuitement un enseignement scolaire, religieux et musical jusqu'à leur majorité.

– Nous ne pouvons laisser ces enfants mendier ou trainer dans les rues de Naples, avait indiqué l'ecclésiastique. Au couvent ils sont soignés, éduqués et pour tous ceux qui ont des aptitudes musicales, une véritable formation leur est dispensée par des maîtres de chapelle, des musiciens illustres dans un environnement approprié de bibliothèques, de partitions, d'instruments mis à leur disposition pour les préparer à une vie à la fois religieuse et artistique.

Nicolo avait compris que les multitudes d'églises, de monastères et de couvents qui fleurissaient dans la ville de Naples devaient produire un nombre important de disciples pour maintenir une communauté religieuse et que le père Paolo avait une mission bien précise, former de futurs ecclésiastiques et des maitres de musique pour conduire les fidèles dans la foi chrétienne. Cependant il ne souhaitait pas enfermer l'enfant dans ce monde clos. En outre Leonardo n'était ni mendiant ni indigent bien que pauvre et Nicolo refusait de se séparer de ce gosse dont il avait toutefois expérimenté le penchant indéniable pour la musique. Le religieux avait renouvelé son offre à plusieurs reprises et le luthier avait fini par accepter.

— Nous pouvons le recevoir en externat, avait indiqué le père Paolo, seuls les enfants abandonnés ou soumis à la mendicité sont accueillis au pensionnat mais beaucoup de petits napolitains de familles honnêtes sont admis dans notre institution deux ou trois jours par semaine. Nous leur apprenons à lire et écrire et ils suivent aussi une instruction musicale donnée par quatre maitres de piano, chant, violon ou violoncelle. S'ils excellent dans leur art, ils participent ensuite sous notre contrôle à des concerts dans des églises, des fêtes religieuses, des évènements importants comme des naissances royales, des messes mortuaires ou des concerts privés. A leur majorité, ils peuvent transmettre leur art à leur tour

— Et votre protégé, formé au métier de lutherie, aura la possibilité d'enseigner plus tard la musique sur vos magnifiques violons GAGLIANO, avait ajouté le père Paolo avec un brin d'humour.

C'est ainsi que Leonardo prit l'habitude de se rendre trois fois par semaine au couvent des capucins, à quelques ruelles de l'atelier, pour préparer son avenir. Il suivait l'enseignement que lui dispensaient ses maitres avec sérieux et ne refusait jamais de se produire devant des ecclésiastiques, de servir la messe ou de suivre une procession. Vêtu d'une aube blanche, tenant un cierge trop lourd pour ses jeunes épaules, il suivait avec les pères les longues files de fidèles qui accompagnaient le char coloré transportant un Saint jusqu'à son autel les jours de fête. Cependant le concert, la procession ou l'office terminé, il était pressé de retrouver la liberté et l'atelier de son oncle.

Nicolo le voyait évoluer de façon étonnante. Il surprenait parfois l'adolescent exécutant des arpèges que personne ne lui avait appris. Il comprit très vite que Leonardo était habité par la musique et qu'il fallait laisser son talent s'exprimer.

X

Depuis que son père l'avait confié à *l'oncle Nicolo*, Leonardo vivait dans un univers merveilleux, hors des réalités d'une Italie morcelée, longtemps dominée par des oppresseurs venus d'ailleurs. Il rêvait d'un avenir léger, loin de ces paysans ignorants et résignés qui n'avaient jamais quitté leur campagne pour une vie meilleure. Qui ne connaissaient que leur terre ingrate et n'avaient jamais tourné leur regard vers un autre horizon. Très vite il avait compris qu'il ne voulait pas de l'enfer d'un destin borné. Il aspirait à vivre libre et n'était habité que par une passion. La musique.

Un soir Nicolo lui parla de son pays. Il lui expliqua que le royaume de Naples était un vaste territoire qui avait longtemps été gouverné par l'Autriche.

— C'est le plus grand et le plus beau royaume d'Italie que le monde entier se dispute depuis des millénaires, lui dit-il. Il recouvre plusieurs provinces, la Calabre, les Pouilles, la Campanie, les Abruzzes, Basilicate, Molise et se prolonge par la Sicile. Cette botte pointue et arrogante, flanquée de son île au Sud, plantée comme un drapeau au cœur de la Méditerranée, est prête à frapper d'un violent coup de pied quiconque se hasarderait à vouloir encore l'humilier.

– A la fin du siècle dernier, poursuivit Nicolo, l'Empire d'Espagne possédait de nombreux territoires en Italie. Lorsque Charles II de Habsbourg, roi d'Espagne, malade et stérile, s'est éteint sans descendance, la France des Bourbons et l'Autriche des Habsbourg se sont disputé la succession. La France s'est imposée et Philippe V, duc d'Anjou, a été proclamé roi d'Espagne. Ce qui a fait basculer les Etats européens dans la guerre. C'est le traité d'UTRECHT en 1713, devant la souffrance des peuples écrasés d'impôts dans une Europe ruinée économiquement, qui a mis fin aux conflits après des années de combat. Philippe V conservait la couronne d'Espagne mais devait renoncer définitivement au trône de France. Il a été contraint de céder un grand nombre de ses territoires italiens. Le royaume de Naples devint autrichien et la Sicile fut livrée à la Savoie qui la céda ensuite à l'Autriche en échange de la Sardaigne. Ainsi dés le début du dix huitième siècle le royaume de Naples et la Sicile devinrent autrichiens, gérés par des vices rois.

– Mais nous ne sommes plus autrichiens ! S'étonna Leonardo.

– Après la mort de son épouse, Marie Louise Gabrielle de Savoie, dit Nicolo, Philippe V s'unit en seconde noces avec Elisabeth FARNESE, héritière des Médicis, italienne ambitieuse et autoritaire dont l'idée fixe était la restitution à l'Espagne des territoires italiens. En 1716, elle donna naissance à un garçon, Charles. Déterminée à ce que son fils devienne le monarque des royaumes d'Italie, elle finit par obtenir de l'Autriche la reconnaissance des droits dynastiques de Charles sur toutes les provinces italiennes précédemment occupées par l'Espagne. En contrepartie, le jeune garçon devenu le roi CARLO serait exclu de ses droits sur la couronne d'Espagne au profit de ses trois demi-frères issus du premier mariage de Philippe V.

-Lorsque le frère d'Elisabeth, Antoine FARNESE, duc de Parme et de Plaisance, mourut sans héritier, la reine d'Espagne vit son rêve se réaliser. Son fils Carlo règnerait en Italie. A seize ans, Carlo quitta l'Espagne et fit une entrée triomphale à FLORENCE puis à PARME où de nombreuses festivités furent organisées pour l'accueillir.

– A dix huit ans, déterminé à conquérir les royaumes de Naples et de Sicile, Carlo reçut les clefs de NAPLES et pénétra sur son cheval, en vainqueur, dans la ville illuminée. L'archevêque PIGNATELLI le bénit devant un peuple survolté qui acclama son roi comme un saint venu l'arracher de la malédiction. Ce jour-là le sang de San GENNARO, le saint patron de la ville, se liquéfia. Pour les napolitains, ce miracle était le signe que leur destin venait de basculer. Ce jeune monarque était leur sauveur. Quelques mois plus tard, Carlo traversa la mer pour se rendre à PALERME où il fut couronné roi de Sicile au sein de la cathédrale, alors même que plusieurs villes étaient toujours sous domination autrichienne. Peu de temps après, les Habsbourg renonçaient aux royaumes de Naples et de Sicile.

Leonardo écoute son oncle parler du roi Carlo. Nicolo ne cache pas l'affection qu'il a nourrie pour ce monarque.

— Lorsqu'il est arrivé d'Espagne, tu venais de voir le jour, lui dit-il. Sa popularité n'a jamais cessé de croitre avec l'amour de ses sujets. C'était un homme éclairé, esthète et amoureux des arts qui a toujours été soucieux d'embellir son royaume. Durant son règne, il a agrandi le Palais Royal, construit le théâtre San Carlo et bien d'autres joyaux, des musées, des bibliothèques, des universités, des hospices, créé des fabriques de porcelaine, embauché les meilleurs architectes, bâti plusieurs palais, PORTICI, CAPODIMONTE et surtout le somptueux Palais de CASERTE dont il a fait sa résidence au pied du Vésuve mais loin des dangers du volcan.

Nicolo relate également comment le roi Carlo a entrepris les fouilles de POMPEI et HERCULANUM, enfouies sous les cendres depuis la tragique éruption de 79.

— Il a encouragé les talents, les artistes et fait une grande place à la musique, dit-il. Aujourd'hui le violon exulte. Il a détrôné le clavecin et la harpe qui occupaient une place majeure à la cour. La musique de MONTEVERDI, LULLI, VIVALDI, RAMEAU, celle de l'époque baroque a vu apparaitre des compositeurs classiques.

— A la mort de son dernier frère décédé sans héritier, Carlo, devenu roi d'Espagne sous le nom de Charles III, a du quitter avec regret ses royaumes italiens, laissant à Naples son fils FERDINAND, âgé seulement de huit ans, dit Nicolo. Le bon roi Carlo a confié ce gosse à son plus fidèle ministre, un certain TANUCCI, qui avait pour mission de se conformer strictement à ses instructions pour gouverner.

— Ferdinand a été placé sous la tutelle d'un précepteur qui n'avait ni le talent ni le désir d'éduquer un jeune roi, poursuit Nicolo. Il est devenu un enfant de la balle, un roi sans famille livré à lui-même dans cette ville de Naples où il est né. Il est cependant très aimé des napolitains parce que c'est un enfant du pays. Il est grand, maigre, les yeux globuleux, affublé d'un nez bourbonien démesuré qui lui a valu le surnom de *nasone*. Il a passé son temps dans la rue avec les *lazzaroni*. Il a côtoyé toute la populace des bas fonds de la ville, les domestiques, les cochers, les laquais, les indigents. Il parle patois, s'habille et se coiffe comme un va nu pieds, fréquente les bouges, les femmes de petite vertu. Il recherche peut-être chez ces gens modestes la famille et l'affection dont il a été privé, enfant. Il rejette la froideur d'un palais royal qui a représenté pour lui une immense solitude.

-Investi de ses fonctions depuis sa majorité, Ferdinand s'est toutefois comporté en monarque intelligent et humain. Malgré sa mauvaise éducation, il est à l'aise dans tous les milieux, qu'ils soient nobles ou miséreux. Il reconnait le mérite et la vertu des êtres éclairés mais n'éprouve aucun mépris pour les gueux.

-La rumeur prétend qu'il doit épouser une archiduchesse, une fille de MARIE THERESE, l'impératrice d'Autriche. Selon la tradition, le couple royal vivra à Naples et le royaume de Sicile continuera à être gouverné par des vice-rois. C'est la raison pour laquelle la Sicile est actuellement administrée par la famille PIGNATELLI.

Nicolo ne doute pas que le talent de Leonardo pourra un jour s'exprimer sur cette terre italienne propice à la créativité et au génie, mais il n'ignore pas que le milieu religieux exerce un véritable pouvoir sur le monde musical. Il sait aussi que Leonardo n'a pas de vocation pour la voie ecclésiastique et qu'il devra se frayer un chemin dans un autre univers. Celui des nobles. Le luthier n'est pas dupe de la misère des musiciens, de leur difficulté à être reconnus par une aristocratie souveraine dont ils sont les serviteurs, quelle que soit l'étendue de leur talent. Et ce soir il mesure les difficultés qui attendent Leonardo dans ce milieu dur où la toute puissance écrase les artistes. Où l'imaginaire, le rêve, la créativité sont à la merci de l'autorité. Un monde où les génies sont au service d'une noblesse parfois inculte et méprisante. Nicolo sait bien que la musique est un privilège réservé à la famille royale et à sa cour. Que toute personne issue de la noblesse ou de la grande bourgeoisie a sa *chapelle,* ses concerts privés et ses musiciens, ces *maîtres* à qui sont confiés les enfants de cet univers clos dés leur plus jeune âge. Et qu'ainsi le goût et la pratique de la musique ne peuvent s'acquérir que dans des milieux fermés, loin du peuple.

X

Ce soir Nicolo comprend que Leonardo va prendre son envol dans un monde inconnu, étranger à son histoire familiale. Un monde féroce, impitoyable, qui peut l'humilier, le broyer. Il sait pourtant que son protégé possède une richesse qui est une véritable protection. Son immense talent.

Il observe Leonardo. Depuis que le comte SPERANZA a apporté l'invitation du prince PIGNATELLI, le jeune homme est fébrile. Il pense à Anna à qui il est impatient d'annoncer la nouvelle. Anna qui était entrée un matin d'hiver dans l'atelier de lutherie, accompagnée de son père, pour faire accorder sa mandoline. Leonardo n'avait vu que ses yeux bleu lavande sous sa petite coiffe encombrée de rubans et ses boucles blondes encadrant un visage de madone. Il avait contemplé longtemps les doigts menus pinçant les cordes pour trouver les accords. Lorsqu'il lui avait tendu un bec de plume, elle avait souri, d'un sourire innocent et joyeux. Et la lumière avait éclairé la pièce comme un matin d'été.

Le père d'Anna était musicien. Violoniste et organiste d'église dans la cité napolitaine. Il éduquait ses enfants dans une tradition bourgeoise et religieuse, les initiant à l'art et la musique, exerçant sur eux son autorité et les préparant à affronter le monde hostile de la noblesse. Anna, enveloppée dans sa cape de laine mauve bordée de soie rose était apparue comme un mirage dans ce lieu obscur, encombré et poussiéreux. Lorsque Leonardo avait pris possession de l'instrument, la jeune fille l'avait observé longuement, baissant légèrement la tête pour masquer le rose de ses joues. Leonardo avait réglé minutieusement les cordes et lui avait tendu la mandoline sans un mot pour l'inviter à jouer. Anna avait alors esquissé quelques notes d'une sonate de Scarlatti devant l'air satisfait de son père.

Lorsqu'elle s'était dirigée vers la sortie, Leonardo se disait :

— Si elle se retourne, je suis certain de la revoir.

Elle s'était retournée, lui avait souri et tout le jour le jeune homme avait joué sur son violon la sonate de Scarlatti avec une fougue qui n'avait pas échappé à Nicolo. L'amour était entré dans son atelier avec la jeune fille à la mandoline.

Leonardo avait erré tous les soirs dans les rues de Naples, à l'heure des vêpres, dans l'espoir de rencontrer Anna. Il entrait dans chaque église, cherchant dans l'assistance la silhouette de sa muse. Il longeait la nef jusqu'au chœur d'un pas lent et s'émerveillait devant les riches décorations intérieures, les dorures, les voutes, les fresques, les chaires de marbre sculptées, les pilastres. Puis il s'agenouillait devant le christ en croix, se signait et poursuivait sa quête de ruelle en ruelle. Longeant le Palazzo Reale jusqu'au Castel Nuovo, passant du Decumano Maggiore au Castel Capuano, il contemplait les coupoles, les dômes, les façades de chaque lieu de prière où il pénétrait. De l'église de San Giacomo à celle du Gésù Vecchio, de Santa Chiara à San Domenico Maggiore, de Sant'Anna dei Lombardi à Santa Maria delle anime, il n'avait jamais désespéré de revoir la jeune fille.

Il trainait dans la ville et assistait, de place en place, à des manifestations populaires. Il stationnait devant les *tarentelles* pour contempler les danseuses aux costumes multicolores rythmant au son des tambourins. Il écoutait les *villanelles* chantant l'amour au coin des rues, il riait devant les *sceneggiate* de Pulcinella *et* grimaçait à la vue des *jettatore* ou des *zingari* tragiques. Le long des devantures, il observait les assemblées de joueurs prophétiques prédisant l'avenir en évoquant le pouvoir des rêves et le langage des nombres. Et partout il croisait des porteurs d'eau, des chiffonniers, des vendeurs de poulpe et des conteurs ambulants.

Leonardo aimait s'attarder devant les fabricants de *pasta.*

Il stationnait devant les ouvriers occupés à broyer le grain et pétrir la pâte qu'ils travaillaient de leurs mains avant de la couper en lamelles pour la faire sécher sur des cannes de bambou installées dans la rue. Il lui arrivait aussi de pénétrer à l'intérieur d'une cour pour admirer les charrettes colorées, discuter avec les cochers et caresser la croupe des chevaux. Il croisait parfois des enfants sales et dépenaillés, adossés à des murs gris, piétinant des ordures puantes, tendant leur main à une foule de passants indifférents et bruyants. Ils ressemblaient à ces gosses perdus qu'il avait vu arriver quelques années plus tôt dans le couvent des moines célestins. Ils trainaient leur désarroi le long des préaux et dans les couloirs sombres des réfectoires, la chevelure rasée et le regard éteint. Tristes et silencieux sous leur capuchon de bure. Parfois quelques uns partaient vers des ailleurs inconnus dont ils ne revenaient plus. Certains réapparaissaient, mutilés mais fiers de leur nouvelle voix de castrats, après avoir troqué leur intégrité physique contre une gloire funeste, une raison d'exister dans un monde qui enfin les reconnaissait. Leonardo ne regrettait pas cependant les années passées dans ce monastère. Il avait très vite gagné l'estime de ses maîtres et suivi leur enseignement avec sérieux. Il avait accepté la rigueur de la vie communautaire, le poids des rites liturgiques, la régularité des offices, le mode de vie des pères soumis aux règles monastiques et à l'autorité de leurs supérieurs, alternant travail et prière. Malgré le milieu austère dans lequel il évoluait, il avait découvert dans cette famille nouvelle le sens de la spiritualité, de l'éthique et de la discipline mais aussi la magie des notes, des compositions et des sons. Parfois, en traversant les couloirs, il s'arrêtait devant le portrait de grands musiciens, Maîtres ou élèves qui comme lui avaient foulé ces lieux. DURANTE, PORPORA, PERGOLESE, FARINELLI.

Il s'attardait devant des statues de donateurs ou d'ecclésiastiques célèbres. Il contemplait des toiles évoquant le martyre de Saint Sébastien ou la vie de Saint Benoit. Il pénétrait dans la bibliothèque pour sentir l'odeur des livres ou feuilleter des manuscrits. Puis il se glissait dans la chapelle et observait les boiseries incrustées, la vierge à l'enfant ou le christ en croix datant du quinzième siècle. Il avait aimé ce temps de la découverte, celle des grands compositeurs, de leur génie, de leur intemporalité. Celle de l'art absolu, universel. Nommé rapidement *maestrino* , il avait ensuite refusé de s'enfermer dans cet univers à la fois rude et feutré, ce piège d'une dévotion croqueuse de liberté.

A quinze ans, il avait décidé de mettre fin à cet enseignement pour échapper à l'emprise des moines. La protection de Nicolo l'avait éloigné d'un enfermement destructeur. Et son talent de violoniste lui offrait tout à coup le bonheur. L'entrée dans le monde fastueux de la musique.

Un dimanche matin, attiré par une gigantesque crèche de Noël, Leonardo pénétra dans la cathédrale. La puissance des orgues le bouleversa. Les sons se répandaient depuis le sanctuaire jusqu'aux multiples chapelles avec une force gigantesque, plongeant les fidèles dans un recueillement profond. Leonardo était fasciné par l'ornementation des plafonds à caissons dorés, la splendeur des fresques, les monuments funéraires. Et par cette musique qui se répandait dans son corps avec une telle puissance qu'il en éprouvait une intense émotion. Lorsqu'il se dirigea vers la chapelle de San Gennaro, il la vit. C'était elle. Anna, de profil, agenouillée sur un banc de prière, les mains jointes, prés d'une femme plus âgée. Il reconnut sa silhouette et sa petite coiffe posée sur les boucles blondes. Il resta immobile, longtemps. Puis elle tourna la tête et lui sourit. Le miracle de San Gennaro venait de se réaliser.

A la fin de la messe, Anna quitta la cathédrale accompagnée de ses parents. Son père, que Leonardo avait reconnu, était organiste au DUOMO. Leonardo les suivit jusqu'à leur domicile à travers les rues napolitaines, se cachant derrière les charrettes et les étals. Anna se retournait furtivement et chaque regard qu'ils échangeaient était une promesse.

Quelques jours plus tard, Nicolo accompagna son neveu au domicile du père d'Anna pour faire sa demande en mariage. L'organiste, homme de cœur, musicien, accepta. Les sentiments de sa fille ne lui avaient pas échappé. Lui qui ne vivait que pour la musique, qui en avait fait son métier, était en outre ému devant le talent de ce jeune violoniste virtuose à l'avenir prometteur. C'est ainsi que chaque dimanche Leonardo prit l'habitude d'accompagner sa fiancée à la cathédrale en compagnie de ses parents pour assister à la messe suivie du traditionnel repas de famille.

X

Durant les jours qui précédèrent l'invitation au Palais des PIGNATELLI, Nicolo parla souvent à Leonardo de la noblesse de cour qui impose sa loi aux artistes, exigeant qu'ils respectent ses goûts musicaux, souvent médiocres pour le musicien officiel réduit au rôle de serviteur au même titre qu'un valet de chambre, un cuisinier ou un palefrenier.

– Dans la maison du maître, lui expliquait-il, la musique fait partie des signes distinctifs d'une classe sociale dominante. Cette distinction s'exprime par les soirées, les concerts ou les messes organisées dans la chapelle du palais. Et le musicien attaché à cette chapelle, s'il est indispensable pour la vie de la cour, comme l'ensemble du personnel, demeure toutefois soumis aux ordres de son mécène dont il devient le courtisan. Il doit cependant être reconnaissant pour la chance qui lui est donnée d'être reconnu et d'exprimer son art en ayant la possibilité de nourrir ses enfants, de les élever dans un milieu aristocratique, de les soustraire à la misère.

– Cette invitation au palais PIGNATELLI est ta chance

de pénétrer dans ce monde de la noblesse et de trouver un mécène qui te permettra de vivre de ton talent, précisait Nicolo. Si tu es invité à jouer, joue sans hésiter. Tu possèdes un don exceptionnel auquel une oreille attentive ne pourra pas résister.

Quelques jours avant la date officielle, Nicolo conduisit Leonardo chez un tailleur de sa connaissance afin qu'il lui couse un habit pour la circonstance. Chaque soir, il lui donnait des conseils judicieux pour la conduite à tenir devant une assemblée prestigieuse. Et Anna suppliait son père, organiste de la cathédrale, invité à cette soirée, de l'emmener avec lui.

X

Ce soir tant attendu, Leonardo quitte le domicile de Nicolo à pied pour traverser les rues enneigées de Naples jusqu'au palais PIGNATELLI. Ses chaussures neuves glissent sur la chaussée. Le vent souffle si fort qu'il doit à plusieurs reprises retenir l'étrange chapeau dont on l'a affublé sans quitter son précieux violon qu'il presse contre sa poitrine. Dans sa tête, des partitions de HAYDN, BACH, VIVALDI, GLUCK, PERGOLESE, tourbillonnent comme les flocons qui glacent son visage. Le chemin qu'il doit parcourir lui parait interminable. Lorsqu'il passe enfin devant l'église Santa Chiara et traverse la piazza San Dominico Maggiore, il aperçoit le Palais. Il franchit le seuil de la somptueuse demeure. Des hommes en jaquette l'accueillent devant un porche gigantesque et lui font traverser la cour d'honneur avant de le faire pénétrer dans un luxueux salon où attendent des convives. Le jeune homme fait ses premiers pas dans un univers qui lui est totalement inconnu. Il marche vers la célébrité et il l'ignore. Anna et son père l'ont précédé en carrosse.

L'orchestre est installé au milieu de l'assistance et se compose d'un violoncelle, de deux violons dont un violon alto, et d'une viole de gambe. Leonardo prend place dans l'assemblée, non loin d'Anna. Pour freiner son impatience fébrile, il parcourt longuement du regard les décors luxueux qui l'entourent. Des dorures imposantes se reflètent dans les volumineux lustres de cristal. Des fresques recouvrent les hauts plafonds de personnages de légende. Un mobilier précieux semble attendre des hôtes prestigieux. Et le comte SPERANZA entre tout à coup dans la pièce accompagné d'un cortège d'hommes en habits pourpres et violets entourant le maître du palais, son altesse sérénissime le prince PIGNATELLI. L'assistance se lève et chacun s'incline pour saluer le prince. Lorsqu'il prend place devant l'orchestre, au premier rang, un maître de musique invite les musiciens à jouer. Un concerto pour violons de HAENDEL précède une sonate de GEMIGNANI et un quatuor à cordes de HAYDN. Le public applaudit. Le comte SPERANZA se penche alors et parle à son hôte princier. Il se tourne vers Leonardo, l'invite à s'approcher de l'orchestre avec son violon et le miracle a lieu. Le jeune homme et son instrument fusionnent dans une ambiance irréelle, une émotion intense, occupant l'espace avec une grâce, une puissance et un enchantement indicibles. Il joue longtemps, dans un silence imposant, faisant se succéder symphonies et sonates avec une virtuosité troublante. Lorsqu'enfin il pose son archet, des applaudissements crépitent, ponctués de bravos. Le prince PIGNATELLI reste un moment silencieux puis fait signe à Leonardo de s'approcher et le regardant droit dans les yeux prononce ce mot immense, inespéré, ce mot qui pour le jeune garçon est un honneur réservé aux plus grands, aux prophètes du monde musical : *Illustrissimo*. Leonardo baise la main tendue tandis qu'Anna essuie ses larmes.

Leonardo ignore que son nom, qui a déjà traversé plusieurs générations, n'est pas inconnu de l'aristocratie napolitaine. Les violons GAGLIANO ont déjà acquis leur titre de noblesse. Le jeune homme n'a jamais su que ce nom, porté par des comtes, barons ou marquis lors de siècles lointains, ce nom qui a trouvé son ancrage dans la présence française au XIIIème siècle lorsque les royaumes de Sicile et de Naples étaient gouvernés par Charles d'Anjou, ce nom a parcouru le temps avec la même force, avec ou sans habits nobiliaires. Leonardo ne connait pas son histoire familiale ni ce qu'il subsiste de ces blasons disparus qui lui ont légué une élégance et une fierté masquées par la misère de ses parents dans sa petite enfance. Avec son violon, Leonardo est à l'aise dans tous les milieux, qu'ils soient riches ou miséreux. Sa nature le porte avec la même simplicité sur tous les chemins que trace son destin. Et ce soir il est heureux.

X

Quelques jours plus tard, le comte SPERANZA se rend à l'atelier de lutherie de Nicolo pour proposer à Leonardo un poste de maitre de musique dans le palais des PIGNATELLI à TERRANOVA en Sicile. Loin du royaume de Naples, loin de la Calabre, de l'autre côté de la mer, dans une région inconnue. Le prince lui offre non seulement un hébergement au sein du palais sicilien mais également des lopins de terre qu'il pourra cultiver pour nourrir sa famille. Leonardo n'a aucun goût pour le travail de la terre qui n'évoque pour lui que misère et douleur. Il n'a qu'une obsession, la musique, dont rien ne le détournera. Seule la force de persuasion de son oncle parvient à convaincre le jeune homme de s'exiler :

— Ton talent prodigieux te permettra de vivre de ta passion, lui répète Nicolo, sans avoir à te préoccuper des terres.

Leonardo soumet son accord à celui d'Anna et de sa famille. La jeune fille ne voit que des avantages à précipiter un mariage dont elle rêve. Et la noce a lieu.

Dans la cathédrale de Naples, le jeune couple reçoit la bénédiction du prêtre devant les deux familles réunies. Les parents de Leonardo ont quitté leur campagne avec leurs deux filles pour assister à la cérémonie. Le jeune homme observe les habits rustiques de ses parents et l'allure misérable de ses sœurs. Il mesure la distance qui les sépare et la chance qui a émaillé chaque instant de sa vie. Prés de lui, Anna, parée de sa longue robe de dentelle immaculée, souriante et émue, semble irréelle.

Tandis que le son des orgues accompagnant la messe nuptiale monte avec allégresse, Nicolo prie Dieu avec ferveur afin qu'il protège ce garçon qu'il aime tant.

Ce jour-là, durant le repas de noces, Nicolo parle longuement à Leonardo de cette terre de Sicile qui est gouvernée par des vice-rois depuis que les royaumes de Naples et de Sicile partagent le même monarque. Il est heureux à l'idée que le jeune couple sera sous la protection de la famille PIGNATELLI à qui le roi Ferdinand a confié l'administration de l'île. Et sa joie fait reculer son chagrin.

Deux jours après la noce, une petite embarcation attend les deux époux dans le port. Un marin a été chargé d'accompagner le couple pour la traversée du détroit de Messine, ce bras de mer toujours agité par des courants redoutables et des vents furieux. Le prince a sollicité un cocher pour conduire les deux jeunes gens en carrosse de PALERME à TERRANOVA lors de leur arrivée en terre sicilienne. Le chemin est long et difficile, ponctué de plusieurs arrêts dans des auberges sans confort où les jeunes mariés vivent leurs premières nuits d'amour. C'est ainsi que Leonardo, emportant avec lui son précieux violon, prend la route de l'exil pour construire sa vie avec Anna dans une province du Sud de Sicile gouvernée par la famille de son mécène.

X

Depuis la traversée du détroit de Messine dont Leonardo et Anna n'oublieront jamais le froid et la peur qui les ont habités durant deux jours et deux nuits, six mois sont passés. La vie s'est installée à TERRANOVA et Anna attend son premier enfant. Le couple loge dans les dépendances du palais avec le personnel. Des terres lui ont été cédées et la famille du prince a accepté qu'elles soient cultivées par un métayer afin que Leonardo se consacre à sa fonction musicale. Depuis son arrivée, le jeune homme ayant séduit ses hôtes par son talent, les concerts se multiplient dans la chapelle et les salons, attirant une aristocratie oisive friande de festivités. Très vite Leonardo a été sollicité pour apprendre la pratique des instruments à corde aux enfants de ces familles privilégiées et à quelques adultes. Ainsi ses journées sont entièrement consacrées à ses leçons de musique.

Un matin de janvier, lorsque le médecin de la famille princière sort de la chambre d'Anna, Leonardo comprend à son regard fuyant qu'il vient lui annoncer une terrible nouvelle. Le petit Francesco Antonio n'a pas survécu aux souffrances de sa mère. Anna, épuisée, livide, pleure doucement au fond de sa couche tandis que son époux effondré part se cacher dans la campagne jusqu'au crépuscule pour laisser couler son chagrin. Un an plus tard, Anna porte de nouveau un enfant lorsque le prince PIGNATELLI envoie en Sicile un émissaire chargé de remettre à Leonardo une invitation. Le jeune violoniste est prié d'assister aux cérémonies organisées à Naples en l'honneur du mariage du roi Ferdinand et de l'archiduchesse autrichienne Marie Caroline.

Les deux hommes quittent TERRANOVA et voyagent durant plusieurs jours en carrosse jusqu'à Palerme où une frégate royale les attend. La traversée du détroit de Messine est de nouveau secouée par une effroyable tempête et Leonardo, à l'abri dans sa confortable cabine, ne peut s'empêcher de penser à ce trajet en barque où Anna, deux ans plus tôt, blottie contre lui, croyant voir arriver sa dernière heure, n'avait cessé de prier Dieu et ses saints durant leur interminable voyage.

X

Du haut du bastingage, Leonardo observe les murs d'écume de plusieurs mètres se fracassant sur les flancs du navire. Il s'est éloigné des marins, occupés à courir au milieu des cordages et des ancres, manœuvrant les voiles gigantesques, se hissant sur les mâts, contournant les passerelles et les ponts à canons. Il n'avait jamais imaginé traverser un jour la mer sur un bâtiment dont les dimensions et la majesté représenteraient une telle force à la fois écrasante et rassurante. Les brigantins, les felouques et les tartanes du port de Naples lui paraissent soudain menus et dérisoires face à ce géant insubmersible. Enfant, les pêcheurs lui racontaient la légende du détroit de Messine où deux monstres déchaînés, Charybde et Scylla, menaçaient Ulysse et ses marins imprudents de les emporter dans les tourbillons vertigineux des profondeurs noires de l'eau. Dans son cerveau de gosse cette histoire s'était imprimée comme un interdit, une peur irraisonnée des deux rivages maudits longeant ce serpent de mer. Et cette peur venait de disparaitre.

Le capitaine MELIA, officier de la marine royale s'est approché de lui.

— Les anglais nous ont transmis beaucoup de leur savoir en matière de navigation, lui dit-il. C'est en s'inspirant de leurs avancées techniques dans la construction des vaisseaux que les royaumes de Naples et de Sicile ont acquis aujourd'hui une vraie puissance maritime.

L'homme lui raconte comment, depuis un siècle, les chantiers de Ligurie avec leurs maîtres charpentiers, leurs cartographes doués, leurs marins prestigieux s'inspirant des procédés anglais, ont permis à la marine italienne d'exercer une activité marchande et guerrière incontestable.

— La guerre de course avec ses pirates ottomans est devenue un tel danger en Méditerranée depuis deux siècles qu'il nous a fallu remplacer les frégates à rames par des navires à voiles, plus puissants et plus rapides, afin de capturer ou détruire les vaisseaux ennemis, surveiller nos ports, protéger nos côtes et notre population, enlevée, torturée et rançonnée par ces barbares.

L'officier évoque les souffrances du peuple italien soumis à la tyrannie des mers et à la barbarie. Il parle de ces marins luttant quotidiennement contre les turcs qui arrivent sur les côtes du Sud, descendent de leurs galères, s'emparent de la population, des objets de valeur, de l'argent, puis remontent sur leurs embarcations et disparaissent.

Leonardo se souvient de son arrivée en terre sicilienne avec Anna, de sa découverte des rives de TERRANOVA, cette longue bordure de mer flanquée de plusieurs kilomètres de plages désertées. Il n'a jamais oublié la mise en garde des riverains, paysans ou pêcheurs évoquant les pirates qui descendent de leurs embarcations, s'emparent des travailleurs, les dépouillent ou les kidnappent contre des demandes de rançons restées souvent infructueuses devant la misère des familles impuissantes à retenir les victimes dont la grande majorité, réduite en esclavage, est vendue sur la marchés du Maghreb et ne revient plus au pays.

— Depuis des siècles, la Méditerranée est devenue la mer de la peur, dit le capitaine MELIA. Le problème des barbaresques a débuté au XVème siècle lorsque la reine espagnole Isabelle la Catholique a voulu gouverner avec son époux Ferdinand un Etat exclusivement chrétien. Héritière du royaume de Castille elle a fait la guerre aux *infidèles*. Elle a chassé les juifs d'Espagne et s'est emparée de tous leurs biens. Puis elle a entrepris une croisade pour reprendre GRENADE et terminer la reconquête des terres espagnoles enlevées par les arabes au VIIIème siècle. Les Maures étaient refoulés du territoire s'ils refusaient de se convertir. Ils se sont éparpillés en majorité en Afrique du Nord. Leur rancune a été tenace et persiste depuis des siècles.

— Faute de pouvoir reconquérir l'Andalousie et pour se venger certainement de ces chrétiens sanguinaires, poursuit MELIA, les musulmans ont mis au point une pratique de piraterie qui a d'abord consisté à sillonner la mer Méditerranée et piller tous les navires espagnols sur leur passage. Leur brigandage s'est ensuite étendu sur les pays voisins. Depuis trois siècles, ils sèment la terreur et les pays musulmans voient dans ces pratiques un intérêt non seulement guerrier mais économique. La piraterie a mis un frein au commerce maritime du Maghreb. Les pachas et les notables, contraints de rechercher de nouvelles sources de revenus, ont institutionnalisé ces pratiques et le corsaire au service du pouvoir est devenu un pirate officiel habilité à attaquer les navires battant pavillon ennemi. Ce trafic, légalisé sous forme de guerre des mers est devenu une guerre de course, non seulement en méditerranée mais dans toutes les mers alentour. Les recettes sont partagées entre le propriétaire du bateau et l'Etat. De grosses fortunes se sont ainsi constituées. Le prétexte religieux a disparu derrière l'appât du gain. Les brigands construisent des galères et attaquent toutes les embarcations qu'ils rencontrent, s'emparant non seulement des navires marchands ou des vaisseaux mais également du butin et des hommes qu'ils réduisent en esclavage et vendent sur les marchés de Tunis, Tripoli ou Alger.

— Les populations fuient les côtes et vont se réfugier dans les montagnes, dit l'officier. Les pirates débarquent de leurs bateaux et capturent les pêcheurs ou les paysans qui peuvent constituer une main d'œuvre corvéable ou négociable à merci. Les malheureux travailleurs sont pris par surprise, parfois sous les yeux de leur entourage familial. Certains, voyant apparaître les barbares, fuient en abandonnant leur barque ou leurs outils. Des rançons sont demandées pour les captifs mais rares sont ceux qui reviennent. Les familles, déjà appauvries par le contexte économique du pays, les mauvaises récoltes, les impôts écrasants, ne peuvent pas faire revenir le parent disparu. Les turcs débarquent, s'emparent des individus et du butin et repartent sur leurs grosses barques à voiles. Les chrétiens esclaves sont employés à casser des pierres dans les carrières ou à ramer sur les galères. Beaucoup meurent d'épuisement. Certains, à bout de force, choisissent de se convertir à l'Islam. D'autres optent pour la délation et collaborent avec les pirates pour sortir de leur misère. Les régences du Maghreb prétextant vouloir réguler ces pratiques, remplissent les caisses de l'état et conservent cette manne financière au profit de leur économie. Une piraterie adverse est donc apparue et tous les états européens y trouvent une source de prospérité. C'est la raison pour laquelle la mer est devenue un véritable danger.

Lorsque la frégate se rapproche des côtes, MELIA désigne au loin les tours édifiées le long du rivage.

— Il a fallu protéger les côtes des razzias turques, dit-il, préserver les habitants du danger. Une véritable garnison de soldats munis d'une artillerie lourde surveille nuit et jour l'horizon dans ces tours. En cas d'attaque ennemie, ils actionnent une corne puissante et allument de grands feux pour alerter les tours voisines et la population afin d'organiser la défense des villes.

Le capitaine connait parfaitement l'histoire de son pays dont il est fier et celle de son peuple qui est si malheureux. Il raconte à Leonardo toutes les humiliations infligées aux italiens trop longtemps colonisés, exploités par des étrangers avides de suprématie.

-Depuis des siècles, les provinces italiennes et en particulier la Sicile, n'ont cessé d'être écrasées, dit-il. Par les grecs, les romains, les byzantins, les arabes, les normands, les angevins, les aragonais, les espagnols. Le peuple a toujours lutté pour conserver son identité.

— Durant les dernières décennies, la France, l'Angleterre et l'Autriche se sont battues pour annexer les diverses régions d'Italie, ajoute l'officier. Et la population n'a connu que la guerre et la misère. Le roi Carlo n'a jamais caché son hostilité à la France et l'Angleterre, surtout depuis que les colons d'Amérique se sont insurgés contre les anglais pour gagner leur indépendance. Toutefois, l'impératrice d'Autriche, Marie Thérèse, fine diplomate, pour redorer le blason des Habsbourg, a su placer ses pions sur l'échiquier de l'Europe et calmer tous les pays voisins en organisant l'union de ses nombreux enfants avec les futurs rois ou reines des autres états. Les jeunes archiducs et archiduchesses autrichiens, instrumentalisés par des jeux politiques, expatriés vers des terres inconnues, ont été les jouets d'unions décidées arbitrairement par leur famille. Ces mariages, souvent consanguins pour préserver les dynasties, ont conduit parfois à des descendances aux normes psychiques et physiques malmenées ou atrophiées.

— Cette Marie Thérèse d'Autriche, poursuit MELIA, est une femme dont l'ambition est démesurée. A la mort de son père, elle est devenue impératrice et a pris le pouvoir. Elle a épousé son cousin François Etienne, fils de Leopold, duc de Lorraine. Le beau et élégant François Etienne avait été amené à vivre un certain temps à la Cour de Vienne. Il avait quinze ans lorsqu'il a rencontré sa cousine âgée de sept ans qu'il appelait *sa petite fiancée*. Marie Thérèse n'avait d'yeux que pour ce cousin. Le mariage arrangé par les deux familles huit ans plus tard a comblé de bonheur les deux amoureux. Les intérêts de l'Autriche ont conduit à un grand amour. De cette union sont nés seize enfants dont Marie Caroline, l'avant dernière fille, notre future reine.

— François Etienne, devenu empereur d'Autriche par mariage, s'est toujours effacé derrière l'énergie, la pugnacité et l'ambition de son épouse. Blonde, gracieuse, elle a perdu au fil des années sa silhouette admirable mais elle a conservé son charme. Elevée par des gouvernantes issues de la noblesse autrichienne, elle a reçu une éducation parfaite, dans la religion chrétienne. Elle parle plusieurs langues, notamment l'allemand, le français et l'italien. Elle a appris la poésie, la littérature étrangère, le latin et l'histoire. Elle a suivi un enseignement de musique, de danse, de chant.

— Elle a été une mère attentive, veillant sur l'éducation de ses enfants. Elle leur a imposé de sévères études et la maîtrise des langues étrangères. Elle les a initiés à l'art, la musique, l'équitation, le sport. Et en priorité l'enseignement religieux. Elle les a tous préparés à une vie future de règne, de pouvoir.

— Marie Thérèse, qui a fait un mariage d'amour, ne s'est cependant pas embarrassée des sentiments éprouvés par ses gosses pour conclure leurs unions, soupire MELIA. Seul compte pour elle l'empire d'Autriche et peu importe la physionomie ou l'esprit des futurs conjoints. Elle a pourtant perdu plusieurs de ses enfants emportés par la petite vérole qui terrasse l'Autriche.

— Son fils Joseph, l'archiduc héritier était deux fois veuf et sans descendance à la suite du décès des deux épouses successives imposées par sa mère, lorsqu'à la mort de son père il lui a succédé sous le nom de Joseph II.

— La perte de son époux adoré et l'immense chagrin qu'elle en a éprouvé n'ont cependant pas freiné le jeu des alliances entrepris par Marie Thérèse. Les archiduchesses Marie Christine et Marie Amélie ainsi que l'archiduc Ferdinand ont été contraints d'accepter les mariages décidés par leur mère. Et la main de Marie Antoinette, la dernière fille âgée seulement de douze ans, a été demandée par Louis XV, roi de France, pour son fils le dauphin, futur Louis XVI.

– Pour s'unir à Ferdinand, Bourbon d'Espagne, roi de Naples et de Sicile, ce sont Marie Jeanne puis Marie Josèphe, emportées toutes deux avant le mariage par la variole, qui avaient été choisies successivement mais le destin en ayant décidé autrement, c'est donc Marie Caroline qui a pris leur place. A la Cour de Vienne on disait que Ferdinand, le futur époux napolitain, était laid, inculte et brutal. Mais rien n'a pu arrêter l'impératrice déterminée à sacrifier *sa pauvre enfant* à ce rustre, pour le bien fondé de sa souveraineté.

– Le roi Carlo nourrit toujours une véritable aversion à l'égard des anglais, contrairement à son fils Ferdinand qui ne voit aucun inconvénient à leur présence sur son île. Toutefois Carlo a négocié une sorte de paix avec tous ses ennemis et pour ne pas se fâcher avec Marie Thérèse, il a accepté le mariage de son fils Ferdinand avec l'archiduchesse Marie Caroline.

– Quelle femme, cette Marie Thérèse ! répond Leonardo, fasciné par le discours de l'officier.

– C'est un despote éclairé, poursuit MELIA. Elle a conduit son empire avec une force indomptable, affrontant les guerres, réformant son royaume d'Autriche de façon impressionnante, le modernisant, l'ouvrant à la culture. Pour rivaliser avec Versailles, elle a entrepris l'immense chantier du château de SCHÖNBRUNN, à Vienne. Passionnée de musique, elle a fait édifier le BURGTHEATER où de nombreux artistes se produisent. L'alliance de sa fille Marie Caroline, cette autrichienne cultivée, éduquée, avec notre roi Ferdinand qui n'a reçu aucune éducation, est une chance pour l'épanouissement de notre culture en général et pour nos artistes en particulier, conclue l'officier.

X

Dans le port de Naples, les lazzaroni s'entassent sur le quai pour accueillir la frégate royale.

Les marins affaissent les voiles et se bousculent le long des bastingages pour amarrer le navire à l'aide de gros cordages qu'ils déroulent sur les ponts. Au pied de la longue passerelle, le comte SPERANZA attend les voyageurs dans un carrosse aux portières fermées. Le cocher assis sur le siège avant guette le signal du départ. Deux hommes dont la livrée porte les couleurs du blason de la famille PIGNATELLI stationnent devant la voiture. Les chevaux empanachés s'agitent et font claquer leurs fers sur les pavés tandis que de leurs naseaux s'échappe un crachin de buée. Leonardo, accompagné du capitaine MELIA descend du ponton et s'engouffre dans la voiture.

— Illustrissimo, lui dit le comte en le saluant longuement tandis que les quatre roues du carrosse s'ébranlent vers le palais.

Dans la ville illuminée, les napolitains sont heureux. Ils fêtent les noces de leur bon roi Ferdinand.

Le peuple danse sur les places et sur le port. Les églises, portes ouvertes, font tonner leurs orgues et sonner leurs cloches. Des nobles se regroupent dans leurs magnifiques demeures pour des banquets ou des bals masqués. Certains se pressent dans les salons du Palais royal ou sur les marches du théâtre San Carlo. Au Palais PIGNATELLI de nombreux musiciens se côtoient et les concerts se succèdent dans une ambiance surchauffée. Une rumeur se répand dans l'orchestre :

— Le jeune MOZART vient d'arriver à Naples avec son père après une longue tournée dans toutes les cours d'Europe.

Leonardo, intrigué par cette nouvelle, questionne le comte

SPERANZA sur la présence de cet enfant prodige accompagné de son géniteur.

— Ce sont des autrichiens comme Marie Caroline, dit le comte. Léopold, le père, est violoniste et chef d'orchestre à la cour du prince archevêque de Salzbourg et le gosse n'a que douze ans. Il a déjà composé de nombreuses sonates pour clavecin et violon, des symphonies et même un opéra. Il jouera demain pour les noces royales.

A son retour en Sicile, Leonardo parlera longtemps à Anna de sa rencontre avec le jeune MOZART, cet autrichien étrange, en habit de cour, affublé d'une perruque poudrée, au physique ingrat, sans distinction, grossier, insolent, qui avait soudain étonné l'assistance par la grâce émanant de son instrument, par la noblesse et la perfection de son jeu musical. Il s'était alors souvenu des mots de Nicolo :

— on ne devient pas artiste, on *nai*t artiste parce qu'on porte la musique dans son cœur.

A la tombée du jour, Leonardo court sur les pavés de la ville, enjambe les rigoles, traverse les ruelles et s'arrête enfin devant l'atelier de lutherie de son enfance. Lorsque la porte s'ouvre, Nicolo pousse un cri et se jette dans ses bras. Tout le bonheur du monde vient de pénétrer dans cette caverne où les souvenirs s'animent, se jouent du temps qui passe et des têtes blanchies, pour réapparaitre au milieu des vernis, des outils et des colles, dans cet espace singulier où les sens et les sons fusionnent et se fécondent. Les deux hommes s'étreignent en silence. Et chacun exprime sa joie et son émotion avec une ferveur dont les mots sont exclus.

X

A Vienne, la population fête les noces de l'archiduchesse Marie Caroline, fille de l'empereur François Ier et de l'impératrice Marie Thérèse d'Autriche avec Ferdinand, roi de Naples et de Sicile, célébrées dans la chapelle de la cour, au château de SCHÖNBRUNN, en l'absence du marié qui attend sa future épouse en Italie. Comme les napolitains, les viennois festoient dans les rues tandis que le cortège composé de nombreux carrosses emporte la jeune fille âgée de quinze ans et sa suite, loin des Habsbourg, vers un pays inconnu. L'archiduchesse, en larmes, doit quitter le palais de son enfance et sa petite sœur, Marie Antoinette, âgée de douze ans, dont elle est inséparable et qui est promise au fils du roi de France. Durant le voyage, qui dure prés de deux mois, l'escorte autrichienne est relevée par une escorte napolitaine. Marie Caroline se sent seule, abandonnée de sa famille. Elle confie son chagrin à sa fidèle amie, la comtesse de LERCHENFELD qui l'accompagne et qu'elle surnomme Lulu :

— On dit que ces gens du Sud sont vulgaires et sans éducation et que le roi est très laid.

Après la traversée du Tyrol, le cortège traverse les territoires de Venise, la Romagne, Parme, Ravenne, rejoint Florence où la jeune fille est accueillie par son frère Léopold, le duc de Toscane, se dirige vers Rome où est organisée une visite de la ville suivie d'un dîner à la villa Borghèse et arrive enfin dans le royaume de Naples à PORTELLA où l'attend le roi Ferdinand dans un petit pavillon décoré pour la circonstance. A la vue de celui qui doit partager sa vie, la jeune archiduchesse sent ses forces défaillir. Il est grand, maigre, les yeux porcins, le nez proéminent, le teint jaunâtre, les cheveux mal coiffés. Il s'adresse à ses gardes en patois napolitain, une langue inconnue de Marie Caroline, alors qu'elle a appris l'allemand, le français, l'italien et le latin. La comtesse Lulu et l'archiduc Léopold sont pétrifiés à la vue de ce personnage rustre qui dévisage sa fiancée, une petite poupée tout juste sortie de l'enfance, belle, racée, aux cheveux blonds et à la peau fine, féminine et déjà sensuelle, dont la distinction a été modelée par une éducation et une culture autrichiennes sans failles.

– Quelle horrible scène ! Dit la comtesse tandis que Leopold, choqué par la rencontre de sa jeune sœur avec cet individu répugnant répond :

– Je ne voudrais pas revivre ce moment pour tout un empire, cet homme parait ne rien avoir dans la tête et n'a certainement jamais du réfléchir ni à son existence ni aux intérêts de son pays.

Quelques heures plus tard, les carrosses arrivent enfin au palais de CASERTE.

Devant les grilles monumentales de l'imposante bâtisse, la foule se presse pour acclamer le couple royal. Ferdinand et Marie Caroline saluent le peuple, pénètrent dans la cour intérieure, suivis de nombreux représentants de l'aristocratie italienne et s'engagent dans l'immense escalier de marbre jusqu'à la salle de réception où une cérémonie de bienvenue les attend. Compte tenu du voyage harassant effectué par l'archiduchesse et de l'heure tardive, les mondanités sont abrégées, les *baciamani* reportés au lendemain après la messe de mariage qui doit être célébrée dans la cathédrale de Naples, suivie d'une réception au palais de PORTICI.

Leonardo, qui ne s'est pas éloigné du comte SPERANZA, contemple le magnifique palais de CASERTE depuis le gigantesque portail central qui s'ouvre sur la façade colorée de travertin et de terre cuite. Les deux hommes pénètrent dans la galerie, ouverte sur trois nefs reliées par de longs couloirs. Ils gravissent l'atrium, imposant escalier d'honneur qui conduit à la chapelle et aux appartements royaux. Leonardo est impressionné par les stucs, les fresques, les pavements de marquèterie qui décorent les nombreuses pièces qu'ils traversent jusqu'à la salle du trône où se pressent les convives.

– Cet édifice est l'œuvre du roi Carlo, dit le comte. Il voulait que sa résidence soit aussi somptueuse que le château de Versailles pour symboliser la puissance des Bourbons de Naples. Il n'a pas lésiné sur les dépenses, le luxe, les jardins, les meilleurs architectes, les sculpteurs. Son intention était de créer une demeure inconnue de tous les vice— rois qui ont gouverné ce royaume et loin de la ville, à l'abri des dangers de la mer et du Vésuve.

Par une fenêtre, Leonardo contemple le parc somptueux qui s'étale à perte de vue sur des centaines d'hectares boisés.

— Carlo a voulu imiter le roi soleil, dit le comte en souriant. Le parc est alimenté par un aqueduc de plusieurs kilomètres et on dit que les eaux proviennent de la cascade du bois de San Silvestro. L'architecte VANVITELLI n'a pas été avare sur les bassins, les jets d'eau, les pelouses, les sculptures, les statues qui agrémentent les fontaines.

Le comte entraine Leonardo à l'extérieur. Le long de l'allée principale du parc, les deux hommes marchent longtemps, stationnent devant la fontaine des quatre dauphins supportant le monstre de la mer, passent devant le Dieu du vent guerroyant contre Enée et les Troyens, contournent Vénus et Adonis, ralentissent leurs pas devant Cérès évoquant la Sicile annexée au royaume de Naples, et s'arrêtent devant la statue de Diane, déesse de la chasse, faisant dévorer par ses chiens le chasseur Acteon transformé en cerf, qui l'avait regardée se baigner nue.

— Carlo a souhaité représenter la grandeur et la puissance des royaumes de Naples et de Sicile dans ce vertige architectural, précise le comte.

X

Le lendemain matin, la foule se presse devant le DUOMO. La cathédrale, fierté des napolitains, flanquée de sa basilique Santa Reparata et de sa crypte du Succorpo abritant les reliques de San Gennaro, est restée debout malgré les guerres, les tremblements de terre, l'usure du temps et n'a cessé d'être reconstruite durant des siècles. Le peuple, curieux de découvrir sa reine, s'agite devant les trois portails gothiques.

— On dit qu'elle est catholique, dit l'un. Et qu'elle parle plusieurs langues, dit un autre.

Lorsque le cortège arrive devant l'église, des salves de canons sont tirées depuis les forts qui surplombent la ville. En haut des marches, le prince archevêque entouré de nombreux religieux attend le couple royal tandis que les cloches couvrent de leurs bruits assourdissants les orgues déchainées annonçant l'heureux évènement. Ferdinand descend le premier du carrosse, ouvrant le passage à Marie Caroline, terrorisée par cette populace déguisée dont l'agitation, l'exubérance, l'accoutrement sont loin de son Autriche natale avec ses codes de bienséance et d'élégance.

— Je ne m'habituerai jamais à cette vulgarité, dira— t-telle plus tard à la comtesse Lulu.

Elle ne sait pas que plus tard elle adorera ce peuple fier et généreux, ce pays, ses paysages, la douceur de son climat et qu'elle finira par apporter son affection à cet affreux homme qui l'accompagne dont on a fait son époux et à qui elle donnera dix sept enfants. Autour du cortège, la population ébahie contemple une gosse de quinze ans, poupée blonde et fragile vêtue de soie, d'or et de velours, abordant sa vie de femme dans un monde étranger au bras d'un homme inconnu que tout éloigne d'elle et que seule la magie de la vie unira durant soixante années dans un désir commun d'établir le bonheur et la paix au sein des royaumes de Naples et de Sicile.

Leonardo regarde le couple royal longer l'allée centrale de la cathédrale. La reine est aussi petite, claire et menue que le roi est grand, brun, dégingandé. Elle parait aux abois prés de cet homme sans façon que rien ne semble émouvoir. Leonardo ne peut s'empêcher de penser à son union avec Anna au sein de cette même église, deux ans plus tôt. Ils ne pouvaient désunir leurs mains tant l'émotion les étreignait. Devant le triste spectacle de ces deux êtres enchainant leurs vies sans se connaitre, le jeune homme se demande comment ils pourront vivre toute leur existence côte à côte et fonder une famille sans ressentir cet amour fou qui le lie à Anna. Brusquement, il éprouve le sentiment violent d'un manque de sa femme, de leur maison et de Terranova, leur nouvelle patrie sicilienne, celle où bientôt naîtra leur enfant. Naples qu'il a tant aimée, à qui il doit tout, où il a grandi, où il s'est construit, Naples sans Anna n'est plus qu'un lieu de désespérance et de chagrin.

Après une brève messe, le prince archevêque s'assoit dans le fauteuil qui lui est réservé prés de l'autel et entonne un Te Deum que le Maitre de chapelle ordonne à l'orchestre de poursuivre. Tous les fidèles à l'unisson chantent avec les époux les louanges d'un Dieu miséricordieux afin qu'il bénisse leurs souverains et les conduise à la gloire éternelle tandis que les orgues accompagnent les voix montant vers le ciel pour célébrer la messe nuptiale et la paix du monde.

A la fin de la cérémonie, le cortège repart vers Portici, ancien bourg médiéval construit sur les cendres du Vésuve, devenu le lieu de villégiature de l'aristocratie napolitaine, où le roi Carlo a fait édifier un palais royal en bordure de mer. Une réception a été organisée afin que toute la noblesse de cour puisse accueillir la jeune reine. Plusieurs orchestres sont installés dans les salons où un personnel nombreux en habit assure le service. Lorsque les jeunes époux s'avancent au milieu des convives, Marie Caroline est dévisagée, scrutée, avec une indiscrétion qui la met mal à l'aise. Les napolitains ne voient dans cette adolescente trop pâle qu'une jeune étrangère sans charisme que les hommes de pouvoir n'auront aucune peine à dominer et ils se trompent. L'archiduchesse autrichienne a été éduquée par sa mère l'impératrice Marie Thérèse dont elle a hérité non seulement du physique agréable et d'un charme indéniable mais aussi de l'énergie, la pugnacité et l'ambition. Elle a été initiée très tôt à la musique, la danse, le chant, l'art, l'équitation, le sport. Elle maîtrise plusieurs langues. Elevée par des gouvernantes issues de la noblesse, elle a appris, comme sa mère, la poésie, la littérature étrangère, le latin, l'histoire. La reine a reçu une éducation parfaite, dans la religion chrétienne. Et elle a été formée à l'exercice du pouvoir que plus tard son époux lui abandonnera pour continuer à mener son existence hors des palais solennels, au milieu de la nature, des bêtes sauvages et des *lazzaroni*.

Leonardo contemple ce monde superficiel prêt à dépecer une jeune inconnue, exilée loin de son pays, de sa famille, de sa culture et il ressent une profonde empathie pour son innocence, ses yeux clairs de biche traquée et ses boucles blondes. Alors il prend son violon et joue pour elle la *Primavera* des *quatre saisons* de Vivaldi. Dans un salon mitoyen, un public nombreux se presse autour de musiciens célèbres. En s'approchant du jeune MOZART qui joue du clavecin avec une passion frénétique, indifférent à l'agitation qui l'entoure, Leonardo comprend que l'artiste est seul avec son art, au milieu d'une foule d'ignorants friands de mode et hermétiques au talent.

Dans la frégate royale qui le ramène en Sicile deux jours plus tard, Leonardo songe au destin de Marie Caroline, cette femme belle et instruite que la vie a déracinée et propulsée dans un monde bruyant, arrogant et brutal auprès d'un époux inculte et rustre dont elle ne partage ni la mentalité ni les gouts. Sur le pont, le capitaine MELIA l'a rejoint. L'officier sicilien n'apprécie pas vraiment le caractère exubérant des napolitains. Il manifeste cependant une grande indulgence pour le roi Ferdinand.

-C'est un homme bon et généreux, dit-il, soucieux de justice, respectueux des gens de lettres et des artistes. C'est un roi tolérant, adoré de son peuple.

Leonardo est septique. Il ignore qu'il sera toute sa vie un

sujet du bon roi Ferdinand comme ses enfants et ses petits enfants. Que ce monarque exercera durant soixante ans sa suprématie sur les royaumes de Naples et de Sicile et que le couple qu'il formera avec Marie Caroline n'aura d'autre désir que le bien du peuple. Pour l'heure, Leonardo n'a qu'un souhait, retrouver Anna et voir naitre leur enfant dans la demeure sicilienne des PIGNATELLI.

Au début de l'été, Francesco Nicolo vient au monde, suivi deux ans plus tard de Gaetano et trois ans après d'une petite fille.

Leonardo ne quittera plus Terranova. Il jouera dans toutes les églises, les chapelles et les cathédrales de Sicile. Et il se produira souvent au palais normand de Palerme, résidence du couple royal.

X

Chapitre II : Francesco et Gaetano GAGLIANO :

les fils de Leonardo

1780 : Depuis les noces de Ferdinand et Marie Caroline, plus de dix ans sont passés. Les enfants de Leonardo ont grandi. Francesco, son fil aîné, s'il partage les gouts artistiques de ses parents, n'a pas développé un véritable don musical. Depuis son adolescence, il cherche à affirmer sa personnalité, ne trouvant sa place ni dans le monde des serviteurs ni dans celui des maîtres. Coureur de jupons, séducteur, tantôt poète, tantôt dandy, il ne parvient pas à tisser de véritables liens avec la jeunesse, qu'elle soit aristocratique ou roturière. S'il a hérité de la beauté de sa mère dont il porte la finesse des traits, la blondeur et les yeux clairs, il affiche une arrogance qui masque une profonde souffrance, un mal être que l'amour de ses parents n'a jamais pu apaiser. Leonardo se souvient des mots de l'oncle Nicolo, lorsqu'il lui expliquait que dans ce monde de la noblesse, malgré son talent, il serait toujours un valet. Et son fils Francesco, qui a grandi dans ce palais, côtoyé une jeunesse privilégiée, reçu une éducation parfaite, restera toujours le fils d'un serviteur.

— Ces gens-là ne sont pas comme nous, explique-t-il sans cesse à son fils. Leurs préoccupations, leurs loisirs, leurs désagréments sont bien loin des nôtres. Ils sont enracinés depuis des siècles dans leurs blasons, leurs traditions, l'empreinte de leur famille, un héritage qui leur est propre et auquel on ne peut accéder. Un univers auquel nous sommes étrangers, nous, gens du peuple. Parce que notre souci est d'abord de survivre et de nourrir nos enfants. Alors que les biens matériels dont ils jouissent leur ont été transmis naturellement, au cours des générations, sans qu'ils aient à s'en préoccuper. S'ils ne nous voient pas, ce n'est pas parce qu'ils sont méchants mais parce que nous faisons partie de leur décor, au même titre que leurs meubles précieux dont ils ne connaissent pas la valeur pour les avoir toujours possédés.

Cependant Francesco ne veut rien comprendre. Il rejette ce monde d'injustice et de soumission. Il n'accepte pas que son père, avec son talent, son génie, soit le serviteur de ces nantis dont le pouvoir absolu repose sur une intelligence souvent médiocre. Ces paresseux entourés d'une foule d'admirateurs obséquieux et d'un nombre indécent de domestiques dociles. Alors il disparait durant des heures et revient à la tombée de la nuit pour ne pas faire pleurer sa mère. Et Anna, en silence, lui sert de grands plats de soupe pour le réchauffer.

Dans les écuries du palais, Francesco retrouve souvent Tomaso, un jeune palefrenier peu loquace et de constitution robuste, chargé de soigner les chevaux de ses maitres. Francesco passe des heures à le regarder brosser les bêtes, les nourrir, entretenir les litières, soulever d'énormes bottes de paille avec sa fourche ou porter de volumineux sacs de fourrage sur ses épaules. Parfois il le suit à l'extérieur des box lorsque Tomaso consolide une clôture, répare une selle, un harnais ou une roue de carrosse. Les années passant, une complicité s'est installée entre les deux garçons habitués à ce compagnonnage silencieux. Un soir Leonardo aperçoit un cavalier chevauchant dans la campagne environnante. C'est son fils Francesco, libre et indomptable comme un cheval farouche.

Gaetano, son cadet, a au contraire toujours manifesté un caractère joyeux et a fait très tôt le choix de la nature en cultivant les terres de la famille PIGNATELLI à Terranova. Malgré le teint sombre de sa peau, son visage reflète le tempérament serein et lumineux d'un garçon heureux.

En voyant partir son fils à l'aube avec ses outils et son mulet,

Leonardo ne peut s'empêcher de penser à sa famille paysanne dont il a été soustrait dés l'enfance afin qu'il soit éloigné de la misère et de la terre. Cette terre qui a rattrapé son enfant malgré le temps et l'exil. Cette terre de malheur qui lui donne pourtant tant de bonheur. Il se dit alors que personne n'échappe à ses racines, ces embryons secrets que chacun porte en soi. Qui nous dirigent et nous dominent.

X

Leonardo observe ses deux garçons autour de la table familiale. Tout les oppose. Leur physique, leur caractère, leur vision du monde. Un monde que Gaetano veut construire et Francesco détruire. Et pourtant, dans ce dix huitième siècle qui se termine, le monde a changé. En France, une crise de la monarchie absolue a bouleversé le pays et contaminé les Etats voisins.

— Le roi Louis XVI est incapable de régler les graves difficultés économiques et financières qui agitent sa nation, raconte un membre de la famille PIGNATELLI. Une insurrection paysanne a éclaté en France. La noblesse, accrochée à ses privilèges, s'est révoltée. Un sentiment anticlérical s'est développé. La déclaration d'indépendance des Etats Unis a réveillé les consciences. Le peuple s'élève contre toutes les formes d'injustice sociale. Il incendie des châteaux. Refuse de payer les lourdes taxes auxquelles les soumettent les seigneurs et le clergé. La révolution française est en marche. Elle gagne les états voisins et en Italie des idées libérales contaminent déjà les esprits.

Francesco ne cache plus ses sentiments de révolte. Il commence à exprimer violemment des contestations qui déplaisent à son père. Il s'élève contre cette aristocratie prétentieuse qui écrase le peuple. Il peste contre cette prison sociale dans laquelle elle a enfermé ses sujets pour mieux les soumettre, les dominer, les exploiter. Son frère Gaetano s'en moque. Comme ses parents, il voue une fidélité sans bornes à son roi, paie ses redevances à la famille PIGNATELLI sans rechigner et respecte ses maitres. Il part chaque matin retourner sa terre, la fertiliser, la soigner. De mois en mois, il prépare ses sols, bêche, désherbe et regarde pousser son blé comme on protège un enfant en gestation. Il aime sa campagne avec ses herbes odorantes, ses palettes de couleurs, ses paysages infinis et ses champs de céréales. Il sème en automne, avant les grands froids de l'hiver et observe chaque jour les tiges fécondées qui montent, s'allongent et atteignent au printemps l'âge adulte, affichant leurs épis en floraison, passant du vert au jaune jusqu'à maturation. Lorsqu'enfin vient l'été, les épis se courbent et attendent la moisson. Les faucilles coupent la paille et les ouvriers attachent les bottes de chaume qui nourriront les bêtes. Du haut de ses collines, Gaetano ne peut détacher son regard de ce spectacle magnifique qui se joue entre ciel et terre, au rythme des saisons. Et chaque dimanche, dans la chapelle du palais, en chantant avec les fidèles, il prie avec ferveur et remercie Dieu de sa bonté. Il lui demande de préserver la nature des intempéries, des tremblements de terre et de la colère des volcans, tous ces fléaux qui s'abattent sur la Sicile depuis des millénaires.

Au mois d'Août après les moissons, Il y a trois ans, il a épousé Rosaria, une fille de paysan au cœur simple, travailleuse et propre, qu'il a rencontrée à la sortie de l'église un soir après les vêpres. Les PIGNATELLI l'ont engagée à l'office et le couple loge dans une mansarde. Un premier garçon est né. Rosaria est encore enceinte.

Un soir à son retour des champs, il trouve son père assis prés du feu, le visage anxieux.

— Les français ont décapité leur roi, dit Leonardo. L'Europe est en danger. L'Italie n'y échappera pas. Le peuple ne veut plus de la monarchie. Il fait la révolution, il a pris les armes.

Anna, perdue, cuisine en silence avec Rosaria. Gaetano est abasourdi tandis que Francesco, le fils rebelle, éclate de rire.

Quelques jours plus tard, la famille PIGNATELLI se réunit au Palais. Leonardo, qui a acquis la confiance de ses hôtes, a été convié à la réunion. Le comte SPERANZA, arrivé de Naples, apporte des nouvelles.

– La reine Marie Caroline est furieuse contre les français. Sa sœur Marie Antoinette est tombée sous l'échafaud. Après avoir décapité Louis XVI, les révolutionnaires n'ont pas épargné la reine de France qu'ils ont traitée de poule d'Autriche. Marie Caroline est décidée à éradiquer les idées antimonarchiques qui contaminent le royaume de Naples. Elle est sans pitié pour les sympathisants français, quelque soit leur statut social. Elle a nommé Francesco PIGNATELLI gouverneur de Calabre avec pour mission de faire barrage à la rébellion et sanctionner les amitiés françaises par tous les moyens.

A Naples, Marie Caroline craignant le pire pour son royaume, demande de l'aide aux anglais malgré l'opposition du roi d'Espagne, son beau père Charles III, qui tente de l'en dissuader en vain. Conseillée par son frère Joseph, l'empereur d'Autriche, elle a depuis longtemps obtenu de Ferdinand, son époux, qu'il nomme un anglais, ACTON, ministre de la guerre.

– Cet homme célibataire, élevé en France, qui parle parfaitement l'anglais et le français, dit le comte SPERANZA, gouverne avec la reine. Ils ont des relations très proches et il exerce une grande influence sur elle. Charles III a exigé à plusieurs reprises de son fils Ferdinand qu'il se débarrasse de cet anglais qu'il accuse d'être l'amant de sa femme mais Ferdinand n'y prête aucun cas, trop heureux de ne pas s'occuper des affaires du royaume.

Le comte précise :

– Après l'exécution de sa sœur Marie Antoinette, Marie Caroline a juré la mort de tous les français. Elle a fait appel à un ambassadeur anglais, HAMILTON, pour l'aider à lutter contre la montée des idées libérales françaises. Il est arrivé à Naples avec sa jeune épouse, une roturière de grande beauté qui a rapidement charmé la cour et fasciné la reine dont elle est devenue la conseillère, l'amie, la confidente. Lady HAMILTON nourrit une grande passion pour un autre anglais, l'amiral NELSON qui, dés son arrivée à Naples, n'a pas tardé à occuper une place importante dans les affaires du royaume et notamment les affaires maritimes en donnant à la flotte royale un prestige qu'elle n'avait jamais connu.

— La reine n'a pas tort, ajoute le comte SPERANZA. Nous sommes sous la protection des vaisseaux de NELSON. En Sicile sa flotte nous protège contre l'envahisseur français. Et à Naples, les lazzaroni font la guerre aux libéraux pour défendre notre roi.

Leonardo écoute le discours du comte et ressent une profonde inquiétude.

— En France le peuple décapite son roi. En Italie il le vénère et le défend, alors que les idées libérales prospèrent, pense-t-il.

A Naples, les lazzaroni ont pris les armes pour lutter contre ceux qui ne veulent plus de la monarchie et du clergé qu'ils accusent d'être responsables de la misère du peuple par la suprématie qu'ils exercent sur les paysans.

Leonardo, fidèle à son roi, sent monter, avec la fin du siècle, un monde nouveau dont la colère gronde plus fort que les secousses de la terre ou les explosions des volcans. Que vont devenir ses enfants ? Francesco devra-t-il rejoindre les armées royales, ces armées peuplées de brigands qui pillent, rançonnent ou assassinent sans état d'âme et dont l'influence serait fatale à son fils aîné déjà si fragile ? Et Gaetano devra-t-il abandonner ses terres, ses enfants ? En s'exilant en Sicile, Leonardo souhaitait construire une famille à l'abri des émeutes et des soulèvements de Calabre. Et aujourd'hui l'histoire le rattrape. Souvent le soir, il discute avec son fils Gaetano du problème que posent les soldats du roi :

— Depuis que Ferdinand est monté sur le trône, dit-il, il a pris des mesures pour diminuer les privilèges de la noblesse et du clergé. Et depuis 1791, les soldats doivent faire face aux révolutionnaires influencés par les français. Pour calmer les révoltes populaires, le roi a amnistié des milliers de bandits qui ont promis de reprendre le droit chemin, de retourner travailler dans les campagnes et de ranger leurs armes. Certains ont même été enrôlés dans l'armée royale qui est devenue un vivier de fripons. Mais le problème de l'exploitation de la terre exaspère toujours le peuple. Plus la misère augmente, plus le peuple désespéré, affamé, se joint à la masse des brigands.

-La ville de Naples est aujourd'hui une poudrière, poursuit Leonardo. Une lutte sanglante, que Francesco PIGNATELLI a du mal à maîtriser, oppose les sympathisants français et les libéraux qui veulent en finir avec la monarchie et l'église, aux lazzaroni, fidèles au roi et à la religion. Et la Sicile n'échappera pas à cette violence.

Leonardo comprend que Le peuple veut être libre et manger à sa faim. Des sociétés secrètes commencent à voir le jour. Le brigandage, profitant de cette situation, progresse. Et le sang ne cesse de couler.

— La Sicile n'est plus à l'abri de ce désordre, pense Leonardo.

L'homme dont les cheveux ont blanchi, se penche sur le berceau de Gaspare, le fils de Gaetano. Et se demande dans quel nouveau monde grandira son petit fils.

X

1799 : A Terranova, le comte SPERANZA apporte les dernières nouvelles du Royaume de Naples. Leonardo se précipite dans le grand salon du Palais où la famille princière est réunie :

— Les français sont à la porte de la ville, dit le comte, des émeutes terribles secouent la population napolitaine et le couple royal s'est enfui. Une frégate commandée par les officiers de NELSON les achemine vers la Sicile. Ils ne tarderont pas à atteindre Palerme.

— Un jeune général, BONAPARTE, âgé de vingt sept ans, a pris la tête des armées françaises. C'est un corse d'origine italienne. Il n'a qu'une obsession, conquérir l'Italie. Il est entré en force dans plusieurs provinces dont certaines sont encore sous domination autrichienne et actuellement il stationne devant la ville de Naples, précise le comte.

Le soir du 24 décembre, alors que tous les chrétiens fêtent Noël, les soldats de Napoléon Bonaparte investissent le royaume napolitain. Un affrontement sanglant, opposant la population aux envahisseurs français, embrase la ville de Naples. Ferdinand, conscient de son impuissance à freiner la marche de son ennemi, s'enfuit à Palerme avec son épouse Marie Caroline, laissant à Francesco PIGNATELLI, son gouverneur général, le soin de régler les problèmes du royaume en proie à un désordre terrifiant. Ferdinand, le roi adoré, le fils du pays, abandonne ses sujets. Le couple royal et ses enfants embarquent pour Palerme sur la frégate de Nelson, cet amiral anglais qui a juré fidélité aux monarques. Ils connaissent une effroyable traversée. Jamais tempête n'a grondé si fort dans le détroit de Messine. A leur arrivée, le 25 décembre, la mer s'est apaisée mais le petit prince Albert, dix septième enfant du couple, âgé de six ans, a expiré dans les bras de Lady Hamilton, dans l'obscurité de sa cabine. La famille royale foule le sol de Sicile dans le chagrin et le deuil. Quelques jours plus tard, alors que les lazzaroni se battent désespérément dans la ville de Naples, massacrant, pillant, incendiant et tuant quiconque arbore un accent français, François PIGNATELLI fuit à son tour en Sicile, laissant le royaume napolitain dans une terrible anarchie. A Terranova, dans le Palais familial, il fait part de la situation à son entourage médusé :

— Les armées françaises menées par Napoléon Bonaparte se sont emparées de plusieurs provinces d'Italie. Elles sont arrivées à Naples. Les brigands se sont élevés en défenseurs de la ville, dit-il. Contrairement aux français, ils sont attachés à leur roi, à leur religion, à leurs traditions. De Sicile, Ferdinand a envoyé en renfort le cardinal RUFFO qui s'entoure de dizaines de milliers de brigands siciliens mais aussi de nombreux hommes d'église sous le nom d' *armée de la sainte foi* pour aller prêter main forte aux lazzaroni dans le royaume napolitain ensanglanté par les viols, les tortures et les crimes.

— C'est la guerre, dit Leonardo avec une grande tristesse.

Trois semaines plus tard, les nouvelles arrivent de Naples :

— La république parthénopéenne est proclamée, dit un soir un invité de la famille princière. Bonaparte a gagné. Le royaume de Naples est tombé sous la violence française.

— Le petit peuple, analphabète, ignorant et attaché à son roi, n'a toutefois pas dit son dernier mot, répond le comte SPERANZA. Il ne lâche pas les armes. Il n'abandonne pas le combat. Il devient féroce avec l'envahisseur. Il suit deux seuls mots d'ordre : Défendre sa religion et rappeler son roi Ferdinand.

Entretemps les français se dirigent vers la Sicile qui est déjà contaminée par les idées libérales. Et malgré la protection anglaise, Leonardo sait bien que les ennemis seront bientôt là. Francesco, son fils aîné, ne cache pas sa joie.

— Bientôt toutes ces prérogatives, tous ces honneurs seront abolis, dit-il. Lorsque le monde ne sera plus soumis au pouvoir des classes privilégiées, nous ne serons plus les esclaves de ces tyrans qui nous méprisent et nous exploitent.

Leonardo ne comprend pas ce qui agite ce fils injuste,

entouré d'affection et de bien être. Lui qui doit tout à l'Eglise et l'aristocratie ne peut admettre que son enfant éprouve ce sentiment qu'il considère comme une trahison à l'égard de ses bienfaiteurs. Alors il reste silencieux. Son cadet, Gaetano, comprenant son désarroi, s'opposant à ce frère rebelle, exprime avec violence son honneur d'être sicilien, son amour profond pour sa terre, ses racines, son histoire, son roi. Et brusquement Leonardo a peur. Peur de voir Francesco, ce fils révolté, prendre les armes avec des brigands. Peur que Gaetano, son cadet, ne perde un jour ses terres. Peur pour son petit fils Gaspare qui grandira dans ce monde nouveau, où les propriétés agricoles et les titres de noblesse qui ont été distribués de façon arbitraire durant des siècles par des vice-rois étrangers, disparaitront. Ce monde trop longtemps gouverné par les grands propriétaires terriens et l'église, ce monde qui a vu durant des siècles la population rurale écrasée sous le joug de la cupidité, est agonisant. Leonardo sait que de profonds bouleversements sont en train de s'opérer mais il craint tout autant la montée du libéralisme, l'avènement d'une civilisation inconnue dans ce dix huitième siècle qui se termine dans le chaos.

Ce soir-là, Leonardo parle longuement à Anna de cette terre de Sicile où leurs enfants ont vu le jour. Ce pays à la fois sombre et lumineux. Immobile et bouillonnant. Secret et turbulent.

-Nos enfants se sont nourris de cette violence et de cette lumière, dit Leonardo, de ces sentiments contrastés. Ce sont de vrais siciliens. A la fois ombrageux et arrogants. Fiers et courageux.

Leonardo ne cache pas à son épouse que s'il est rassuré par le caractère calme, travailleur et affectueux de Gaetano, il admire aussi le tempérament rebelle de Francesco et son insoumission. Parce qu'il sait que la ténacité, l'intelligence et l'orgueil de ses fils sont un rempart contre l'adversité.

Quatre mois plus tard, la république parthénopéenne tombe. Le magnifique royaume napolitain avec sa Calabre, ses Pouilles, ses campagnes fertiles, ses magnifiques baies ouvertes sur la mer, retrouve son identité. Les français sont repoussés. Les napolitains rappellent leur roi. Le 13 juin, jour de la Saint Antoine, tandis que Napoléon est en Egypte, Ferdinand affrète à Palerme une frégate royale pour venir féliciter son peuple. Accueilli en vainqueur par les lazzaroni entassés sur le quai, il ne descend pas du navire, stationne quelques jours dans la baie de Naples et repart chasser sur ses terres siciliennes. Il est heureux en Sicile, loin des émeutes et de la tourmente.

Marie Caroline a été priée par son époux de rester à Palerme. Toutefois, elle n'aime pas les siciliens qu'elle trouve arriérés, ignorants et vulgaires. Son palais de Caserte et la vie luxueuse de Naples lui manquent. Elle rêve aussi de retrouver son Autriche natale et sa fille, l'impératrice Marie Thérèse. Elle quitte Palerme pour Vienne durant plusieurs mois. A son retour, elle est décidée à châtier tous les ennemis du royaume qui ont sympathisé avec les français. Encouragée par ses amis anglais, elle se montre impitoyable et féroce à l'égard des traitres.

A Terranova, la famille PIGNATELLI écoute les nouvelles qui lui sont apportées régulièrement de Palerme par le comte SPERANZA.

– La reine est devenue redoutable avec tous ceux qui ont sympathisé avec des libéraux, dit-il. Des milliers d'individus sont entassés dans les prisons des royaumes de Naples et de Sicile en attendant d'être jugés. De nombreux anciens proches du couple royal, des nobles, princes, ducs ou comtes, des gens d'église, des notables, des propriétaires terriens devenus des traitres pour la monarchie, sont décapités ou pendus et leurs biens confisqués sur ordre de Marie Caroline. L'amiral CARACCIOLO, qui a servi dans la marine républicaine française, a été à quarante sept ans, sur ordre de Nelson et

Acton, condamné à être pendu à la proue d'une frégate royale jusqu'à ce que mort s'en suive. Au coucher du soleil son cadavre a été jeté à la mer. Ferdinand ferme les yeux sur cette situation. Il laisse à son épouse le soin de régler les problèmes.

Trois ans plus tard, alors que la situation s'est un peu apaisée, le couple royal quitte Palerme pour Naples et retrouve son palais de Caserte. Mais Napoléon n'est pas loin. Il reviendra après quelques années avec ses vieux démons empoisonner le royaume napolitain.

X

1805 : Leonardo vient de fêter ses soixante ans. A l'ombre de la propriété des PIGNATELLI, il vit paisiblement à Terranova avec sa famille au rythme des saisons. L'homme dont les traits ont vieilli a acquis une immense notoriété dans le monde de la musique et la sagesse dont il entoure ses proches l'auréole d'une profonde respectabilité. Le temps de sa jeunesse est passé et les nouvelles générations nourrissent des révoltes auxquelles il reste hermétique. Ses petits enfants sont des adolescents auxquels il voue une grande affection mais dont les idées parfois lui échappent. Seul l'aîné, Gaspare, est resté proche de lui. Ils partagent de longues conversations lors de leurs fréquentes promenades dans la campagne. Leonardo raconte à son petit fils les années passées dans l'atelier de lutherie de l'oncle Nicolo, aujourd'hui décédé. Le dévouement de cet homme qu'il a aimé comme un père. Ce brave homme qui lui a tout appris et tout donné sans compter. Il lui parle de sa famille paysanne dont il a été éloigné très jeune afin qu'il échappe à la misère du monde rural écrasé par des populations étrangères cupides et dures qui n'avaient qu'un désir, celui de piller et ruiner les provinces d'Italie. Il évoque les cinq années passées auprès des moines célestins qui lui ont fait découvrir la foi, la littérature, les arts, la musique. Ces religieux qui lui ont enseigné la dévotion, la maîtrise de soi, le respect d'autrui, la morale et la résistance à toutes formes de perversion. Gaspare est fasciné par ce grand père exceptionnel auquel il voudrait tant ressembler mais dont il ne partage pas le génie. Comme son père Gaetano, Gaspare est attiré par la terre, les champs de blé, les moissons. Cependant il nourrit une passion pour la musique et chaque fois qu'il le peut, il accompagne Leonardo dans les théâtres, les palais, les églises, les salles de concert. Il le regarde fusionner avec son violon, étranger à ce qui l'entoure. Gaspare écoute avec ferveur les sons divins qui pénètrent son âme comme les chants de prières pendant la communion. Et il lui arrive de sentir des larmes monter jusqu'à sa gorge et gonfler sa poitrine.

Un soir, son grand père lui tend son violon et en silence le pose sur son torse, le cale contre sa joue, glisse l'archet sur son avant bras et guide ses doigts le long des cordes. Gaspare, ému, se laisse porter par Leonardo qui conduit ses gestes lentement. Les sons s'échappent avec douceur puis montent en force comme un poulain bridé dont la corde se rompt. Le jeune garçon retient son souffle pour mieux entendre la voix de l'instrument et Leonardo sourit. Chaque soir le vieil homme et l'enfant se retrouvent l'un contre l'autre dans la complicité de cette passion qui les unit, autour de ces cordes magiques qui leur racontent l'amour, l'extase, l'harmonie de la mesure et la folie de la démesure. Gaspare attend la nuit tombante avec l'impatience d'un jeune chiot, guettant le moment où son maître, son Dieu, son héros, sortira le violon magique pour le poser dans ses bras. Et chaque soir le miracle se produit. Les cordes épousent l'archet et répandent des sons plaintifs dans la lumière diffuse du crépuscule tandis que les éclats dorés qui se reflètent dans les flammes de l'âtre illuminent la pièce comme un soleil d'été.

— Lorsque je ne serai plus là, lui dit un soir Leonardo, tu conserveras ce violon. Je l'ai fabriqué de mes mains à ton âge. Tu devras en prendre grand soin !

Parfois, au cours d'une promenade, le visage de Leonardo s'obscurcit lorsqu'il évoque Francesco, ce fils terrible qui a quitté la maison pour aller rejoindre des révolutionnaires qui combattent avec des bandits contre le roi Ferdinand. Francesco dont la rumeur prétend qu'il aurait rejoint les *carbonari*, cette société secrète adepte d'une unification de l'Italie, qui prône l'établissement d'un gouvernement démocratique, d'un régime constitutionnel. Cette secte libérale qui commence à contaminer la Sicile après avoir empoisonné le royaume de Naples. Alors Gaspare prend son grand père par les épaules et le ramène doucement vers son foyer où l'attend Anna.

X

Un soir, le comte SPERANZA déclare en ricanant :

— Bonaparte s'est déclaré empereur des français. En décembre il a posé lui-même la couronne sur sa tête et sur celle de Joséphine dans la Cathédrale de Paris. Et on dit qu'il vient de se faire couronner roi d'Italie.

— Mais de quelle Italie ? Questionne une invitée. L'Italie n'existe pas. Elle n'est qu'une succession de provinces dont la plupart sont encore sous la tutelle de l'Autriche*!*

— Rien ne semble l'arrêter, répond le comte. La reine Marie Caroline fulmine et n'aura aucune indulgence à l'égard de cet empereur auquel elle n'accorde aucune légitimité. Elle a raison. Qui sont donc ces français qui au nom de leur prétendu désir de liberté ont bâti une révolution, massacré des milliers d'innocents, guillotiné leur roi, poussé Marie Antoinette, la sœur de notre reine, sous l'échafaud pour vénérer, quelques années plus tard, un empereur autoproclamé qui les soumet violemment au nom de son ambition aveugle ? Comment ont-ils pu renverser le sang royal légitime pour acclamer un aventurier ?

Leonardo reste silencieux. Ce soir-là, il confie longuement ses craintes à Anna.

— Le royaume de Naples est en grand danger, lui dit-il. Et la Sicile également. La reine, emportée par sa haine, ne manifestera aucune complaisance à l'égard de Napoléon Bonaparte qui semble pourtant prêt à lui laisser son royaume si elle consent à le considérer comme le maître. Elle n'acceptera aucun compromis et dans ce bras de fer qu'elle engage avec un orgueil démesuré, face à la suffisance de celui qui la combat, elle perdra la partie. Sans même faire la guerre.

Leonardo ne se trompe pas.

Cette année-là, un terrible tremblement de terre ébranle le royaume de Naples créant de nombreux dégâts, détruisant des maisons, des monuments, des églises. Entrainant des milliers de morts. Le Palais de Caserte est gravement endommagé. Deux mois plus tard, le Vésuve entre en éruption, crachant le feu et répandant durant plusieurs mois des coulées de lave sur la terre de Calabre. La colère des Dieux s'abat sur l'Italie. La reine est à terre.

Bonaparte conquiert de nouveau le royaume et intronise son frère Joseph. Marie Caroline et Ferdinand s'enfuient à Palerme pour la seconde fois, en abandonnant leurs sujets. La traversée du détroit de Messine se fait encore dans les secousses terribles d'une mer en colère. Elle dure plusieurs jours.

Les brigands quittent la Sicile et reviennent en force à Naples, aidés par les *sanfédistes*.

— A Palerme, la flotte anglaise veille. Lorsque les français s'approchent des côtes siciliennes, les anglais les repoussent violemment, aidés par le peuple sicilien, toujours prêt à prendre les armes pour affronter l'ennemi, plaisante le comte SPERANZA.

Leonardo et Anna tremblent pour leur fils Francesco. Il est parti pour Palerme depuis des mois et n'a plus donné de nouvelles. Où est-il ? Il aura bientôt quarante ans et sa rage n'a fait que croître au fil des années.

X

En France, l'ambition démesurée de Napoléon a entrainé la chute de la république française au profit d'une monarchie impériale. L'empereur exerce un pouvoir absolu, anoblit des militaires de son entourage qui deviennent ducs, barons ou princes.

— Cet empereur illégitime prétend que la vraie noblesse réside dans celui qui se bat, dit le comte SPERANZA. Son orgueil l'aveugle. C'est toutefois un être complexe. Il s'intéresse à l'économie, l'industrie, la justice, l'enseignement. Il a créé en France des codes napoléoniens, une cour des comptes, un corps préfectoral, un conseil d'état. Il a engagé de nombreux autres grands chantiers administratifs. Il prétend vouloir accroitre la prospérité de sa nation, répandre son influence sur le monde. Et il a même osé emprisonner notre pape Pie VII à Fontainebleau. Rien n'arrête ce personnage déterminé. Il déclare qu'il a fait le choix de l'ordre et la loi contre le désordre et l'anarchie.

De Terranova, Leonardo médite sur les propos du comte SPERANZA en se confiant à Anna :

-On dit que ce Bonaparte, arrivé en France à l'âge de dix ans, qui ne connaissait pas un mot de la langue française, a été fasciné au collège ou à l'école militaire à Paris par les destins de César, Alexandre ou Charlemagne. Et qu'il nourrit un rêve, celui d'une France maîtresse du monde. Pendant ce temps dans toutes les provinces d'Italie, sous le joug de ce général honni, la situation se dégrade. Un violent sentiment antifrançais se manifeste. L'institution du service militaire, le poids des impôts au profit des ambitions guerrières de ce dictateur, les réformes françaises appliquées à une population attachée à ses traditions, la religion catholique bafouée par les idées révolutionnaires, provoquent la révolte du peuple. Le blé sert à nourrir les troupes et la famine sévit. Dans le sud, la moitié de la population est composée de mendiants. Cet homme conduit notre peuple à la ruine.

Après avoir installé son frère Joseph sur le trône de Naples, Napoléon l'expédie en Espagne et intronise son beau frère MURAT pour lequel il manifeste pourtant un profond mépris. Les napolitains réclament toujours le retour de leur bon roi Ferdinand exilé à Palerme. Des armées de brigands sèment le désordre et l'insécurité. Murat livre une guerre impitoyable aux *briganti* . Tout complice de ces sauvages encourt la peine de mort. Peine perdue face à ces enfants du pays qui connaissent toutes les cachettes, les campagnes, les bois. Avec la complicité des paysans misérables et des bergers apeurés, qui doivent leur fournir des nourritures en contrepartie de leur protection et qui les informent de l'arrivée des troupes royales faute de quoi ils sont exterminés, les brigands détroussent, enlèvent, torturent, égorgent les voyageurs, les fermiers, les propriétaires et s'enfuient en Sicile lorsque les soldats français sont à leurs trousses. Murat rêve de conquérir la Sicile mais les flottes britannique, qui protègent l'île et le couple royal, le repoussent à chaque tentative. Les siciliens ne veulent plus d'un étranger sur leurs terres, et encore moins d'un français. Cependant le brigandage atteint son paroxysme dans les royaumes de Naples et de Sicile. Aux alentours de Palerme apparait une autre forme de criminalité, plus noble, le crime d'honneur. Pour un signe, un regard porté sur la mère, la femme, la fille, le poignard surgit et le sang coule, suivi par la *vendetta* de la famille adverse.

— Le couple royal est indifférent à ces violences sanguinaires, seules leur paraissent intolérables les amitiés françaises, dit le comte SPERANZA. Les soldats se confondent avec les chenapans sous les yeux attendris des monarques.

— Des sectes commencent à voir le jour à Naples et en

Sicile, commente le comte. Les carbonari, défenseurs des idées révolutionnaires, se constituent en nouvelle force d'opposition face à un roi affaibli par sa tolérance. Tout effort effectué par Ferdinand pour rétablir l'ordre dans son pays est récupéré par ces sociétés secrètes. Adeptes d'une unification de l'Italie, elles prônent l'établissement d'un gouvernement démocratique. Le principe des libertés garanties par une constitution. L'instauration d'idées libérales, antimonarchiques, anticléricales.

Leonardo se sent fatigué. Il ne comprend plus cette nouvelle génération.

-Que veulent-ils vraiment ? Pense le vieil homme. L'unité italienne ? Certainement pas. Les provinces ont été trop longtemps séparées, elles ont leurs propres usages, leurs dialectes, leurs coutumes. Elles sont étrangères les unes aux autres. Veulent-ils un changement ? Pas du tout ! Ils n'ont pas d'opinion politique. Ils veulent du pain. Ils ont faim. Alors ils partent en guerre contre la misère. En bande.

X

1810 : Leonardo se demande chaque nuit où est son fils Francesco qu'il n'a pas revu depuis plusieurs années. A-t-il rejoint ces mécréants qui luttent contre leur roi ? Et le couple royal qui s'est enfermé dans le palais de Palerme va-t-il un jour reprendre son royaume de Naples à Murat ?

— Tant d'évènements ont accablé Marie Caroline, dit le comte SPERANZA. Un prince français, Louis Philippe, duc d'Orléans, a débarqué à la cour palermitaine pour demander la main de la princesse Marie Amélie âgée déjà de vingt six ans. La reine, épuisée par ses combats, désarmée devant la joie de la future fiancée qui s'est enflammée pour ce prince inattendu, encouragée par Ferdinand qui ne voit que des avantages à l'union de sa fille avec ce garçon aux manières simples, bien que français, qui aime comme lui la campagne et la chasse, s'est montrée conciliante malgré la haine qu'elle voue à la France alors que ce prince aux idées révolutionnaires, fils de Philippe Egalité, a voté la mort de son cousin Louis XVI et sera probablement un jour roi des français.

— L'Autriche s'est aussi alliée à Napoléon, poursuit le comte. Pour Marie Caroline cette alliance est encore une trahison indicible. Celle de sa famille. Cet empereur ambitieux a divorcé de Joséphine et s'est rapproché de l'Autriche pour prendre une nouvelle épouse. Il a envisagé d'avoir un héritier et en fin limier il a choisi sa proie. Marie Louise. Fille de l'empereur François 1er et petite fille de Marie Caroline. La jeune fiancée a quitté Vienne le 13 mars pour un long voyage jusqu'à Paris et le mariage a eu lieu en l'église Notre Dame. Marie Caroline est anéantie. Napoléon, en quête de légitimité, est enfin entré dans le monde dynastique auquel, même avec son titre d'empereur, il n'avait pu accéder.

Cette même année, MURAT, non content d'occuper le royaume de Naples, a encore tenté de conquérir la Sicile. Lors de son expédition sur Messine, ses troupes, composées en majorité de corses et de libéraux napolitains, ont été violemment repoussées par les paysans et les pêcheurs siciliens qui, vouant toujours une haine féroce aux français, les ont empêchés de fouler leur terre.

Pendant ce temps-là, à Terranova, Leonardo GAGLIANO attend désespérément le retour de son fils Francesco.

Parfois, le soir, allongé sur sa couche, il perçoit au loin dans la campagne des sons harmonieux qui se perdent dans les soupirs du vent. Alors les battements de son cœur usé, malmené par l'angoisse et le chagrin, se calment. Gaspare, cet enfant qui a grandi dans son ombre, qui illumine ses vieux jours et porte tous ses espoirs, fait vibrer dans la nuit les cordes de son violon magique, cet instrument qui a été le compagnon de sa vie et son fidèle ami. Les sons le caressent et l'apaisent. Comme des berceuses siciliennes qui chantent dans la pénombre pour éloigner la peur des enfants et les endormir doucement.

X

Il avait fallu quatre années d'errance dans des forêts obscures, des abris de fortune, quatre années de lutte clandestine, de danger quotidien pour que Francesco GAGLIANO soit enfin reconnu par ces charbonniers venus de toute la Sicile, ces agitateurs convaincus d'être les sauveurs de la nation, porteurs d'un désir de liberté et d'égalité, à la vue desquels les paysans tremblent et se calfeutrent dans leurs campagnes.

Le jour de son initiation est enfin arrivé. Dans une grotte palermitaine cachée au fond d'un bois, une confrérie s'est réunie. L'homme qui préside la cérémonie, assis face à la porte sur un siège recouvert de velours rouge, arbore les couleurs de la secte. Une longue tunique noire, des sandales bleues, un turban rouge noué sur le front et un ruban tricolore en sautoir. Francesco, les yeux bandés, écoute les sermons prononcés par des membres de la société secrète évoquant les objectifs et la philosophie de la charbonnerie. Ils énumèrent les devoirs que le nouveau venu doit accomplir pour devenir *bon cousin*. Ainsi que les vertus qui lui sont imposées pour faire partie de l'*Ordre*. Avant de retrouver la vue, Francesco doit s'agenouiller sur un drap blanc. Puis il prête serment sur le feu et la croix de garder le secret sur l'existence de l'organisation, ses membres, son règlement et ses signes, au péril de sa vie. Des anciens adeptes témoignent de la probité du jeune homme, de ses convictions dont il a fait preuve et de sa réelle opposition au pouvoir monarchique des Bourbons, avant que l'assistance le déclare apprenti charbonnier et le soumette aux épreuves initiatiques de *la Vente*. Le maitre de cérémonie fait jaillir une goutte de sang de la main du nouvel arrivant à l'aide d'un poignard qui lui est ensuite remis en reconnaissance de son appartenance à sa nouvelle famille afin qu'il en fasse bon usage pour lutter contre les complots et les traitres. Un assistant lui ordonne alors d'être toujours porteur d'un fusil avec ses munitions pour être en mesure de lutter contre l'oppresseur et de défendre ses amis contre la tyrannie exercée par le pouvoir en place. Ce jour-là, en prononçant à voix haute viva I*talia libera* Francesco ignore que le sillon de l'unité italienne est en train de se creuser.

X

Un an plus tard, un soir d'été, Francesco est de retour à Terranova. Leonardo reste un long moment immobile devant cet enfant tant espéré qui réapparait brusquement après des années d'absence, pour bouleverser ses longues journées d'attente. Ce garçon dont les cheveux hirsutes, poivre et sel, ont recouvert les mèches blondes. Cet homme qui porte le regard bleu azur de son Francesco mais dont le visage mal rasé, plissé par le temps, a changé. Qu'a-t-il vécu ? Pourquoi cet accoutrement ridicule ? Leonardo dévisage cet être aimé qui s'est perdu dans un monde hostile et qui lui sourit avec tendresse. Il observe son large pantalon de velours brun retenu par d'épaisses bretelles, son torse recouvert d'une tunique de coton blanc sous une cape de drap sombre. Leonardo devine la présence d'un fusil dissimulé sous l'étoffe et fixe le foulard rouge noué autour du cou de son enfant.

Anna se précipite dans les bras de son fils pour l'étreindre longuement avant d'apercevoir dans l'entrebâillement de la porte une silhouette immobile et discrète qui ôte son chapeau par respect pour la mère.

— Je vous présente mon ami Antonino PRINZIVALLI, dit Francesco en s'effaçant pour faire entrer son compagnon. Nous arrivons de Palerme où la situation est explosive. La chasse aux libéraux est telle que nous avons du fuir quelques temps pour nous mettre à l'abri de tous ceux qui nous traquent pour nous emprisonner.

Leonardo, dont l'entourage n'a toujours connu que sa douceur et sa tolérance, se lève alors brusquement et laisse exploser sa colère. Une colère glacée venue du fond de son être. Une colère issue d'une vie de dévouement à son pays, à son roi, à sa religion, à tous ses principes de loyauté auxquels son éducation n'a jamais failli. Une colère qui se déverse soudain comme une lame de fond sur cet enfant indigne qui bafoue le monde qui l'a nourri. Cet étranger qui a ignoré l'angoisse et le désespoir de sa famille pour courir vers des chimères. Qui a abandonné les siens durant des années pour rejoindre des aventuriers hostiles à toute forme d'autorité au nom d'une liberté destructrice. Des révolutionnaires prêts à mourir pour un âge d'or qui n'existe que dans leur imaginaire.

Francesco s'approche alors de son père, l'entoure de ses bras, caresse son crane vieilli et laisse son chagrin s'exprimer. Ce chagrin qu'il porte en lui depuis sa naissance. Cette souffrance qui ne s'est jamais apaisée parce qu'elle s'est construite sur l'injustice, l'indignation et ce qu'il a toujours appelé la tyrannie et l'oppression. Cette douleur que Leonardo, malgré son attachement profond à sa famille, a toujours été impuissant à calmer. Lui, depuis toujours habité par son génie, nourri de sa musique, transporté par son violon dans un monde où personne n'a jamais trouvé sa place, n'a pas mesuré l'abîme dans lequel son enfant a sombré. Leonardo et Francesco ne peuvent pas se comprendre malgré le profond amour qui les unit. Alors Francesco tente désespérément de convaincre son père. Il lui parle longuement de son engagement et malgré les promesses faites à ses pairs, il lui confie tous les projets audacieux portés par cette organisation dans laquelle il a trouvé de vrais compagnons et les raisons de sa lutte.

— Père, lui dit-il, ce monde dans lequel tu as vécu appartient au passé. Il est derrière nous. Un autre monde s'ouvre, un monde de liberté, d'égalité. Ces nobles tout puissants, ces ecclésiastiques prétentieux, qui ont abusé de leur pouvoir et exploité les pauvres gens, disparaitront bientôt. L'histoire des peuples sera bouleversée. Les anglais qui ont tant soutenu et protégé la Sicile l'ont compris. Comme Ferdinand. Il sait que nous entrons dans une ère nouvelle et qu'il ne pourra pas faire l'économie d'une monarchie constitutionnelle s'il veut conserver son trône. Les monarques seront contraints de signer un contrat avec le peuple. A Palerme une rumeur prétend que la reine Marie Caroline s'est enfuie. Sa haine des français, de Napoléon, des libéraux est devenue si impopulaire qu'elle a du quitter la Sicile pour l'Autriche, son pays natal.

Son discours est interrompu par l'arrivée du jeune Gaspare. Francesco, surpris, dévisage son neveu avec une joie mêlée de curiosité devant ce bel adolescent qu'il ne reconnait pas.

— C'est ton oncle Francesco, dit Anna, heureuse d'accueillir son petit fils en famille. Le jeune homme découvre enfin le visage de cet oncle mythique dont son imaginaire s'est nourri depuis son enfance, ce révolutionnaire déjà vieux, tantôt héros, tantôt conspirateur.

Gaspare, qui vient de fêter ses dix sept ans, sait qu'il devra un jour prochain être enrôlé dans les armées royales en ces temps d'agitation et de guerre civile. Il écoute Francesco faire le récit de ses luttes clandestines, de ses combats. Ecartelé entre deux univers, il ne comprend plus où se situe son avenir.

Leonardo s'adresse alors au compagnon de son fils. D'où vient-il ? De quel coin de Sicile ? Avec la courtoisie due au respect de l'âge, Antonino parle à son interlocuteur du village de CAMPOBELLO où vit toute sa famille depuis plusieurs générations, à l'ouest de Terranova, dans la province de TRAPANI.

— Un lieu béni des Dieux, dit l'homme, une belle campagne qui a toujours bénéficié d'une richesse, l'eau. De nombreuses sources ont privilégié une magnifique végétation. Le territoire sur lequel la ville s'est construite était, dans les temps passés, traversé par des torrents souterrains gonflés d'eau en hiver, qui ont nourri une nature riche et variée, des forêts denses. Au dix septième siècle, lors de la création de la ville, il n'existait qu'un château, bâti par les arabes à l'époque où ils occupaient la Sicile. Les baronnies qui se sont succédé ont créé des habitations, des commerces, des églises, elles ont attiré une population d'artisans, d'agriculteurs. La ville a été édifiée à proximité de plusieurs sites archéologiques célèbres, SELINONTE, SEGESTE, qui portent la trace des premiers colons grecs avec la zone sacrée des temples, de nombreuses tombes funéraires, des vestiges très anciens d'une vie citadine avec ses artisans, ses tailleurs de pierre, ses travailleurs des champs. Tout ce patrimoine culturel a fait de cette région de Sicile l'une des plus prestigieuses d'Italie.

— Une des premières familles de Campobello fut la famille PRINZIVALLI et Le premier archiprêtre de l'église en 1695 portait mon nom ! dit en riant l'anticlérical Antonino. Aujourd'hui la ville est administrée par la famille PIGNATELLI, comme la ville de Terranova.

Leonardo écoute avec attention le récit de ce garçon intelligent et érudit. Cependant, quelque chose le dérange qu'il ne peut exprimer.

Antonino poursuit son discours avec un réel plaisir :

— J'ai grandi dans un décor paradisiaque, dit-il. Au milieu de champs d'oliviers aux troncs centenaires, plantés à l'infini en rangs ordonnés entre lesquels une nature époustouflante se développe. Mes parents exploitent des vignobles, des champs de céréales, toute la famille s'est regroupée pour vivre dans une *masseria* où chacun cultive son blé ou ses vignes pour le bien de toute la communauté.

Anna observe avec discrétion ce beau jeune homme au visage expressif qui déploie des trésors de séduction et d'imagination pour attirer l'attention de Rosa, sa fille cadette prostrée prés de la cheminée, qui n'a pas osé prononcer une parole depuis l'arrivée inattendue des deux hommes. Elle aura bientôt trente ans. Cependant son beau visage aux traits réguliers, son abondante chevelure brune retenue en chignon et son incroyable sourire dévoilant la blancheur de ses dents, révèlent l'innocence et la pureté d'une jeune fille trop sage que la vie a oubliée au coin du feu. Anna observe les joues de Rosa qui se sont colorées et ses yeux qui se sont animés à l'apparition de cet étranger. Elle réalise alors que son enfant est devenue une femme. Tandis que Leonardo, qui n'a pas remarqué l'émotion de sa fille, décèle dans le discours d'Antonino une pointe d'ironie, de fatuité, qui l'agace.

— Pourquoi ce fils de riches agriculteurs a t-il privilégié l'aventure à la terre familiale ? Se demande t-il. Pourquoi a-t-il préféré les grottes secrètes des carbonari à la lumière du soleil, à l'étendue des champs de blé ?

Il se dit brusquement que l'influence de cet homme sur son fils Francesco, si fragile, si tourmenté, a du être néfaste. Il se lève alors et prenant son petit fils Gaspare par les épaules, il interrompt l'étranger qui lui fait face.

-Nous vivons dans la maison du prince PIGNATELLI, dit-il calmement, d'une voix ferme, cela n'a pas du vous échapper. Vous êtes dans ce Palais au cœur de vos contestations et je n'ai, hélas, pas la possibilité de vous offrir l'hospitalité. Vous devez partir vers votre village et si Francesco désire vous suivre je ne peux l'en empêcher, compte tenu de son âge et au nom d'un principe de liberté qui, en ce qui me concerne, ne repose pas sur la destruction d'une civilisation mais sur la construction d'un idéal familial.

A la nuit tombée, les deux hommes quittaient le domicile de Leonardo qui ne devait plus jamais revoir son enfant. Cette nuit-là, le vieil homme ne put trouver le sommeil. Il se demandait s'il ne s'était pas trop longtemps caché la vérité sur la marche inexorable du temps. Si, égoïstement, pour protéger les siens d'une misère qui s'était imprimée dans sa mémoire depuis que son père l'en avait écarté, il ne s'était pas voilé la face devant l'oppression exercée par les plus forts sur les plus faibles. Et s'il se trompait ? S'il s'accrochait à des chimères ? Si Francesco avait raison ? Qu'allait devenir son petit fils Gaspare ainsi que ses frères et sœurs ? Gaetano, leur père, a vécu d'une passion. Celle de la terre. Il s'y est enfermé, isolé. Comme Leonardo et sa passion pour la musique. Sans entendre le grondement des armes qui se levaient, sans voir le brigandage effréné contaminer le pays, exercer sa violence sanguinaire au mépris de la morale et de la loi, sans se préoccuper de la faim du peuple, de la malnutrition des enfants, de la mendicité environnante et sans mesurer les abus exercés sur ces misérables par la noblesse et le clergé jaloux de leur richesse et de leur pouvoir exorbitant.

-Au fond, que veulent ces libéraux ? Dit-il un soir à Anna. Faire cesser la tyrannie sous toutes ses formes et donner au peuple un droit de regard sur les affaires publiques. Ils réclament un peu d'espoir mais en réalité ils ne veulent renoncer ni à leur roi ni à leur foi. Pourquoi ne les écoute-t-on pas ? Ils représentent le réveil des hommes libres, courageux, qui souhaitent entrainer les masses populaires vers plus d'égalité, moins d'oppression.

Peu de temps après la visite de Francesco, le roi Ferdinand se pliait aux exigences de son peuple et publiait une constitution libérale. C'était la fin de la monarchie absolue. La reine Marie Caroline s'était enfuie. Seule. Les anglais l'avaient rendue responsable de tous les maux de la Sicile. Ils avaient réuni un Parlement. Et Ferdinand, conforme à son tempérament, avait résisté mollement. Cette reine qui avait voué durant toute son existence une loyauté sans réserve à ses amis anglais, luttant à contre courant contre la France et l'Espagne pour leur rester fidèle, était expulsée de son royaume comme une roturière.

— Elle, la fille de l'impératrice d'Autriche, la reine de Naples et de Sicile, expliquait le comte SPERANZA, a du quitter son époux, sa famille, sa résidence, comme une voleuse. Et retourner à Vienne, selon l'injonction des anglais. Elle s'est souvenue de sa petite sœur, Marie Antoinette, l'autrichienne, reine de France, incarcérée, humiliée, traitée en paria. Comme elle innocente et pourtant coupable. Qui est morte pour ne pas avoir eu le temps de fuir.

Marie Caroline séjourna quelques temps dans la région de TRAPANI avant de quitter la Sicile. Pour contourner les pays occupés par son ennemi Napoléon Bonaparte, elle dut affronter une épidémie de peste à Malte et en Turquie, traverser la mer noire dans la tempête, braver le froid glacial de Pologne et les bourrasques de neige en Russie. Huit mois plus tard, cette femme vieillie, perdue, malade, arrivait en Autriche avant de s'éteindre en septembre 1814 dans son sommeil.

— Ferdinand a pleuré son épouse bien aimée qu'il avait renvoyée sans état d'âme dans son pays natal. Son deuil a toutefois été de courte durée. Deux mois plus tard il épousait Lucia MIGLIACCIO, duchesse de FLORIDIA, princesse de CASTURA. Une femme docile et sans ambition, commenta le comte.

De son côté, Napoléon, se croyant invincible et pensant agir à sa guise dans les états pontificaux, s'opposait encore au pape qui l'excommuniait.

— Dans toutes les provinces d'Italie la haine à l'égard des français est à son comble, disait-on au Palais. Tous les catholiques s'élèvent contre ce dictateur qui ose incarcérer des hommes d'église, fidèles au pape.

Les désastreuses campagnes de Russie et d'Allemagne eurent enfin raison du despote. Napoléon abdiqua en 1814. Tandis qu'il était exilé dans l'île d'Elbe, Marie Caroline, sa meilleure ennemie, s'éteignait à Vienne.

X

1815 : Après la chute de Napoléon, les grandes puissances, lasses de guerroyer, se réunissent à Vienne pour trouver des accords de paix, rétablir l'ordre et redessiner les frontières bouleversées par le passage du tyran corse. Le congrès dure neuf mois. Il a pour principal objectif de restaurer le pouvoir des monarques en confirmant leur légitimité.

Au Palais des PIGNATELLI, la rumeur se répand rapidement.

— C'est un coup sévère porté aux idées libérales et au désir de régimes constitutionnels des peuples, dit un proche du prince. En voulant ramener la paix, le congrès met le feu aux poudres. Les carbonari vont en profiter pour fomenter des révoltes populaires.

Quelques jours plus tard, MURAT est capturé par la foule, emprisonné sur ordre de Ferdinand, jugé malgré son refus de comparaitre à l'audience puis exécuté.

Ferdinand quitte la Sicile et retrouve son royaume de Naples sous les acclamations du peuple. La ville est en fête durant plusieurs jours. De nombreux membres de la famille

PIGNATELLI quittent Terranova pour suivre le roi et rejoindre le royaume napolitain. D'autres, nés sur la terre sicilienne et ne pouvant se résoudre à abandonner leur fief, font le choix de demeurer au Palais avec les serviteurs et les métayers.

Cette année-là, le roi, qui a été Ferdinand quatre de Naples et Ferdinand trois de Sicile, unifie les royaumes de Naples et de Sicile. Il est proclamé Ferdinand premier, monarque du royaume des DEUX SICILES. Cependant les napolitains ne sont pas dupes de sa faiblesse. Ils en rient : *Fosti quarto ed insieme terzo, Ferdinando. Ora sei primiero e se seguita lo scherzo, finirai per essere zero* ([1])

Le roi prononce l'abolition de la constitution de 1812 et retire de nombreux privilèges. Ce qui entraine une nouvelle montée des idées libérales et une violente insurrection. Le bon monarque tolérant ne pouvant plus reculer face à l'immense désordre que connait la Sicile, ordonne une terrible répression à l'encontre des libéraux.

La mort de Murat et le retour de Ferdinand sonnent la victoire des brigands. Tous ceux qui ont commis des crimes pour le bien de la cause des Bourbons et contre les odieux français sont graciés. Les *fidèles* sont élevés à de hauts postes dans l'administration, la marine ou l'armée. On ne punit plus, on absout, au mépris total de la justice. Une fois blanchis, beaucoup de malfrats retournent au brigandage, attirés par l'appât de gain.

X

Peu de temps après, à Terranova, Leonardo s'éteignait dans les bras d'Anna, entouré de son fils Gaetano et de Gaspare,

1 Tu as été Ferdinand quatre en même temps que Ferdinand trois. Aujourd'hui tu es Ferdinand premier et si la plaisanterie continue, tu seras Ferdinand zéro.

son petit fils. Il n'avait plus revu sa terre natale, les trottoirs napolitains de sa jeunesse, l'atelier de lutherie de l'oncle Nicolo. Il n'avait pas non plus revu son fils Francesco qu'il avait espéré jusqu'à son dernier souffle.

Gaspare garda précieusement le violon de son grand père, ce violon GAGLIANO qui portait son nom, celui de l'oncle Nicolo, celui de sa famille. Il en joua souvent, le soir, en souvenir de cet homme dont il avait tant admiré le talent. Parfois l'émotion, le manque, ravivaient son deuil, ses yeux s'embuaient. Alors il reposait l'instrument dans son étui, partait dans la campagne et marchait longtemps comme au temps des longues promenades avec son grand père. Il l'offrit plus tard à son petit fils Leonardo à qui on avait donné le prénom de son aïeul et que l'on surnommait Nardo.

Le prince PIGNATELLI était décédé quelques mois plus tôt suivi de prés par le comte SPERANZA.

Le vieux Leonardo n'avait jamais cessé de s'intéresser au monde musical. Par les nouvelles de Vienne qui lui parvenaient régulièrement, il avait appris avec une grande tristesse la mort de Wolfgang Mozart puis celle de Joseph Haydn.

X

1820 : Gaspare avait noué depuis son plus jeune âge des liens amicaux avec Calogero, le petit fils d'un comte, descendant de la famille PIGNATELLI. Les deux garçons passaient leurs journées dans la campagne alentour, Gaspare initiant son ami à la découverte de la nature et Calogero divulguant les secrets d'un monde aristocratique décadent, accroché à ses traditions et ses certitudes. Le jeune noble rapportait les propos glanés au cours des réunions de famille et les jeunes gens échangeaient leurs regards sur la société dans laquelle ils grandissaient.

Ils comprenaient que cette société avait subi de profonds bouleversements. Que le peuple italien, endormi depuis la fin de l'empire romain, avait été réveillé par des exaltés de plus en plus nombreux, prêts à sacrifier leur vie et leur famille à l'idée de Patrie. Des hommes déterminés à retrouver leur identité, leur territoire et leur fierté, portés par un profond sentiment national, qui voulaient reconquérir leur liberté et leur indépendance.

-Durant l'occupation française, le roi de Naples s'est réfugié deux fois en Sicile, raconte un soir Calogero. Une première fois en 1799 durant quelques mois et une deuxième fois en 1806 durant prés de dix ans. Les anglais, qui protégeaient la Sicile, maintenaient une prospérité financière dont la famille royale jouissait alors que le peuple vivait dans des conditions de plus en plus misérables. A la chute de Napoléon, Ferdinand a retrouvé son trône de Naples et annexé la Sicile. Les siciliens se sont sentis humiliés. Leur aversion pour les napolitains auxquels ils se sentaient brusquement soumis en a été exacerbée. A leur misère s'est ajoutée la révolte. Ils se sont déchainés contre le pouvoir.

— Ce sont les troupes françaises qui ont introduit le libéralisme dans les provinces italiennes, ajoute Calogero. Dans le désordre qui règne aujourd'hui, les sociétés secrètes prospèrent. Depuis quelques années les *carbonari* ont pénétré toutes les couches sociales. Des nobles, des bourgeois, des paysans, et même des prêtres sont entrés dans *les ventes* qui se tiennent dans les forêts, les campagnes et parfois les couvents. On dit qu'à Naples, Ferdinand prétend soutenir les insurgés. Mais on dit aussi qu'il n'est pas un roi fiable et qu'un jour ou l'autre il pourrait bien retourner ses troupes contre eux. Lorsque le royaume de Naples était occupé par les français, Ferdinand, depuis la Sicile, incitait les carbonari à se soulever en Calabre et dans les Pouilles contre Murat. Son attitude était une stratégie.

Pour que sa parole soit crédible, il a accordé à la Sicile un statut libéral en 1812 mais depuis la fin de l'Empire il est revenu sur toutes ses promesses et les *Ventes* se sont multipliées.

Gaspare est fasciné par les propos de Calogero et boit ses paroles pour tenter de comprendre qui sont ces révoltés dont fait partie son oncle Francesco et quelle situation ce dernier a vécu depuis qu'il a disparu. Son ami lui explique que le mouvement révolutionnaire prend de l'ampleur dans toutes les provinces italiennes, en Romagne, en Toscane, au Piémont, en Lombardie et aussi dans les états de l'Eglise.

— Dans toutes les régions d'Italie les rebelles sont pourchassés, emprisonnés, torturés ou guillotinés, dit Calogero. L'empereur d'Autriche, François II, veut exterminer toutes les sociétés secrètes dans les provinces qui sont encore sous sa domination. Il considère les *carbonari* comme des malfaiteurs. A Rome, les prisons sont si pleines que certains révoltés sont contraints de s'exiler. Et à Naples, Ferdinand a sollicité l'aide des autrichiens pour freiner la propagation des idées libérales. Pendant ce temps le mouvement ne cesse de s'amplifier. Des anciens officiers de Murat et un grand nombre de leurs soldats, enrôlés dans l'armée du roi Ferdinand, entrent dans les *Ventes*.

Si le royaume de Naples compte des milliers de bons cousins, le carbonarisme rencontre moins de succès en Sicile. Dans la région de Palerme, l'action exercée par la police du roi freine la contagion. De nombreux suspects remplissent les prisons royales. Des détenus politiques, dont la plupart sont officiers ou proches du pouvoir, en profitent pour attirer des sympathisants palermitains ou issus d'autres régions de l'île et créer de nouvelles Ventes.

X

L'année 1820 est sanglante. La constitution promulguée en Espagne a mis le feu aux poudres et provoqué des insurrections dans de nombreux Etats européens. L'Italie s'embrase.

— Napoléon, dit Calogero, avec son désir de dominer toutes les provinces italiennes, avec ses réformes et son armée, a fait germer dans l'esprit du peuple l'idée de nation. Et la population est désormais prête à mourir pour que naisse sa patrie.

— A Palerme une révolte a éclaté, poursuit le jeune homme. La population, armée, arborant les couleurs du carbonarisme, tire sur les soldats, ouvre les prisons et délivre les forçats. Les insurgés composés de malfrats, de bourgeois, de nobles et de religieux investissent les ruelles pour s'opposer aux troupes, contraintes de reculer.

Calogero confie chaque jour à Gaspare les renseignements qu'il tient de sa famille.

— A Messine presque tous les soldats de l'armée royale sont *carbonari*. Les *Ventes* se multiplient et la ville est totalement acquise aux insurgés. A Palerme, la situation est différente. Une grande partie des nobles et des bourgeois ne sont pas favorables aux idées révolutionnaires. Ils veulent l'indépendance de la Sicile et Ferdinand n'a aucune intention de la leur donner. Des libéraux venus de Naples ont semé le désordre dans la ville. La population a peur. Les émeutes se multiplient. Il parait que la statue du roi Ferdinand a été démolie. Des révoltés ont pénétré dans le fort de Castellamare et ont volé des milliers de fusils. Les troupes royales reculent. Le roi a peur et a fait libérer tous les détenus. Les insurgés exigent le rétablissement de la constitution de 1812 que Ferdinand a abolie en 1816. Des nobles ont été massacrés par la foule. Le prince héritier, François de Bourbon, duc de Calabre, qui a toujours soutenu les libéraux, est furieux et fait emprisonner tous ceux qui ont fomenté ces révoltes.

Durant l'été, Calogero, inquiet sur la situation en Sicile, en informe son ami:

— Messine et Palerme qui soutiennent des positions contraires s'affrontent avec violence. Des troupes palermitaines composées de nombreux brigands ont massacré la population de Messine et pas loin de chez nous la ville de Caltanissetta a été dévastée. A Palerme, la noblesse et la bourgeoisie veulent s'émanciper de la tutelle bourbonienne et conserver leurs privilèges. La ville est isolée du reste de la Sicile qui lutte pour la liberté du peuple et souhaite une monarchie constitutionnelle.

En septembre, la situation explose.

— Le roi Ferdinand a fait bombarder Palerme, dit Calogero. La population a subi une hécatombe et les aristocrates se cachent dans leurs palais. Des quartiers entiers de la ville sont en ruine. C'est un désastre.

Gaspare ne peut plus cacher sa peur. Les récits de son ami le terrorisent. Il ne peut plus se réfugier auprès de son grand père Leonardo pour se rassurer. Et son père Gaetano, lorsqu'il rentre le soir des champs, sombre et silencieux, avale sa soupe sans lever les yeux puis part se coucher. Alors le jeune homme sort le violon de son étui et joue près de l'âtre pour Anna, sa grand-mère qui l'écoute pieusement.

A l'automne, Calogero informe Gaspare que Ferdinand accepte une nouvelle constitution et a l'intention d'amnistier tous les rebelles.

Peu de temps après, le vieux monarque, trahissant sa parole, demande l'aide de l'Autriche pour en finir avec la présence insupportable des francs maçons et des *carbonari* dans son royaume.

— Les membres des sociétés secrètes sont interpellés, torturés, exécutés, dit Calogero. Certains, pour échapper à la mort, choisissent l'exil. Beaucoup d'entre eux s'enfuient en Amérique.

Un grand désordre règne en Sicile.

— De Naples, raconte Calogero, le roi a envoyé des renforts de troupes pour tenter de maîtriser la situation. La ville de Palerme, livrée à la plus grande anarchie, se défend avec une telle violence que l'armée est contrainte de reculer. Le roi Ferdinand n'en a pas fini avec les brigands. Plus la misère grandit, plus il y a de bandits. C'est la seule défense du peuple.

Les autrichiens, venant au secours du roi, entrent alors dans Palerme avec une armée de plusieurs milliers d'hommes pour en finir avec la rébellion. En vain. Ils ne mesurent pas le désespoir d'une population profondément meurtrie, misérable et trop longtemps humiliée, aliénée à un brigandage effréné dont les forçats échappés des bagnes sont devenus les guides.

Cette année-là, les piémontais, décidés à faire de l'Italie une nation libre et unie, prennent les armes contre les autrichiens. Ils sont écrasés à Novare.

— Le roi du Piémont, Victor Emmanuel, après cette défaite, a abdiqué en faveur de son frère Charles Félix tandis que Charles Albert, le prince héritier, a pris en main la régence du royaume, dit Calogero. On le dit libéral mais faible. Il n'est pas fiable.

Pourtant, cette même année, le peuple s'est réveillé. L'unité italienne est en marche.

X

Quelques mois plus tôt, Francesco GAGLIANO, qui avait rejoint la Calabre, était interpellé et incarcéré dans des geôles napolitaines. Son compagnon Antonino PRINZIVALLI, grâce à la complicité de ses amis, organisa son évasion. Alors que les prisonniers étaient délivrés de leurs entraves pour assister à la messe dans la cour de la prison, un gardien frappait violemment le curé à la tête tandis qu'un complice lui arrachait les clefs qu'il portait dans sa soutane. Des insurgés menaçaient les sentinelles avec des armes qui avaient mystérieusement traversé les murs d'enceinte et les prisonniers prenaient la fuite.

Francesco et Antonino, aidés par des bandits et des pêcheurs locaux, partirent à Milan rejoindre des révolutionnaires milanais pour se battre contre la police autrichienne qui terrorisait la population insurgée. La ville, à feu et à sang, se révoltait contre la tutelle de l'Autriche. Tous ceux qui osaient lutter contre les *pantalons blancs* étaient torturés, emprisonnés, exécutés.

Ayant appris qu'ils avaient été dénoncés, les deux amis s'enfuirent de nouveau en Sicile. Antonino décida d'aller se cacher dans son village de CAMPOBELLO tandis que Francesco partit rejoindre les révoltés de Palerme. Ils avaient cinquante ans.

Antonino n'eut plus jamais aucune nouvelle de son ami. Il se demanda souvent si la guillotine l'avait épargné. Et le temps passant, il perdit tout espoir de le revoir un jour.

X

1825 : Le roi Ferdinand 1er s'éteint. Son fils François lui succède durant une courte période puis son petit fils, âgé de vingt ans, monte sur le trône sous le nom de Ferdinand II des DEUX SICILES.

Le peuple, écrasé par ce monarque despotique et violent, ne tarde pas à se soulever. Les prisons siciliennes se remplissent encore.

Deux ans plus tôt, à la mort du pape Pie VII, Léon XII a été élu. Ce pape conservateur, d'origine noble, fidèle aux principes du Congrès de Vienne, hostile au libéralisme, veut en finir avec les agitateurs, les carbonari, les francs maçons, les brigands avec lesquels il se montre impitoyable.

Il prend des mesures autoritaires pour tenter de ramener l'ordre dans les Etats de l'Eglise alors que l'administration corrompue des cardinaux reste indifférente à la misère du peuple. Son impopularité et la violence de ses mesures prennent fin avec son pontificat six ans plus tard.

Entre temps, Giuseppe MAZZINI, un génois, avocat et philosophe, issu d'une famille bourgeoise mais adepte des idées républicaines, actif dans la charbonnerie depuis des années et exilé en France, crée un nouveau mouvement, *GIOVINE ITALIA,* qui deviendra le drapeau de la future unité italienne. De nombreux charbonniers en exil y adhérent.

Cette année-là, Gaspare GAGLIANO a trente ans. Son père Gaetano est décédé ainsi que Anna sa grand-mère. Et sa tante Rosa, qui a longtemps espéré le retour d'Antonino PRINZIVALLI, est entrée dans les ordres. Gaspare, dispensé de ses obligations militaires grâce à l'aide de la famille PIGNATELLI, cultive les terres familiales et joue chaque soir du violon. Il a épousé Giovanna CATALDO qui lui a donné trois enfants dont un fils prénommé Gaetano comme son grand père et que l'on surnomme Tanino.

Un après midi, Antonino PRINZIVALLI se présente à TERRANOVA, dans la propriété des PIGNATELLI. Lorsqu'il rentre des champs, Gaspare l'aperçoit dans la cour du palais. Il reconnait dans le vieil homme le révolutionnaire qui avait accompagné des années plus tôt son oncle Francesco au domicile de son grand père Leonardo. Il était adolescent mais rien de cette scène ne lui avait échappé.

Les deux hommes pénètrent dans la maison. Gaspare veut tout savoir de Francesco, cet oncle mystérieux, fascinant et rebelle qui avait tant fait souffrir son grand père. Antonino lui parle longtemps.

— Il s'est battu en héros, lui dit-il, au nom de l'espoir du peuple. Il n'avait peur de rien. Caché dans les bois ou surgissant à cheval, il se jetait avec le même courage sur l'ennemi, qu'il soit italien, français ou autrichien.

Le vieil Antonino est heureux d'évoquer le temps de sa jeunesse, de ses engagements, de ses combats. Il ignore que ce soir-là ses paroles font germer dans l'esprit de son jeune interlocuteur des idées de révolte qui ne cesseront de croitre avec le temps. L'ancien révolutionnaire, nostalgique des années partagées avec son ami Francesco dans un passé de fièvre et de lutte, alimente par ses propos subversifs une indignation que Gaspare transmettra plus tard à son fils Tanino. Ce fils qui un jour prendra les armes contre le pouvoir en place avec les légions de GARIBALDI pour que naisse l'unité italienne.

Antonino PRINZIVALLI, après l'arrestation et l'évasion de son ami Francesco GAGLIANO, s'était enfui de Milan pour retourner dans son village de CAMPOBELLO où il avait épousé la jeune Vita TOSTO qui avait mis au monde de nombreux enfants dont cinq étaient restés vivants. Plus tard son petit fils, dénommé Francesco comme son vieux complice et surnommé Franco, rejoignit les compagnons de GARIBALDI. C'est ainsi que Tanino GAGLIANO et Franco PRINZIVALLI, les descendants de Francesco et Antonino, luttèrent plus tard côte à côte pour l'unification d'une Italie qui porta au pouvoir un nouveau roi, un sarde, Victor Emmanuel II de Savoie.

X

Chapitre III : Tanino GAGLIANO — Franco PRINZIVALLI— Andrea BONGIORNO— Nardino SPINELLA

1848 : Palerme est en feu. Le peuple révolté contre le roi Ferdinand II manifeste, distribue des tracts, organise des grèves. Les paysans, les ouvriers, les étudiants, alliés à des intellectuels et des aristocrates, ne veulent plus de la tyrannie exercée contre la population. Ils réclament le droit de disposer d'eux-mêmes, de s'exprimer librement, de manger à leur faim, de cultiver leurs terres. Ils s'élèvent contre la soumission qui leur est imposée par la violence. Tous s'unissent pour soutenir une cause commune. La liberté, l'égalité des droits, la fin d'un pouvoir despotique exercé par un monarque sanguinaire. A Terranova, Gaspare GAGLIANO a cinquante quatre ans et son fils Tanino n'a que seize ans. Ils cultivent les terres familiales et du palais PIGNATELLI ils suivent les évènements qui se déroulent à Palerme.

Gaspare questionne son vieil ami Calogero sur la situation politique de l'Italie. Et le jeune Tanino boit ses paroles.

— A Naples, le roi Ferdinand II s'est allié à l'Autriche et a réuni des milliers d'hommes pour lutter contre les libéraux, leur explique Calogero. Il veut maintenir un régime autoritaire. En Sicile, il a fait bombarder Palerme. La population est traumatisée par la violence de ce tyran. Elle le surnomme « *il re bomba* »(x).

Depuis des siècles, les siciliens ont été pillés et exploités par des conquérants étrangers. Ils en ont assez de cette oppression. Le petit peuple, malheureux, misérable mais fier, se révolte avec la même violence que celle qu'il subit. La Sicile est devenue un repaire de brigands. De ce désordre, de cette pauvreté, de cette opposition des siciliens à toute forme de répression est née la Mafia. Cette nouvelle secte, au prétexte de protéger les pauvres contre les riches, s'est alliée à la population pour lutter contre la tyrannie bourbonienne. Dans la ville, les crimes se multiplient et le roi commence à retirer ses troupes.

— Les idées révolutionnaires se propagent dans toutes les provinces italiennes, poursuit Calogero. La révolte a gagné le Piémont, le duché de Toscane, les Etats pontificaux. A Rome, les révolutionnaires ont chassé Pie IX. C'était pourtant un pape libéral qui a fait de nombreuses réformes pour le bien du peuple. Il a amnistié tous les condamnés politiques. Il a sollicité le retour au pays de tous les émigrés. Mais La population ne veut plus de la tutelle autrichienne et le pape s'est opposé à une guerre contre l'Autriche qu'il considère comme un bastion du christianisme. Il a alors été contraint par les insurgés romains de s'enfuir sur l'île de Gaète.

Gaspare et Tanino, séduits par les convictions patriotiques des libéraux, se nourrissent de toutes les informations apportées par leur ami qui, bien qu'il partage leurs idées, est issu d'une noblesse qu'ils rejettent. S'ils lui vouent une véritable affection, ils réprouvent l'univers dans lequel il évolue, ce monde conservateur et immobile dont ils se sentent éloignés.

— Seul Charles Albert de Savoie continue à lutter, poursuit Calogero. Son accession au trône après la mort de Charles Félix, a fait naitre l'espoir des patriotes italiens. Cependant ce roi ambigu les a déçus. Après avoir soutenu les libéraux, puis réprimé durement les mouvements révolutionnaires mazziniens, il a changé de politique. Il est déterminé à faire de l'Italie un pays libre et unifié, à s'unir au pape et au clergé s'il le faut, à la condition d'utiliser l'insurrection nationale au seul profit de sa monarchie. Une monarchie nouvelle, moderne, réformée, autour de laquelle l'Italie devra s'unir. Il ne veut pas soutenir les républicains ni les démocrates. Ni s'opposer à l'église. Il veut utiliser le mouvement populaire au profit de son royaume, un nouveau royaume auquel les monarques des autres provinces devront céder leurs couronnes. Il n'a qu'une ambition. Devenir roi d'Italie.

Gaspare et Tanino comprennent que le peuple est déboussolé. Il se dresse contre l'oppression mais n'identifie plus son véritable ennemi. Est-ce le roi Ferdinand II, ce bourbon tyrannique qui bombarde ses sujets ? Est-ce l'Autriche et ce prince Metternich qui tire les ficelles de la monarchie dans les provinces d'Italie? Est-ce la France qui n'en finit pas de se mêler des affaires italiennes malgré le départ de Napoléon, au prétexte de protéger Rome et l'Etat pontifical ? Cette France qui n'a qu'une obsession, annexer Nice et la Savoie et qui est prête à toutes les manigances pour y arriver. Cette France qui a perturbé la population européenne par ses idées révolutionnaires, ses réformes, ses républiques.

— De qui le peuple d'Italie veut-il se libérer ? Pense Gaspare. De la monarchie ? De l'Eglise ? Des autrichiens ? Le peuple a faim, tout simplement. Il en a assez de la misère et de la maladie. Il ne veut plus voir mourir ses enfants. Il veut chasser tous ceux qui l'exploitent et l'oppriment, tous ces maitres détenteurs de richesse et de pouvoir qui ignorent son désespoir et étouffent ses cris de colère dans une violence indicible. Il veut pouvoir labourer un lopin de terre et ne plus voir son blé confisqué par des étrangers. Alors il est prêt à suivre celui qui promet de le sauver et il crie « *vive l'Italie libre* » sans comprendre que personne ne pourra le sauver parce qu'il est un peuple sacrifié, martyrisé, sur une terre brûlée qui ne lui appartiendra jamais.

Gaspare sait que son fils Tanino ne partage pas totalement ses idées alors il se tait tandis que Calogero poursuit son monologue.

— En Piémont-Sardaigne, la charbonnerie a gagné la majeure partie de la bourgeoisie, de l'aristocratie, des intellectuels et surtout de l'armée.

— Aujourd'hui, toutes les provinces italiennes se révoltent, dit Calogero. Le peuple ne reculera plus. Il est déterminé à conquérir son indépendance et sa liberté. Il est soutenu par la Mafia. Et le Piémont sera son porte-drapeau.

Gaspare sent que son fils est prêt à partir au combat. Dans peu de temps il sera majeur et comme son oncle Francesco avant lui, il quittera sa famille pour que naisse sa Patrie.

Les deux hommes, attentifs aux propos de Calogero, ne mesurent pas cependant le véritable danger que représente cette Mafia qui est apparue sournoisement en Sicile. Ces nouveaux manipulateurs qui se révèleront des protecteurs plus oppressants, plus nocifs que la monarchie, l'aristocratie ou le clergé.

Quelques mois plus tard, Calogero leur annonce que Charles Albert de Savoie a déclaré la guerre à l'Autriche.

(x) le roi bombe

1852 : Tanino GAGLIANO et Franco PRINZIVALLI ont rejoint les insurgés. Cachés dans la campagne palermitaine, ils se préparent à l'assaut contre les troupes de l'armée royale. Dans le village de PARTINICO, ils se sont liés à deux paysans, Andrea BONGIORNO et Nardino SPINELLA.

Andrea BONGIORNO est le plus âgé. Il a déjà fêté ses quarante ans et fondé une famille quelques années plus tôt avec Vita BARRETTA qui lui a donné quatre enfants dont deux seulement ont survécu. Emportée brutalement par d'étranges fièvres, Vita l'a abandonné, veuf, avec ses deux gosses en bas âge. Un an plus tard, il a épousé Francesca LO MONACO qu'il a laissée, enceinte, à Partinico, pour aller défendre sa Sicile natale. Ses brefs retours dans ses terres ont fait naitre trois autres enfants, trois beaux garçons dont il ignore qu'ils grandiront sans leur père. Parce que ce combat lui coutera la vie. Et que, lorsque l'unification Italienne verra le jour, ses enfants seront orphelins.

Tanino GAGLIANO a laissé Peppa MARCHESE, sa jeune épouse, à TERRANOVA lorsqu'il a fait le choix de s'engager dans la lutte contre l'oppression. Il n'avait que vingt ans et elle était encore une enfant. Il l'a confiée à sa famille pour se jeter dans ce combat dont il rêvait depuis l'adolescence. Auprès d'Andrea BONGIORNO il a trouvé un père spirituel, un homme d'honneur auquel il a voué une grande admiration et une profonde confiance.

Après dix ans de combat, lorsque la victoire donnera aux italiens une monarchie constitutionnelle et un roi sarde, Tanino sera père de trois garçons, Gaspare, Nardo et Carmelo, nés de ses rencontres épisodiques avec Peppa. Il ignore cependant que trente ans plus tard son fils Nardo fera le choix de l'exil pour en finir avec la misère, la violence et la douleur des siciliens. Qu'il quittera la Sicile pour une autre rive de la Méditerranée. Une rive inconnue. Le Maghreb. Le pays du couchant.

Nardino SPINELLA a grandi comme Andrea BONGIORNO à Partinico, dans une ruelle du village située à proximité de la rue portant le nom de son ami, via BONGIORNO. Issu comme lui d'une famille d'agriculteurs, il a toutefois côtoyé une jeunesse plus libre et très vite la passion du jeu l'a aliéné. Une passion qu'il n'a eu aucun mal à partager avec Franco PRINZIVALLI dés leur rencontre. Lorsqu'il décide de rejoindre les insurgés, Nardino vient de s'unir avec Rosalia LA MARCA mais il ne peut se résoudre à faire le choix de l'immobilité. Il est agité par son désir d'ailleurs, de combat, d'aventure. Et rien ne peut le retenir. Pas même la naissance de son fils Salvatore en 1854. Ni le décès de son épouse en 1862. La joie de voir l'Italie unifiée étouffe son chagrin cette année-là.

Quant à Franco PRINZIVALLI, il est adolescent à la mort de son père et très vite, lorsque le vide laissé par l'absence s'est installé, poussé par le chagrin et la colère, il a suivi des insurgés qui quittaient Campobello pour Palerme. Il s'est jeté dans ce combat par désespoir et désœuvrement malgré le confort matériel dont jouissait sa famille. Elevé dans l'environnement bucolique de son village, il n'a pas connu les montées révolutionnaires et l'insurrection sicilienne de 1820. A peine sorti de l'enfance, il a été privé de son père et de ses récits intarissables sur les exploits d'Antonino, son grand père rebelle, ce héros dont son imaginaire s'est nourri, qui a pris les armes contre le roi Ferdinand pour libérer la Sicile des bourbons. Alors Franco a fait le choix d'une lutte dont il n'a pas vraiment compris le sens.

Rapidement Tanino GAGLIANO et Andrea BONGIORNO se sont rapprochés et ont tissé des liens fraternels. Ils partagent une élégance, une éducation que des générations de droiture et d'éthique leur ont inculquées.

De leur côté, Franco PRINZIVALLI et Nardino SPINELLA ont noué une complicité que leur goût de l'aventure et le rejet de toute forme d'autorité nourrissent.

Franco PRINZIVALLI s'oppose souvent à Andrea BONGIORNO dans des discussions animées, Franco soutenant la mafia sur laquelle il compte pour aider les nationalistes à chasser les Bourbons et Andrea persistant à lutter pour une monarchie constitutionnelle. Franco, opportuniste et malin, recherche souvent la promiscuité des brigands tandis qu'Andrea, royaliste et fervent chrétien, lui reproche de s'éloigner du patriotisme au profit d'une dangereuse marginalité.

A la nuit tombée, cachés dans leurs cabanes, ils parlent de leur famille, de leur enfance. Leurs confidences sont autant de secrets partagés qui les lient dans une connivence plus forte que leurs différences.

Andrea BONGIORNO, dont le regard bleu azur et la chevelure d'un blond vénitien évoquent les vikings, raconte à ses amis l'histoire de ses ancêtres normands qui durant trois siècles ont donné à leur île une expansion culturelle et économique sans précédent.

-La Sicile n'a jamais été aussi prospère qu'en ce temps-là, dit-il. Ces hommes ont compris que notre richesse était le blé et qu'ils pouvaient commercer avec l'Orient.

Andrea, fier de ses racines, explique à ses amis que pour affirmer leur suprématie, ces étrangers venus de Normandie ont construit de nombreux châteaux, accueilli des archevêques, édifié des cathédrales, de nombreuses églises catholiques, arabo chrétiennes, des mosquées aux décors siciliens.

— Au onzième siècle le prince de Salerne avait mobilisé ces mercenaires pour aider les byzantins à reprendre la Sicile tombée aux mains des arabes, dit-il.

Andrea raconte comment le premier de ces aventuriers, Guillaume De HAUTEVILLE surnommé « *bras de fer* », et son demi frère ROGER se sont emparés de l'île. Comment les arabes ont résisté et ont du quitter Palerme après plusieurs mois de siège. Et comment, à la mort de ROGER, son fils ROGER II a gouverné avec une grande tolérance, laissant les différentes religions coexister, parlant arabe, commerçant avec le Maghreb.

-Il a été couronné roi de Sicile dans la cathédrale de Palerme un soir de Noël, dit-il. Les états voisins l'appelaient *le chrétien enturbanné.* A son décès, son neveu Fréderic II de

Hohenstaufen régna lui aussi dans un univers à la foi chrétien et musulman. Orphelin à trois ans, confié à la tutelle du pape Innocent III par sa mère, il avait grandi à Palerme, livré à lui-même. Fréquentant le peuple dans un univers pluriculturel, il s'était forgé une personnalité singulière dans un monde à la fois chrétien et musulman. Très attiré par la culture orientale, il s'entourait de savants venant de nombreux horizons arabes. La Sicile était cependant sa terre de cœur. Polyglotte, passionné de littérature et de science, il vivait à la mode orientale, entretenait des harems. Il a troublé la papauté par son mode de vie. Il s'est opposé au pape qui l'a excommunié. Il a été roi de Sicile, roi de Germanie, roi de Jérusalem et il a été sacré empereur des romains. Le jour de son couronnement, il portait le manteau de son grand père, Roger II. Il n'avait qu'un désir, conserver ses racines maternelles siciliennes et ses racines paternelles germaniques. Il s'opposait au joug de la papauté qui voulait imposer la domination de l'occident sur l'orient. Il gouvernait avec une grande ouverture d'esprit mais avec fermeté. Il partait en croisade mais souhaitait entretenir une cohabitation pacifique avec les arabes. A sa mort, la chrétienté respira. Charles d'Anjou, un français poussé par le saint siège, lui succéda. Il institua de nouveau un système féodal dur, écrasant le peuple sicilien au profit des français.

Tanino, Franco et Nardino, captivés par le récit de leur compagnon, éprouvent un sentiment de colère à l'égard de ces français qui depuis toujours les tourmentent.

— Le règne de Charles d'Anjou s'est terminé dans un bain de sang au 13° siècle lors des vêpres siciliennes, conclue Andrea.

Il raconte ce drame survenu à Palerme un lundi de Pâques alors que la foule, terminant sa *passegiata* devant l'église San Spirito, se préparait à assister aux vêpres.

— Le roi ayant interdit le port d'armes à la population, un soldat français prétextant une fouille avait manqué de respect à une jeune palermitaine, dit Andrea. L'alibi d'une atteinte à l'honneur sicilien a mis le feu aux poudres. La foule, se précipitant sur les représentants de l'armée française a massacré des milliers de soldats. Le lendemain, le peuple de Palerme a décidé de tuer tous les français, jusqu'au dernier, pour reprendre sa terre. Le roi et ses troupes, chassés de Sicile, sont repartis à Naples. Cette révolte a signé la fin de la présence française en Sicile pendant plusieurs siècles.

Les jeunes gens ne cachent pas leur fierté d'apprendre que leurs ancêtres se sont battus en héros pour chasser les français et libérer leur île plusieurs siècles plus tôt. Ils ne cachent pas non plus leur admiration devant l'érudition de leur compagnon.

Ils découvrent également que du 16° au 18° siècle, plusieurs des membres de la famille d'Andrea ont acquis des titres de noblesse.

— Mon père, dit-il, m'a un jour montré un magnifique blason familial représentant un soleil d'or surmonté de trois étoiles d'argent sur un ciel bleu azur, en m'expliquant qu'on en retrouve des traces dans des familles BONGIORNO de Palerme ou Messine jusqu'en 1807.

Ils ignorent que, lors de l'arrivée de Napoléon Bonaparte dans le royaume des DEUX SICILES, beaucoup d'aristocrates ont perdu leur blason et une grande partie de leurs terres au profit des officiers de l'empereur français. Un empereur autoproclamé qui considérait que « *la vraie noblesse appartient à celui qui va au feu.* »

Andrea, dont la famille possède encore de belles propriétés agricoles, a toutefois trouvé une explication fantaisiste à son statut de propriétaire.

— Mes ancêtres ont colporté une légende familiale, selon laquelle il y a plusieurs siècles, un roi sicilien réveillé chaque matin par son bouffon qui le saluait dans un joyeux « *buon giorno* », le surnomma *BONGIORNO*. Jusqu'au jour où il lui céda des terres et l'anoblit.

Franco PRINZIVALLI et Nardino SPINELLA rient de cette fable.

Seul Tanino GAGLIANO reste silencieux. Il a grandi à l'ombre de la famille PIGNATELLI, une famille aristocratique dont il a appris à respecter les valeurs, le mode de vie, les titres. Et il a reconnu dans la personnalité d'Andrea les marques d'une distinction que des générations d'éducation et de culture ont imprimées. Il apprécie la réserve et la délicatesse de son ami qui lui rappellent le discours de son père Gaspare évoquant Leonardo, son ancêtre violoniste. S'il se dit que Napoléon a probablement retiré leurs titres de noblesse à de nombreuses familles au profit de ses soldats, il comprend que son pudique compagnon a fait le choix d'une fable pour cacher une triste réalité. Et que l'humour et la dérision sont parfois l'expression d'une grande dignité.

Rapidement les quatre hommes forment deux groupes. Tanino GAGLIANO et Andrea BONGIORNO passent leurs soirées à échanger des idées sur le paysage politique de leur île. Franco PRINZIVALLI et Nardino SPINELLA jouent, boivent et plaisantent avec les bandits qu'ils croisent sur leur chemin. Tous cependant ont un désir commun. La liberté des siciliens.

X

Depuis quatre ans, cachés dans des forêts ou des campagnes, les quatre hommes ont pris les armes, décidés à vaincre les oppresseurs et les tyrans, au prix de leur vie. Leur orgueil de siciliens les porte et le discours d'Andrea BONGIORNO, leur aîné, les conforte dans leurs certitudes.

— Lorsqu'un sicilien a découvert, il y a longtemps, dans les ruines de TINDARI, la mosaïque représentant TRINACRIA, cachée par des grecs, il ignorait que sa tête de gorgone coiffée d'épis de blé et son regard terrifiant, hurlaient sa souffrance.

Il ignorait aussi que ses trois jambes humaines emprisonnées dans des cheveux tressés de serpents constituaient la figure prémonitoire de son destin. Partout désormais en Sicile on aperçoit son masque bouleversant. En terre cuite ou colorée comme un soleil, elle crie sa douleur. Emmurée, affolée, elle cherche à s'enfuir mais ses jambes musclées sont emprisonnées. Comme une méduse, elle est prisonnière d'une mer mortifère. Et elle regarde, immobile, silencieuse, ses champs de blé mûrir sous un ciel de feu. Elle est si belle que le diable jaloux voudrait la tenir à l'abri des regards. Elle est le paradis dont tout le monde rêve.

Andrea le poète raconte son île à ses amis interloqués et silencieux.

— La Sicile porte en elle des enfants de Dieu qu'un diable machiavélique ne cesse de torturer, dit-il. Le ciel a mis trop de cadeaux dans les berceaux. La beauté époustouflante des paysages, la douceur infinie de la mer, la fertilité de la terre, le souffle exaltant des vents du Sud, le cœur chaleureux des femmes, le tempérament passionné des hommes. Le diable jaloux n'a jamais cessé de vouloir les torturer, les anéantir. En vain. Les siciliens sont fiers, courageux, travailleurs, tenaces, pugnaces, inébranlables. Des siècles d'invasion n'ont pas eu raison de leur identité. La Sicile a été durant des millénaires une terre de colonisation. Grecque, romaine, byzantine, arabe, normande, angevine, aragonaise, espagnole. Elle est restée sicilienne. De ces envahisseurs, de ces pilleurs, elle n'a jamais adopté ni les coutumes, ni la religion, ni la langue. Droite comme une statue de marbre, elle a traversé le temps sans défaillir. Le sol a tremblé sous ses pieds, s'est fracturé en emportant ses enfants et ses églises. Elle n'a pas bougé. Les volcans ont déversé des torrents de lave sur les toits de ses villages, détruisant au passage toute trace d'humanité. Elle n'a pas bougé. Elle s'est reconstruite en silence. Elle a poursuivi ses longues processions derrière ses saints protecteurs et rédempteurs, les implorant de la sauver. Ses prières sont des remèdes contre le mal. Sa foi est son philtre d'éternité. La Sicile est une déesse devant laquelle on ne peut que s'agenouiller.

Tanino GAGLIANO contemple son aîné avec une profonde admiration. Franco PRINZIVALLI et Nardino SPINELLA, éberlués, écoutent cet hymne à leur terre sans sourciller. La foi d'Andrea bouscule leurs doutes. Eux qui luttent contre un cléricalisme despote sont troublés par le discours de cet homme cultivé et grave qui associe la fierté du peuple à sa dévotion. Leur enfance a été bercée de processions, de cultes, de fêtes chrétiennes. Leurs ancêtres paysans ont connu d'effroyables famines sous le regard d'un Dieu qu'ils suppliaient de leur venir en aide. Ils ont grandi dans un monde accroché désespérément à la religion. Un monde dont le mysticisme est devenu irrationnel « *parce que les siciliens croient aussi au surnaturel, à la magie, aux miracles. Leur superstition s'est confondue avec leur foi, leurs sorciers avec leurs saints* », ajoute Andrea.

A travers les paroles de leur compagnon, les jeunes gens se sentent emprisonnés entre Dieu et Satan. Ils réalisent que la religion du peuple de Sicile est pétrie de croyances sacrées et irrationnelles qui au fil des siècles sont devenues inextricables. Et qu'aucune révolution, aucune guerre n'aurait jamais raison de cette alchimie.

Alors Tanino, couché sur sa paillasse, regarde les étoiles et se met à chanter doucement une berceuse sicilienne.

X

Cette année-là, Camillo CAVOUR devient premier ministre du Piémont. Ce fin diplomate, issu d'une noble famille piémontaise catholique, exerce une grande influence sur le roi de Sardaigne. Il l'incite à se rapprocher des monarchies libérales comme la France et l'Angleterre et à provoquer rapidement une confrontation armée avec l'Autriche. *Un jour vous serez roi d'Italie*, lui dit-il.

— Depuis 1848, hurle Cavour à ses sujets, l'Italie s'est embrasée. En 1846, Pie IX, pape libéral, a tenté de résoudre les problèmes économiques et sociaux des Etats de l'Eglise. Cependant, lorsqu'il s'est opposé à entrer en guerre contre l'Autriche des Habsbourg, la population s'est soulevée et il a du s'enfuir pour se réfugier dans la forteresse de Gaète, sous la protection de Ferdinand II, roi des DEUX SICILES dont le royaume était confronté à des révoltes sanglantes. Puis les siciliens ont déclaré la déchéance de leur roi et se sont proclamés indépendants durant seize mois, jusqu'en avril 1849. En mai, les troupes royales ont repris l'île avec une brutalité indescriptible. Les napolitains massacraient leurs frères siciliens qui ne leur pardonnèrent jamais.

— Le moment est venu de conquérir toutes les provinces et de réaliser l'unification de l'Italie, martèle CAVOUR.

Dés son élection, Cavour avait échafaudé un plan ruminé durant des années. Réaliser l'unité de tous les Etats italiens après une guerre d'indépendance contre l'Autriche et les Bourbons, avec l'aide de la France. Construire une Italie portée par une monarchie constitutionnelle conduite par un seul roi, un piémontais. S'engager vers la victoire dans des combats menés à la fois par les armées piémontaises et par le peuple que seuls deux révolutionnaires étaient en mesure de mobiliser. MAZZINI et GARIBALDI.

Le roi Charles Albert, après avoir déclaré la guerre à l'Autriche et subi une défaite, avait abdiqué au profit de son fils Victor Emmanuel II. CAVOUR, Président du Conseil, fin stratège, révéla alors ses plans au nouveau roi piémontais qui accepta.

-Une nation ne peut exister que si le peuple est fier de sa

nationalité, lui dit-il. Et le *risorgimento* ne peut se faire sans le peuple. Ces deux hommes, Giuseppe Mazzini et Giuseppe Garibaldi, pour lesquels je n'ai aucune sympathie, sont les seuls à pouvoir conduire une révolution.

— MAZZINI, dit Cavour, est un homme aux idées démocratiques, républicaines, sociales et libérales. Originaire du royaume de Piémont-Sardaigne. Un agitateur romantique qui a été exilé durant des années sur ordre de Charles Albert pour échapper à la peine de mort après avoir fomenté avec son mouvement *Giovine Italia* une expédition insurrectionnelle contre le royaume. C'est un chrétien révolutionnaire qui, après avoir envisagé l'assassinat de son roi, a été jeté hors de son Italie natale mais qui n'a jamais cessé durant dix sept ans d'exil, en France, en Suisse puis en Angleterre de militer pour une Italie unifiée. Et Mazzini est revenu à Gênes.

— Quant à GARIBALDI, précisa CAVOUR, c'est un révolutionnaire sarde. Il est également revenu dans son Piémont natal après des années d'exil. Un marin conspirateur, avide d'aventures et de grands combats, qui s'était mis au service de Mazzini il y a quinze ans pour tenter de soulever la population piémontaise afin que l'Italie s'enflamme. Un rêveur altruiste toujours prêt à l'action. Un déserteur recherché par la police de Charles Albert, emprisonné dans les geôles françaises dont il s'est évadé pour s'enfuir en Amérique et éviter durant des années une condamnation à mort. Un flibustier à la chemise rouge devenu corsaire au service de la république de Rio Grande do Sul et dont les marins, convertis à la cause de l'Italie libre et unifiée, sont des immigrés italiens rencontrés au hasard de ses voyages. Garibaldi, l'anticlérical méditerranéen, l'homme au poncho qui a combattu en héros la flotte brésilienne, traversé l'argentine et l'Uruguay, est lui aussi de retour au pays.

X

A Palerme, dans leurs cachettes, Andrea, Tanino, Franco et Nardino suivent les évènements qui se déroulent en Sicile et dans toutes les provinces italiennes. Chaque jour, ils rejoignent des groupes d'insurgés dont ils reçoivent des messages, des armes ou des vivres.

-En Lombardie, en Vénétie, les autrichiens redoublent de violence pour tenter de maîtriser les révoltes, dit Andrea. Milan repousse les troupes du général Radetski. L'insurrection a gagné Florence et entrainé la fuite de Léopold II. Charles Albert de Sardaigne a mis hâtivement en place une constitution libérale pour le Piémont avant d'abdiquer. Son fils Victor Emmanuel II de Savoie et Cavour se sont alliés à deux conspirateurs, Mazzini et Garibaldi. Le premier, un intellectuel républicain, ancien carbonaro, est fondateur de l'organisation révolutionnaire *Giovine Italia.* Le second est un aventurier, ancien déserteur, toujours prêt à provoquer l'insubordination et la révolte dans le monde. Ces deux agitateurs se disant fervents défenseurs de la cause italienne, qui ont été traqués durant des années par toutes les polices d'Europe, se sont alliés à Cavour et Victor Emmanuel pour chasser les « *barbares* » et faire de tous les italiens un peuple uni et libre.

Rapidement les opinions des quatre hommes divergent.

Andrea BONGIORNO et Tanino GAGLIANO, bien que soutenant la cause révolutionnaire, souhaitent conserver un régime monarchique, constitutionnel, modéré, respectueux de la liberté d'un peuple attaché à sa religion. Ils voient en Garibaldi le héros mythique, le guerrier fougueux qui, bien qu'anticlérical, s'est allié au roi du Piémont pour conduire les patriotes à la victoire.

Franco PRINZIVALLI et Nardino SPINELLA, qui veulent en finir avec la monarchie et les Bourbons, rêvent d'une république garantissant l'égalité de tous et soutiennent l'idéologie de Mazzini.

— Le roi sarde, avec son franc parler et ses manières rustres a du plaire à Garibaldi, plaisante Franco PRINZIVALLI. On dit que ce combattant exubérant est prêt à quitter son traditionnel poncho et sa chemise rouge pour revêtir le costume des armées royales. Sous ses allures de chef de troupe, c'est probablement un grand naïf que Cavour n'aura aucune peine à manipuler. Ce Cavour n'a d'ailleurs rien d'un italien. Il parle français et pense en anglais ! Il a envoyé des milliers de piémontais se faire tuer pendant la guerre de Crimée il y a quatre ans pour plaire à la France. Et on dit même qu'il a intrigué pour que sa cousine la comtesse de Castiglione séduise Napoléon III afin qu'il se rapproche de l'Italie ! Je suis étonné qu'un chrétien comme toi défende un homme excommunié par le pape pour ses réformes anticléricales !

— Cavour, répond Andrea BONGIORNO, quoique tu en dises, s'est allié à Garibaldi pour libérer le peuple italien. Et ton Mazzini est un idéaliste qui rêve de faire de l'Italie une République. C'est un danger pour la monarchie. Victor Emmanuel a raison de s'en méfier.

Quelques jours plus tard, Tanino GAGLIANO, de retour de Palerme, annonce à ses compagnons que l'Autriche ayant été informée des plans dressés par Turin, est entrée en guerre contre le Piémont et que le roi de France, Napoléon III, s'est allié à Victor Emmanuel.

— Des armées de volontaires s'engagent auprès de Garibaldi que la foule acclame, dit Tanino. Il galope à cheval à travers les villages à la rencontre des ennemis. Cet homme, dont la guerre est le moteur, a fait de sa vie un perpétuel combat et il n'a qu'une obsession, libérer le monde de la tyrannie. Son fils Menotti, âgé de dix neuf ans, l'accompagne. Partons le rejoindre !

– Non, répond Andrea, c'est en Sicile que nous devons nous battre. Garibaldi ne tardera pas à descendre vers le Sud et il aura besoin de nombreux volontaires pour libérer notre île.

X

1859 : Année cruelle pour le peuple italien. Des volontaires recrutés dans toutes les provinces ainsi que de nombreux fidèles de Mazzini, membres de *Giovine Italia*, rejoignent Garibaldi. Toutefois, force est de constater qu'ils sont de piètres soldats, peu formés au maniement des armes et à la rigueur des combats, contrairement aux armées royales encadrées par les officiers de Cavour et soutenues par les troupes françaises. Ces volontaires courageux mais inexpérimentés tombent par milliers lors d'affrontements avec les autrichiens. L'ennemi traverse et pille les villages avec une telle violence que la population, s'accrochant à son héros libérateur, porte en triomphe Garibaldi partout où il apparait.

-Garibaldi avance, en Lombardie, en Toscane, à Parme, à Modène, dit Andrea BONGIORNO. Il lutte avec ses hommes et les envoie à la mort tandis que les troupes régulières et les soldats français remportent des victoires contre l'ennemi à Magenta, à Solferino et qu'en juin Victor Emmanuel et Napoléon III sont entrés dans Milan.

Cavour a bien manœuvré. Il a utilisé la population et son héros à la chemise rouge pour fortifier sa défense contre les autrichiens. Cependant la gloire toujours plus grande de ce révolutionnaire l'effraie. Il songe déjà à l'éloigner.

– En juillet, Napoléon III a fait savoir qu'il soutenait les Etats pontificaux et qu'il n'entrerait pas dans Rome. L'empereur français s'apprête à signer un armistice avec l'Autriche. La nouvelle est une bombe qui tétanise la population, commente Tanino GAGLIANO.

— Comment pourra-t-on faire l'unité de l'Italie, enrage Franco PRINZIVALLI, si on laisse Rome aux mains du clergé ?

Quelques jours plus tard, les insurgés siciliens apprennent que Garibaldi, poussé par Victor Emmanuel, a renvoyé les volontaires dans leurs foyers, que la France abandonne tous ses morts sur les terres italiennes, qu'elle accepte le rattachement au Piémont de la Lombardie et des provinces conquises durant les batailles contre l'Autriche en échange de la Savoie et Nice. La ville de naissance du héros des deux mondes et la Savoie deviennent Françaises.

— Le Piémont est dans l'impossibilité de poursuivre seul un conflit contre l'Autriche, la guerre se termine, dit Nardino SPINELLA. La diplomatie est sauvée. Les deux puissances impériales, la France et l'Autriche, qui dominent l'Europe, se sont de nouveau alliées dans une politique de petits arrangements. Le roi du Piémont s'en accommode. Garibaldi fulmine en apprenant que les niçois changent de nationalité.

Cavour, trahi, déshonoré, démissionne de son poste de chef du gouvernement.

Sans mesurer la détermination du peuple qui, contrairement à ses dirigeants, refuse d'abandonner son combat pour la liberté. Et l'année 1860 commence.

X

1860 : Le royaume des DEUX SICILES s'enflamme. Une insurrection éclate à Palerme. Le peuple affamé, réduit à la mendicité, devient féroce avec tous ceux qui l'exploitent, l'écrasent de taxes injustes, le privent d'un lopin de terre tandis que des nobles sont encore propriétaires de milliers d'hectares, qu'une classe montante de bourgeois, régisseurs et *gabellotti* gère les domaines et rêve de les posséder. Partout règne la violence, la corruption et le brigandage qu'une Mafia de plus en plus puissante manipule. Sous un climat torride, la malnutrition et les épidémies déciment les familles.

Le roi Ferdinand II, qui répandait des pluies de bombes sur les villes de son royaume, ce tyran sanguinaire qui décimait ses sujets par milliers pour tenter de freiner le désordre, est mort. Son fils François II monte sur le trône. Ce roi trop jeune, à peine sorti de l'adolescence, ne peut calmer la révolte populaire malgré toutes ses promesses libérales. Il ne prend pas la mesure de la rage montante d'une paysannerie désespérée, analphabète, qui dans les campagnes entretient le chaudron de la colère. Il ne sait pas encore qu'il n'aura pas le temps de régner, que plus rien n'éteindra le feu qui embrase le peuple et qu'il sera contraint de s'enfuir.

Andrea BONGIORNO, Tanino GAGLIANO, Franco PRINZIVALLI et Nardino SPINELLA se trouvent cette année-là au cœur de ce brûlot. Un soir d'avril, ils écoutent le discours de Francesco CRISPI, un avocat mazzinien, sicilien comme eux, qui s'élève contre les soldats napolitains, *ces intrus qui prétendent mater les émeutes en Sicile.*

— Pour faire l'Italie, nous devons soulever tous les patriotes, dit-il, qu'ils soient du Nord ou du Sud, quand bien même il nous faudrait renverser le Pape.

Franco PRINZIVALLI, toujours prêt au combat, est fébrile :

— Nous ne devons plus rien attendre des piémontais ni des français. Il nous faut agir seuls et vite, pour libérer la Sicile de la tyrannie bourbonienne.

Andrea BONGIORNO tente de le calmer :

— Comment combattre sans moyens et sans armes. Seul

Garibaldi peut nous les procurer et il ne tardera pas à débarquer en Sicile.

Quelques jours plus tard, CRISPI quitte Palerme pour Gênes avec un groupe d'insurgés pour aller rejoindre Garibaldi et le convaincre de se hâter d'entrer en Sicile avant que l'Autriche ne reprenne le combat.

— L'insurrection a pris une telle ampleur dans l'île, lui dit-il, qu'elle entrainera tous les patriotes italiens sur la voie de l'unification.

Garibaldi est convaincu. Andrea BONGIORNO et Tanino GAGLIANO sont du voyage.

Franco PRINZIVALLI et Nardino SPINELLA, restés en Sicile, ont rejoint des cohortes de brigands qui sévissent dans les villages alentour, PARTINICO, CORLEONE, ALCAMO. Tous attendent l'arrivée du héros.

En mai, Garibaldi, malgré les réticences du roi piémontais et la colère de l'empereur français, quitte Gênes et s'embarque pour la Sicile. Deux navires chargés d'armes, de canons, de munitions et d'un millier de volontaires exaltés parmi lesquels se trouvent Andrea BONGIORNO et Tanino GAGLIANO, prennent la mer.

— Garibaldi a rassuré le roi sarde, dit Tanino. S'il libère le peuple de Sicile, toutes les provinces italiennes suivront et Victor Emmanuel sera le grand vainqueur de l'insurrection.

Andrea, plus sage, se demande ce qui pourrait rassembler les populations du Nord et celles du Sud, si différentes, si étrangères les unes aux autres, séparées depuis des siècles.

— Turin et Palerme, dit-il, ne pourront jamais s'entendre. La première voudra soumettre la seconde et les siciliens ne se soumettront pas. Ils ont trop souffert. Ils sont abandonnés depuis si longtemps ! Les deux régions sont comme le feu et la glace. Elles ne pourront jamais cohabiter.

X

Dans le port de MARSALA, des vaisseaux napolitains surveillent les côtes. Mais les navires anglais qui protègent l'île ouvrent la route aux insurgés, neutralisent la flotte napolitaine et le débarquement a lieu malgré le déchainement des canons bourboniens.

Sous les acclamations de la population, les *milles* prennent la route et affrontent les troupes napolitaines avec une telle détermination que les soldats reculent.

A CALATAFIMI une bataille sanglante oppose les révolutionnaires, faiblement armés, entourés de paysans et de villageois en colère, aux soldats de l'armée royale porteurs d'une artillerie lourde. Les bourboniens, déstabilisés par ces aventuriers en chemises rouges, cousues à la hâte par des paysannes, prennent la fuite et reculent vers Palerme. Garibaldi est victorieux. La nouvelle de sa victoire se répand dans toute la Sicile. La presse nationale et internationale s'enflamme pour le héros des deux mondes. De ville en ville, les *milles* avancent. Les soldats du roi François II, massacrés par la population, tombent par centaines. Leurs cadavres jonchent les rues. La violence s'est inversée. Les siciliens, trop longtemps écrasés, humiliés, maltraités, exterminent leurs frères napolitains.

Andrea BONGIORNO et Tanino GAGLIANO chevauchent aux côtés de Garibaldi. Partout de nouveaux volontaires se joignent à l'expédition qui compte plus de trois mille hommes. Des armes, des munitions, des vivres, sont fournies par des européens dont beaucoup d'anglais qui soutiennent les insurgés. Ils traversent PARTINICO. Andrea BONGIORNO profite de la cohue pour retrouver son village et se précipiter auprès des siens. Lorsqu'il retrouve Francesca, son épouse, elle est en deuil. Leur petite dernière, Barbara, âgée de un an, est décédée depuis trois mois. Andrea serre ses six gosses contre sa poitrine et pleure longtemps. Il ne sait plus s'il doit encore aimer ou haïr cette Sicile qui dévore ses enfants.

— Cette terre de malheur nous poursuit de sa colère avec trop de violence, hurle-t-il en se frappant le front.

Dehors la foule acclame ces hommes courageux qui viennent la libérer de la tyrannie. Andrea, silencieux, étourdi de chagrin, reprend la route avec une rage qu'il ne peut plus identifier. L'injustice qu'il croit combattre a changé de camp. Elle a glacé son cœur et blessé son corps.

Il chevauche doucement vers un nouveau monde qu'il voudrait abandonner.

Tanino, qu'il a rejoint, comprend devant son visage fermé qu'un malheur l'a frappé. Alors il se tait.

A ALCAMO, Franco PRINZIVALLI et Nardino SPINELLA les attendent. Les quatre compagnons se retrouvent dans l'euphorie de la victoire. Des groupes de brigands se mêlent aux combattants. Des bergers, des paysans et quelques propriétaires terriens les rejoignent. Des régisseurs, des bourgeois, gagnés par la fièvre patriotique, descendent dans les rues. Et l'expédition arrive aux portes de la capitale.

-Si Palerme tombe, la Sicile sera libre, dit Nardino.

La ville est cernée de barricades confectionnées à la hâte par les habitants qui amoncellent meubles, matelas, objets de toute sorte pour empêcher les soldats de François II de passer. Plus l'armée royale bombarde la ville, plus les courageux combattants de Garibaldi, de plus en plus nombreux, avancent, déterminés à vaincre. La foule brandissant des drapeaux crie « *vive Garibaldi, vive l'Italie !* » Le roi des DEUX SICILES comprend que la colère des palermitains a gagné toute l'île. Que la victoire de Palerme est celle de la Sicile. Il décide de cesser le combat et rappelle ses troupes qui reprennent la mer à la hâte pour rejoindre le royaume de Naples.

L'expédition des *milles* gagne Milazzo puis Messine. Sous le ciel de feu de juillet, les chemises rouges avancent à travers les campagnes brûlées de soleil, les villages incandescents, la sècheresse étouffante. Rien ne les arrête. Ni la peur, ni la faim, ni la soif. En quelques jours, la Sicile est aux mains des insurgés. Le général Garibaldi, l'ancien flibustier, l'aventurier déserteur condamné à mort des années plus tôt par le roi du Piémont, est désormais leur maître. Cependant son combat n'est pas terminé. Il ne s'est pas battu uniquement pour la libération de la Sicile mais pour toute l'Italie. Pour une nation dont Victor Emmanuel II, un piémontais, sera le roi. Il sait que Cavour, redevenu chef du gouvernement, n'a aucune sympathie pour lui. Qu'il l'empêchera d'arriver jusqu'à Rome, protégée par la France, et de poursuivre sa lutte pour la liberté. Cependant il est déterminé à quitter l'île pour la péninsule. Et rien ne l'arrêtera.

Quelques jours plus tard, Franco PRINZIVALLI annonce son départ à ses compagnons. La Sicile est libérée mais en républicain forcené il ne souhaite pas poursuivre le combat avec un Garibaldi qui offre sa victoire à Victor Emmanuel, un roi sarde.

— Je ne veux plus voir une monarchie s'emparer de nos terres, dit-il. Je retourne à CAMPOBELLO où Vittorio, mon premier fils, vient de naitre.

Tanino GAGLIANO, fervent chrétien et royaliste convaincu, décide lui aussi d'interrompre le combat. Il a quitté TERRANOVA depuis trop longtemps. Le palais PIGNATELLI de son enfance et ses champs de blé lui manquent. Il a hâte de revoir Peppa et leur petit Nardo âgé déjà de deux ans.

-Je rejoindrai plus tard Garibaldi et ses troupes, dit-il à ses compagnons. Il faudra bien que l'unité italienne se fasse enfin !

Il ignore ce jour-là qu'il ne reverra plus jamais ses trois amis.

A Gênes, Cavour est inquiet. Il craint que le mouvement

populaire ne se transforme en révolution. Les troupes de Napoléon III protègent les Etats Pontificaux et il ne souhaite pas entrer en conflit avec la France. Il sait que Garibaldi veut arriver jusqu'à Rome après avoir gagné toute la péninsule. Pour l'heure, il veut l'empêcher d'entrer à Naples. En vain. Le héros des deux mondes a déjà traversé le détroit de Messine et parcouru la Calabre avec des milliers d'hommes.

Non loin de Naples, l'expédition s'arrête au sommet d'une montagne qui domine un petit bourg. Garibaldi accompagné d'Andrea BONGIORNO et de quelques hommes descendent jusqu'à une placette abritant une église et un couvent. Dés leur arrivée, ils sont surpris par des coups de feu tirés par des soldats du roi Bourbon, dissimulés derrière une muraille. Andrea, grièvement blessé, s'écroule. Deux de ses compagnons le portent jusqu'au couvent où des religieuses les font pénétrer en hâte avant de refermer les portes.

Malgré les soins qui lui sont prodigués, Andrea ne se remettra plus de ses blessures. Ses amis l'embarquent sur un navire à destination de Palerme. Dans une calèche tirée par deux chevaux, il est conduit à PARTINICO, son village natal, où il meurt quelques mois plus tard, un soir de décembre 1861. Ses yeux se ferment sur l'Italie dont il a tant rêvé, une Italie libre dans une monarchie constitutionnelle.

Des neuf enfants que lui ont donnés ses deux épouses, seuls une fille et quatre garçons sont vivants. Sa fille Febronia se mariera l'année suivante et ses fils continueront à cultiver les terres des BONGIORNO conservées depuis cinq cent ans par une noble lignée dont le blason perdu un demi-siècle plus tôt, représentant un soleil d'or dans un ciel étoilé, éclaire encore le chemin familial.

X

Lorsque Garibaldi pénètre dans la ville de Naples, François II s'est enfui dans l'île de Gaète, abandonnant ses sujets. Il sacrifie son royaume pour éviter des milliers de morts. Pour que les napolitains ne vivent pas le massacre que la ville de Palerme a connu. Son départ suivi de son abdication signe la fin de la dynastie des Bourbons.

Dans la rade de Naples, des processions de barques de pêche se dirigent vers le port pour participer à l'arrivée triomphante du héros sous les acclamations du peuple.

-Alexandre Dumas, son vieil ami, l'attend à bord de sa goélette pour venir le féliciter. Cet écrivain célèbre tient enfin sa revanche, dit Nardino SPINELLA à ses compagnons. On dit que son père a été empoisonné par Ferdinand et qu'il hait les Bourbons !

Sur les murs de la ville, des napolitains ont placardé des nuits durant des affiches incitant la population à la rébellion :

— *Mort aux Bourbons ! Aux armes patriotes! Frères, finissons-en avec la descendance de Charles III ! Citoyens, choisissez la liberté contre l'esclavage et la tyrannie ! Renversez François II, sa police et son armée ! Vive l'Italie ! Vive Victor Emmanuel !*

Nardino SPINELLA est amer devant la violence des pamphlets étalés sous les fenêtres du palais royal. Il se souvient des mots d'Andrea BONGIORNO:

— François II est un roi trop jeune, influençable, victime de ses ascendants, de son histoire. Il ne pourra pas contenir le soulèvement de tout un peuple, ni les complots qui se trament au sein de son armée. Ses officiers sont corrompus. Ils ne lutteront pas contre les hommes de Garibaldi. Certains leur fournissent des armes et libèrent des prisonniers. Le roi doit abdiquer.

Andrea, ce compagnon admirable, avait raison. En ce jour de victoire, les larmes de joie de Nardino se transforment en chagrin. Le manque laissé par son ami a creusé un abime que rien ne peut combler. Alors, las de combattre, il abandonne ses compagnons. Il s'embarque sur une goélette en partance pour Messine. Il veut revoir son village de Partinico, ses gosses et Rosalia son épouse dont l'état de santé s'est dégradé depuis son dernier accouchement. L'enfant, une fille dénommée Nunzia n'a pas survécu. Après le dernier séjour de Nardino au village, Rosalia était encore enceinte.

Lorsqu'il franchit enfin le pas de la porte, la joie de son retour bascule. La famille est recueillie autour des cercueils de la mère et l'enfant. Une petite Rosalia n'a pas vu le jour.

X

Quelques mois plus tard, un plébiscite est organisé par Cavour à Naples, en Sicile, mais aussi dans les marches et l'Ombrie pour l'annexion des territoires au royaume de Sardaigne. Le oui l'emporte. Le peuple vote massivement pour l'unité italienne. Victor Emmanuel II est proclamé roi d'Italie. Le drapeau tricolore flotte du Nord au Sud de la péninsule et sur la Sicile. Cavour, emporté par une fièvre sournoise, meurt à Turin. L'année suivante Garibaldi tente d'entrer dans Rome avec trois mille hommes. A Aspromonte, il est arrêté par les soldats français et les troupes royales. Après un dur combat, il est blessé et emprisonné. De nombreux volontaires sont fusillés. Plus tard, le héros du *risorgimento*, l'homme au poncho et à l'éternelle chemise rouge, adoré du peuple, le guerrier à la fois courageux et naïf, sera autorisé à retourner dans son île de Caprera pour y mener une existence solitaire, loin des complots politiques, de la corruption et des guerres fratricides. C'est un homme déchu, trahi, humilié, qui part vieillir sur sa terre de Sardaigne.

X

1870 : Rome est enfin annexée à l'Italie. Le pape, retiré au Vatican, bien que conservant toutes ses prérogatives, déclare qu'il se considère prisonnier de l'état italien. Il excommunie le roi et sa descendance. En France, Napoléon III, en guerre contre la Prusse, est vaincu à Sedan. L'empereur est déchu. La troisième république est proclamée. C'est la fin de la monarchie française.

X

L'EXODE

Un matin nous partons, le cerveau plein de flamme,

Le cœur gros de rancune et de désirs amers,

Et nous allons, suivant le rythme de la lame,

Berçant notre infini sur le fini des mers,

Nous nous embarquerons sur la mer des ténèbres,

Avec le cœur joyeux d'un jeune passager,

Entendez-vous ces voix, charmantes et funèbres,

Qui chantent « par ici vous qui voulez manger » ? (Le voyage de Beaudelaire)

Chapitre IV : Nardo GAGLIANo — Vittorio PRINZIVALLI – Vito BONGIORNO – Peppino SPINELLA

1) **Nardo GAGLIANO** : le fils de Tanino

Lorsque la population italienne prend conscience que l'unité est achevée, elle réalise que rien n'a changé. Tout est pire. Les paysans qui ont cru en Garibaldi sont plus pauvres, plus malheureux, plus désespérés qu'à l'époque des Bourbons. Un nouveau roi, un sarde, règne sur une Italie dont toutes les provinces sont unies par un drapeau qui désunit le peuple. Les terres ne sont toujours pas démembrées, les taxes sont toujours plus lourdes. L'administration est corrompue. Les révoltes sont réprimées par la force et la violence. Les propriétaires terriens, pour conserver leurs biens, jurent fidélité à Victor Emmanuel II dont la police assure l'ordre en incarcérant, fusillant, massacrant le peuple affamé. Des carabiniers sont réquisitionnés pour étouffer par tous moyens les rebellions paysannes et le brigandage effréné.

A Terranova, plusieurs membres de la famille PIGNATELLI sont repartis à Naples. Tanino GAGLIANO a repris l'exploitation agricole mais le quotidien est difficile. Il a du mal à nourrir ses enfants. Depuis son retour de Palerme, après la victoire de Garibaldi, son petit Nardo a vu naitre un petit frère, Carmelo. Puis Peppa, après avoir perdu un garçon de un mois, met au monde une fille prénommée Anna, avant de décéder, quelques mois plus tard, laissant ses trois enfants orphelins à la charge de leur père. Tanino prend une seconde épouse. D'autres enfants naissent. La plupart d'entre eux meurent, victimes du désastre économique qui décime la Sicile. Le soir le petit Nardo écoute Tanino, son père, évoquer la situation tragique du pays.

-Le royaume d'Italie n'est que le prolongement du royaume piémontais, lui dit-il. Dans cette Italie qui se dit constitutionnelle, la Sicile est toujours écrasée. Le pape se sent prisonnier dans son pays et interdit aux fidèles de participer aux élections. L'Eglise et le clergé soutiennent les révoltes populaires. Nos parlementaires sont si éloignés du peuple qu'ils ignorent tout de leur souffrance. La justice est aveuglée par la corruption. Les nouvelles industries qui apparaissent timidement dans le Sud sont immédiatement pillées par le Nord. Les grandes propriétés appartiennent toujours aux riches et les paysans sont de plus en plus misérables. On nous affame, on nous désespère. Les caisses de l'Etat ont été vidées par les guerres d'indépendance et le nouveau roi ne pense qu'à conquérir des terres lointaines. Il ne semble pas concerné par le désordre économique et social qui règne en Sicile. Nous avons lutté durant des siècles pour défendre notre authenticité, notre spécificité et nous sommes contraints d'accepter une assimilation à un nouvel état qui nous vole notre indépendance et nous écrase avec un mépris insupportable.

Le jeune Nardo se nourrit du discours pessimiste de son père. Il sait qu'il ne construira pas sa vie en Sicile et qu'il partira tenter sa chance ailleurs dans un monde plus doux. Dés sa plus tendre enfance, il a entendu parler de Garibaldi, ce héros de l'unité italienne adulé par le peuple, qui a fait naitre l'espoir avant de disparaitre dans son île de Caprera, laissant les masses paysannes dans un immense désarroi. Elles avaient cru que leur vie allait changer, que les terres seraient démembrées. Leur désillusion est immense. La misère, le brigandage et la violence n'ont fait que croitre.

Lorsque, à la mort de Victor Emmanuel II, son fils Humbert Ier monte sur le trône, Nardo a seize ans et la misère du monde rural est toujours la même. Les armées du nouveau roi s'emploient à rétablir l'ordre par la force. Les emprisonnements, les condamnations, les peines de mort se multiplient. Les propriétaires fonciers, les nobles, les bourgeois choisissent toujours le camp de la monarchie pour conserver leur statut. Les paysans, les brigands, retournent leurs baïonnettes contre les soldats du roi.

— Humbert Ier a succédé à son père, la gauche a succédé à la droite historique, aux héritiers de Cavour, mais rien n'a changé, dit Tanino. Après l'unité italienne, lorsque le monde paysan s'est réveillé, ses rêves se sont envolés. Un nouveau cauchemar a commencé. Parce que le sicilien ne sera jamais italien. Il est trop insulaire, différent, incompris par la péninsule, méprisé par ceux du Nord. Il s'est trop longtemps replié sur son île, avec ses coutumes, son dialecte, ses traditions, ses croyances, ses superstitions. Il s'est toujours débrouillé seul. Il est trop fier pour tendre la main et il n'accepte pas qu'on prétende l'aider. On ne lui a jamais rien donné. On lui a toujours tout pris. Il n'a pas besoin de ces hypocrites qui cachent leur mauvaise foi derrière le masque de la fraternité.

Nardo écoute les discours de son père et comprend que le peuple de Sicile s'est battu durant des décennies pour posséder sa terre et gagner sa liberté. De profonds bouleversements ont eu lieu. Le bon roi Ferdinand, adulé de son peuple et surtout de sa famille, est mort. Son fils François et son petit fils, *le re bomba*, sont décédés. Leur successeur, le jeune François II a capitulé.

— A la monarchie des Bourbons, dit Tanino, a succédé celle des rois sardes. La Sicile est devenue italienne. Les soldats de Garibaldi ont été enrôlés dans les armées du nouveau roi. Beaucoup de libéraux d'hier sont des monarchistes d'aujourd'hui. Mais pour le monde rural, rien n'a changé. Malgré l'abolition des droits féodaux, les propriétés agricoles appartiennent toujours aux grands propriétaires fonciers qui vivent encore de leurs rentes en exploitant les petits paysans.

Une bourgeoisie montante s'empare peu à peu des domaines. Les nobles, craignant leur fin prochaine, se calfeutrent dans leurs châteaux. La spoliation du clergé est longue et difficile. L'église ne veut pas céder une once de sa suprématie ou de ses terres. Elle lutte contre le pouvoir. Elle lutte contre les révolutionnaires, ces mécréants qui ne respectent pas la religion. Tous les misérables que le clergé faisait vivre se retrouvent abandonnés, victimes de malnutrition ou décimés par la malaria. Même les anciens partisans de Garibaldi sont déçus. Malgré toutes les promesses qui leur ont été faites, aucun changement n'a amélioré leur existence. Le nouveau roi fait la guerre a son peuple. On s'est battus pour faire la révolution, libérer la Sicile et qu'est-ce qu'on a gagné ? Des impôts, encore des impôts ou la prison. Le peuple s'oppose à la conscription. Les déserteurs se cachent dans la montagne. Ils n'hésitent pas à éliminer des carabiniers ou des représentants de l'ordre. Et les pauvres sont vécus comme des sauvages, des ignorants. Ils sont devenus voleurs et même assassins parce qu'ils sont désespérés. On nous humilie, on nous terrorise, on nous tire dessus comme sur des chiens galeux. Même les Bourbons n'ont pas été si durs. Il faut partir d'ici. Il n'y a plus de place pour nous !

Un soir Tanino rentre des champs précipitamment :

-On a tenté d'assassiner le roi, dit-il. On dit qu'un anarchiste l'a poignardé.

Nardo, dés l'adolescence, voit les siciliens s'enfuir, par milliers, menacés de prison ou poussés par la peur et la faim. Vers l'inconnu. Abandonnant des siècles de culture, de traditions, d'histoire familiale. Une propagande incite la population à s'exiler en Amérique, provoquant une émigration massive vers ce continent porteur d'espoir qui promet un paradis illusoire. Beaucoup d'entre eux se perdent dans un système mafieux, une *cosa nostra* qui s'est exportée avec ses ressortissants siciliens et qui les aliène.

— Le sort du paysan ne changera jamais, dit Tanino. Il doit chaque matin prier Dieu pour que quelqu'un lui donne un peu de travail afin de ne pas voir mourir ses enfants. Et les terres, ces terres promises par tous les rois qui se sont succédé, par tous ceux qui nous ont nourris de rêves, ces terres resteront toujours des chimères. Les tortures infligées aux siciliens sont si violentes, si injustes, qu'ils ne savent plus à quel saint se vouer. Ils n'ont plus le choix. Ils doivent partir, s'exiler pour s'arracher à ce quotidien avant de devenir fous. Ils doivent fuir pour tourner la page de cet enfer et trouver la paix. Tu dois quitter la Sicile Nardo, construire ta vie ailleurs, loin d'ici.

Un soir, Tanino raconte à son fils l'histoire de leur famille :

— C'est notre aïeul qui vers la moitié du dix huitième siècle a quitté Naples pour Terranova. Il s'appelait Leonardo, comme toi. Fils de paysans très pauvres, il avait été élevé par son oncle Nicolo GAGLIANO, un luthier napolitain dont le père avait appris le métier chez Stradivarius à Crémone. Leurs violons devenus célèbres ont voyagé dans le monde entier. De nombreux compositeurs de l'époque ont joué sur leurs instruments. Leonardo, éduqué par des capucins, est devenu un grand violoniste. Il a été remarqué par le prince archevêque PIGNATELLI qui lui a offert un poste de maitre de musique dans son palais de Terranova où nous sommes tous nés. C'est ainsi que Leonardo a quitté Naples avec sa jeune femme il y a plus de cent ans pour construire sa vie en Sicile.

Tanino se lève alors, quitte la pièce et revient quelques instants plus tard avec un sac poussiéreux duquel il extrait un étui. A l'intérieur, Nardo découvre un magnifique violon dont les courbes parfaites, les formes pures et le vernis couleur de miel le laissent sans voix. Il prend dans ses mains l'instrument dont les nuances d'or scintillent dans la lumière du soleil et saisit délicatement l'archer.

— Cet instrument est le joyau de notre famille, dit Tanino. C'est mon arrière grand père Leonardo qui l'a légué à mon père

Gaspare. Ils nourrissaient tous les deux une vraie passion pour la musique. Cet instrument précieux est un témoignage laissé par ton ancêtre. L'âme de ce violon est celle des GAGLIANO. Prends en soin.

Tandis que Nardo, abasourdi par les mots de son père, repose doucement l'instrument dans sa housse de velours grenat, Tanino poursuit son discours sur l'exil.

– Notre époque commence à voir naitre une industrialisation dans de nombreux états européens et américains, dit-il. Un réseau ferroviaire a fait son apparition. Des industries, notamment en Angleterre, s'implantent partout. La métallurgie entraine des constructions d'usines. Des ouvriers découvrent l'usage des machines. Des banques se créent et se multiplient. En mer, la vapeur a remplacé la voile et un commerce maritime se développe. Si l'unité italienne a vu le Nord du pays s'engager dans l'industrialisation et le capitalisme avec les usines Fiat, l'industrie textile, les centrales hydro électriques, le Sud reste oublié, analphabète, sacrifié, avec une démographie croissante et une misère écrasante.

– Pourtant, tu dois rester fier de tes racines, mon fils. Avant l'unité, la Sicile n'avait rien à envier aux autres provinces italiennes. Le premier chemin de fer, le premier télégraphe sous marin, les premiers bateaux à vapeur, étaient siciliens. Aujourd'hui quelques mines de soufre, quelques usines pétrochimiques voient le jour mais elles sont exploitées exclusivement par le Nord. Ces piémontais nous ont utilisés pour mieux nous trahir. Il n'y a plus d'issue. Tu dois quitter la Sicile. Depuis quelques années, des milliers de siciliens prennent la route de l'exil. Ceux qui ont la possibilité de payer un voyage en bateau fuient en Amérique. Beaucoup se sont embarqués pour les Etats Unis. D'autres ont émigré vers des pays européens susceptibles de leur offrir un emploi, comme la France, l'Allemagne ou la Grande Bretagne. Aujourd'hui, les plus pauvres tournent leur regard vers le Maghreb.

Nardo comprend que très vite il devra en finir avec cette Sicile habitée par une violence indicible, où la jeunesse se meurt sur une terre perdue.

Jour après jour Tanino raconte à son fils que l'Italie et la France, ruinées par les guerres, cherchent des horizons nouveaux pour pallier à leur vie économique catastrophique.

-Elles ont les yeux rivés sur le Nord de l'Afrique qu'elles veulent soustraire à un empire ottoman défaillant et voué à sa perte, dit-il. La France s'est déjà emparée de l'Algérie en 1830, elle doit s'installer en Tunisie pour protéger ses frontières algériennes d'une intrusion étrangère. Et l'Italie assiste à l'exode massif de sa population vers le Maghreb. Les côtes tunisiennes sont si proches de la Sicile que nous pouvons les apercevoir par temps clair.

Tanino nourrit l'imaginaire de son fils par ce discours sur l'exode des siciliens vers la Tunisie, une nouvelle contrée qu'ils investissent comme une seconde patrie. D'immenses espaces désertiques où le sol fertile et le soleil attendent que la main de l'homme retourne la terre pour la cultiver. Une richesse qu'ils ne veulent pas laisser s'échapper.

— Certains émigrés, dit-il, embarquent à Trapani pour Tunis avec des documents légaux. D'autres fuient clandestinement en barque et traversent la Méditerranée.

Nardo sait que sa route est tracée. Il doit s'exiler. Comme son ancêtre violoniste un siècle plus tôt. Pour survivre. Construire sa vie dans un ailleurs où ses enfants grandiront dans la paix. Dans un monde sans violence. Là où le soleil et le vent caressent les blés pour en faire du pain.

X

1882 : Nardo vient de fêter ses vingt ans. Il n'a aucun goût pour les travaux de la terre. Il rejette le statut de paysan. Il a quitté le palais PIGNATELLI et sa famille pour s'engager comme apprenti chez un artisan qui l'a formé aux métiers du bâtiment. En quelques mois il est devenu maçon, couvreur, poseur, terrassier. Il a appris à bétonner, plâtrer, cimenter. Construire des toits, des murs, des hangars. Tout le jour il porte des madriers, monte des échafaudages. Le soir, il loge chez son employeur, dans une dépendance. A l'heure du déjeuner, il sort de sa gamelle le repas que lui a préparé Giuseppa LAURIA, la fille de son patron. Une jolie brune à peine sortie de l'adolescence qui l'enveloppe d'un sourire généreux avec une insistance qui le trouble. Le soir, par la fenêtre de sa chambre, il la regarde se déplacer dans le logis paternel, à la lueur des lampions, jusqu'à une heure tardive. Et lorsque l'obscurité envahit la bâtisse, il a du mal à trouver le sommeil malgré la fatigue écrasante de sa dure journée de labeur.

Une nuit d'été, il contemple une constellation d'étoiles se reflétant sur la mer. Un vent léger agite la surface de l'eau. Dans l'ombre une forme se dessine. C'est Giuseppa, assise sur des marches, cherchant la fraicheur du soir. Sa longue robe de coton laisse deviner ses mollets fins et sa menue silhouette. Elle est seule, sous les yeux de Nardo que l'émotion envahit. Le feu qui tout le jour a embrasé le ciel a réveillé les sens du jeune homme, perturbant les battements de son cœur. Il sort de sa chambre pour la rejoindre. Il s'assoit prés d'elle et la regarde, silencieux. Elle sait ce qu'il veut. Elle le sait depuis leur premier regard et il comprend que les mots sont superflus. Ils restent ainsi longtemps, sans parler. Elle le fixe en souriant. Et ce sourire contient tout l'amour maternel dont Nardo a été privé depuis l'enfance. Cet amour que Tanino, son père, malgré sa présence et son affection, n'a pu remplacer. Le vide abyssal creusé dans le cœur de Nardo bourdonne brusquement dans un appel que l'innocente Giuseppa entend dans le silence de la nuit. Ce soir-là, les deux gosses scellent leur destin.

Le père de Giuseppa n'est pas opposé à leur union, malgré leur très jeune âge. Il a rapidement cerné la personnalité de ce garçon, travailleur et honnête, dont l'éducation a engendré une distinction et une délicatesse qui le différencient d'un monde ouvrier rustre et inculte. Nardo, accueilli dans sa nouvelle famille, va rapidement nouer des liens avec Nunzio, le frère aîné de Giuseppa. Les deux jeunes gens ont le même âge. Nunzio a une telle manière de croquer la vie avec désinvolture et optimisme que Leonardo, sérieux et responsable, recherche la légèreté de sa compagnie. Il rit de ses farces, de son aisance et même de sa façon de se moquer de tout sans aucune gêne.

Nunzio n'a aucun goût pour les métiers manuels et au grand désespoir de son père, passe son temps à faire ce qu'il appelle *des affaires*.

Un soir Nardo lui confie son secret. Il veut partir en Tunisie.

— Là-bas, lui dit-il, il ya beaucoup de choses à faire. Dans tous les domaines. L'agriculture, la pêche, le commerce. Les maghrébins vivent dans des cahutes qu'on appelle des gourbis. Tout est à construire. La France s'est installée sur une grande partie du territoire. Elle offre des terres et du travail aux italiens pour bâtir des routes, des ponts, des ports, des usines. Viens avec moi. Il n'y a plus d'avenir pour nous en Sicile. Je ne veux pas voir naitre mes enfants dans ce pays où les gosses meurent de malnutrition.

Nunzio, que rien n'arrête, et surtout pas le goût de l'aventure, échafaude rapidement des plans de départ secrets qu'il partage avec sa sœur et son beau frère. Faute de moyens pour s'embarquer à Trapani sur une ligne régulière, il a trouvé une autre solution. Vendre discrètement le mulet de son père et acheter une barque avec laquelle les trois jeunes gens prennent la mer un soir d'automne.

X

1888 : Nardo, Giuseppa et Nunzio marchent dans la nuit jusqu'à leur minuscule embarcation le long des plages de TERRANOVA, chacun emportant toute sa vie dans un baluchon, pour une longue traversée dont ils ne mesurent pas le danger ni la solitude sur l'immensité de cette eau qui peut les engloutir. Nardo n'a pas laissé derrière lui son unique joyau, le violon de son aïeul, caché au fond de son sac, dont il ne veut à aucun prix se séparer. Giuseppa, secouée de tremblements, n'ose pas avouer ce qui l'agite. Elle abandonne des parents aimants et protecteurs alors qu'elle sort de l'adolescence, pour suivre ce jeune époux déterminé et ce frère inconscient vers une terre inconnue où rien ne leur sera familier. Ni la langue, ni la religion, ni la nourriture, ni le mode de vie. La barque glisse doucement sur une mer d'huile que la lune éclaire dans la nuit. Les deux hommes rament en silence vers ce paradis dont ils ont tant rêvé tandis que Giuseppa s'endort sur une planche, recroquevillée dans une épaisse couverture. Au petit matin, une brise légère s'est levée et l'eau se met à frissonner. Une longue journée de traversée les attend. Vers midi, des vagues secouent leur rafiot et se brisent sur ses flancs en une écume épaisse. Dans la soirée, le vent s'apaise et Giuseppa distribue les vivres qu'elle a dissimulés au fond de son modeste bagage. Une nouvelle nuit s'annonce, sombre et inquiétante. Nunzio, épuisé de fatigue, s'endort à son tour tandis que Nardo veille et continue de ramer vers cette terre qui ne se dessine toujours pas à l'horizon. Sa vieille boussole n'a pas changé de cap et il ne quitte pas des yeux la ligne infinie qui les sépare d'une contrée si lointaine et à la fois si proche. Il se sent propulsé par un désir d'ailleurs qu'il a nourri durant tant d'années et par la folle certitude que son destin l'attend là-bas, de l'autre côté de la mer. Alors il rame jusqu'à l'épuisement

Nunzio, qui s'est réveillé, prend la relève. Nardo s'étend près de Giuseppa pendant quelques heures. Soudain le vent qui a forci soulève la barque qui retombe dans le fracas des planches. La violence des lames les inonde d'une pluie glacée. Les trois jeunes gens, paralysés par le froid et la peur, se taisent. Giuseppa pleure doucement et ses larmes salées, mêlées aux embruns, l'aveuglent. Chaque minute est pour elle une éternité. Longtemps ils se souviendront de cette nuit terrifiante où ils ont supplié Dieu de leur venir en aide

Lorsqu'enfin un pâle soleil se glisse à travers la brume, le vent s'apaise et vers midi Nunzio se met à crier *: Je la vois, là bas, la côte, devant nous !* Il danse, saute, agite tous ses membres, tandis que ses deux compagnons, interloqués, rient et s'embrassent. Une troisième journée de traversée commence durant laquelle ils ne quittent plus l'horizon des yeux. Depuis leur départ ils n'ont croisé aucun navire. Seuls les cris des mouettes et quelques dauphins les accompagnent sur cette mer Méditerranée traitresse et séduisante, belle et mortifère, porteuse de tous les dangers dans cet environnement infini qui peut se déchainer à chaque instant dans les tempêtes et les orages pour faire chavirer leur minuscule embarcation. Toutefois l'enthousiasme de leur jeunesse les porte. Parfois la côte lointaine disparait dans la brume puis réapparait, un peu plus proche mais encore mal définie. A la tombée du jour, quelques lumières scintillent au loin. Nardo prend Giuseppa dans ses bras.

— Nous seront bientôt arrivés, lui dit-il. Le cauchemar va se terminer. Regarde, la Tunisie est là, devant nous. Demain nous marcherons sur cette terre.

A l'aube, la barque atteint la côte. Quelques felouques sont venues à leur rencontre pour éviter qu'ils s'échouent sur des récifs. Des marins leur indiquent la direction du canal reliant la mer au petit port de la Goulette. Lorsqu'ils s'approchent du rivage, Giuseppa observe quelques indigènes vêtus d'étranges costumes, coiffés de drôles de bérets rouges, marchant pieds nus sur le bitume. Des barques de pêche accostent et déversent des cageots de poissons encore frétillants sur le quai. Quelques hommes arrosent le sol pour rafraichir les crustacés, les rougets, les sardines, les poulpes abandonnés à la lumière du jour.

Tandis que Nunzio et Nardo attachent leur embarcation à un pieu de métal enfoncé dans le sable, Giuseppa saute sur les rochers pour atteindre la rive. Les passants s'interpellent dans une langue inconnue. Quelques femmes, le corps enveloppé de tissus soyeux et la chevelure emprisonnée dans d'épais foulards, jettent des nattes à terre pour s'asseoir devant des monticules de fruits et légumes encore humides de rosée. Brusquement deux individus, vêtus à l'européenne, apparaissent sur le quai.

— Italiani ? demandent-ils.

Nunzio répond le premier :

— Si, siciliani , di Terranova.

— Aiuto ?

Les trois jeunes gens sont surpris. Des inconnus italiens leur proposent de l'aide. Ils se méfient mais le désinvolte Nunzio saisit l'opportunité de la rencontre. Il avait entendu dire que des mafieux siciliens s'étaient expatriés pour faire commerce de ces traversées illégales et en homme d'affaires avisé, il se dit déjà que l'occasion est trop belle pour la laisser s'échapper. C'est ainsi que les deux messieurs les conduisent dans un quartier du village de la Goulette dénommé *la petite Sicile* où de nombreux exilés siciliens s'entassent dans des habitations de fortune, des maisonnettes construites en dur, accolées les unes aux autres autour d'un patio. Les trois voyageurs épuisés de fatigue se laissent guider le long d'une ruelle d'où s'échappent des odeurs de friture. D'une fontaine publique, l'eau coule et se répand le long de rigoles où des enfants pataugent. Ils pénètrent à l'intérieur d'une masure aux murs blancs couverts de plâtre, laissant entrevoir deux petites pièces éclairées par une lampe à pétrole.

— Ici c'est la cuisine, dit l'un des hommes, et derrière c'est la chambre. L'eau de la fontaine et les toilettes communes sont à l'extérieur.

Giuseppa observe le sol en terre battue et les paillasses jetées à même le sol. La légende qu'on lui a racontée sur ce paradis tant espéré s'écroule devant le spectacle repoussant de ce lieu abominable. -— Je ne veux pas vivre ici, dit-elle en pleurant. Cet endroit est sordide.

Nardo l'entoure de ses bras tandis que Nunzio plaisante. Il se projette déjà dans un avenir dont il sait qu'il sera fait d'aventures et d'opportunités.

-Ne t'inquiète pas, dit-il à sa sœur. On ne restera pas longtemps dans ce village. Juste le temps de s'organiser. Et puis il parait que dans ce quartier la majorité de la population est sicilienne. On se sentira un peu chez nous !

Quelques instants plus tard, Nunzio disparait avec les deux hommes. Il a déjà élaboré son plan.

X

Chaque matin, Nunzio s'éclipse pour ramener le soir des nouvelles de Tunis. Nardo erre tout le jour prés du port, observant le quotidien de ce peuple inconnu qui ne lui manifeste ni intérêt ni hostilité et le regarde passer comme un animal familier circulant au milieu des cageots, sans surprise ni curiosité. Nardo comprend que dans ce pays aucun recensement de la population n'est effectué, ce qui entraine une méconnaissance totale du nombre d'étrangers pénétrant sur le territoire. Ils descendent de leur barque, sans bagages, et se fondent dans la population indigène qui regarde passer, immobile, des voyageurs inconnus dont le regard hagard masque une profonde tristesse et une force inébranlable de survie. Ils pénètrent sans bruit dans un monde qui les accepte dans la beauté de ses paysages, la tiédeur de son sirocco, la douceur de sa terre. Certains sont accueillis par des pionniers avec lesquels, jour après jour, ils forment de petites communautés puis disparaissent dans l'indifférence générale.

Giuseppa a noué des relations avec quelques voisines de misère émues par son jeune âge, qui l'invitent à partager des recettes de leur Sicile natale, cuisinées avec des épices locaux dans des ustensiles de fortune. Parfois elle marche seule le long de la mer, scrutant l'horizon pour tenter d'apercevoir au loin les fumeroles des volcans s'échappant de son île. Alors elle sanglote, secouée par un profond sentiment de solitude et d'abandon. Elle se sent isolée, perdue comme sa Sicile natale portant son désespoir et sa souffrance dans une insécurité permanente.

Au fil des jours, Nunzio a créé des liens avec des *hommes d'affaires* siciliens qui infiltrent les rouages de l'administration tunisienne et l'informent sur les rapports ambigus que noue le Bey avec le monde diplomatique. Le soir, il rapporte à Nardo tous les renseignements qu'il a collectés.

– L'histoire de ce pays est incroyable, dit-il. Depuis des siècles la Tunisie a connu l'invasion. Romaine, vandale, byzantine, arabe, turque. Et aujourd'hui française. Durant les dernières décennies, la France et l'Italie se sont bagarré cette Régence qui était sous la tutelle des ottomans et sous la protection des anglais. L'Angleterre, qui possédait déjà Malte et Gibraltar, voulait conserver sa puissance maritime et barrer la voie de la Méditerranée à la fois aux italiens et aux français pour éviter une présence étrangère sur sa route. En outre, le petit port de Bizerte, place stratégique, était convoité par la France qui souhaitait l'occuper pour en faire une base militaire. De son côté, l'Italie dont la population ne cessait de s'expatrier vers le Maghreb, espérait s'implanter dans la Régence, craignant qu'après sa présence nouvelle en Algérie, la France s'installe en Tunisie. Mais depuis la signature du traité du Bardo entre la France et la Tunisie en mai 1881, l'Italie a du renoncer à ses rêves. Elle l'a vécu comme un terrible affront. D'autant plus que la France a du mal à faire venir ses ressortissants sur ce nouveau territoire malgré toutes les propagandes alléchantes qu'elle multiplie pour les attirer alors que les italiens, surtout ceux du Sud, arrivent par milliers pour obtenir du gouvernement français un travail ou un lopin de terre.

Nardo écoute avec attention les récits glanés par son beau frère au hasard de ses rencontres. Il comprend que la France, ruinée par les guerres, a cherché une expansion économique hors de ses frontières et qu'elle a besoin de bras pour faire de ce continent sauvage un creuset fécond. Nunzio lui explique que sur cette terre nouvelle tout est à faire. Les routes, les ponts, les voies ferrées, les gares, l'agriculture, la pêche, la voirie, le commerce, la santé, l'enseignement, la justice… Nardo se dit que son intuition ne l'a pas trompé. Une vie nouvelle s'offre à lui et à sa descendance. Il lui suffira de travailler, sans mesurer ni ses forces ni sa peine, pour trouver le bonheur et la paix. Et déjà il se surprend à aimer la France, cette France porteuse de travail et d'espoir. Cette France des lumières prônant la liberté et la fraternité pour tous les citoyens du monde. Qui offre un sein gorgé de lait pour en finir avec des générations d'enfants misérables mourant par milliers de faim et de maladie dans l'indifférence générale.

Nunzio, au contraire, regrette que l'Italie n'ait pas remporté la victoire de ce protectorat. Il porte un regard plus dur sur les objectifs de la France. Il se dit que jamais il ne reniera ses origines, sa famille, sa langue. Il est et restera sicilien jusqu'à son dernier souffle.

Un soir de nostalgie, il manifeste sa colère :

— La sueur des italiens va profiter à la France, dit-il, c'est injuste.

Nardo ne partage pas son avis.

— L'Italie a laissé passer sa chance, répond-il. Mais avait-elle les moyens de concentrer son énergie sur la Tunisie ? Elle venait de réussir le tour de force de l'unité. Elle avait pris possession de Rome contre l'Eglise alors que chez nous la religion a toujours été le moteur du peuple. Elle devait lutter contre un banditisme qui investissait tout le Sud. Une mafia croissante. Une économie en ruines. Une politique intérieure chaotique dans une anarchie montante. Un chômage intarissable. Une émigration intense. Elle n'avait pas vraiment le choix.

Nunzio se cabre :

— C'est le congrès de Berlin qui a humilié l'Italie. L'Allemagne, pour affaiblir la puissance des turcs, a distribué les terres de l'empire ottoman aux pays présents à ce congrès sauf à nous qui n'avons rien obtenu. L'accès à la Tunisie a été offert à la France. L'Angleterre a pris l'Egypte. Et l'Italie est repartie les mains vides. Bismarck a bien manœuvré. Il a achevé l'unité allemande. Il a consolidé son annexion de l'Alsace et la Lorraine qu'il n'avait pas l'intention de rendre aux français. Il savait bien que la France n'avait plus les moyens de s'offrir une guerre. Il l'a poussée à exporter ses industries pour retrouver une puissance financière. Elle avait pris l'Algérie, elle pouvait prendre la Tunisie ! Et pour la détourner de ses territoires perdus, il lui offrait une nouvelle ennemie, l'Italie.

Nunzio n'a aucune intention de travailler pour la France. Opportuniste, malin, il a toutefois en tête des projets astucieux. Il cherche à vendre sa barque et acquérir une embarcation plus sûre pour aider les siciliens à traverser la mer. Ce qui lui permettra d'associer une cause humanitaire à un commerce lucratif. Et ses nouveaux *amis* sont de bon conseil. Ils lui proposent de transporter du sable blanc de Tunisie pour le répandre sur les plages volcaniques des îles éoliennes et de faire le chemin du retour avec des émigrés siciliens. Nunzio accepte sans hésiter.

Chaque jour il se rend au Consulat d'Italie où il s'est lié d'amitié avec le secrétaire, ENZO, un homme d'un certain âge qui a connu les débuts du protectorat. Il a travaillé pour MACCIO, le consul italien qui s'est longtemps opposé à ROUSTAN, le consul français.

-Jusqu'à la signature du traité du Bardo, les deux hommes se sont livré une guerre terrible, dit Enzo, dans l'espoir d'établir leur suprématie sur la Régence. Ils faisaient la course aux concessions en manipulant le Bey chacun de leur côté pour arriver à leurs fins.

— Au début du 18° siècle, la Tunisie s'est trouvée dans une situation difficile, explique-t-il. Le pouvoir était vacant, l'insécurité immense et l'économie catastrophique. Ce pays n'était ni vraiment autonome ni totalement sous dépendance turque. Ce qui faisait le jeu des puissances européennes qui considéraient la Régence tantôt comme un état indépendant, tantôt comme un vassal de l'empire ottoman. Devant cette situation bâtarde, un premier Bey, Hussein Ben Ali, fils d'un renégat grec, a fondé une dynastie Husseinite et depuis plus d'un siècle les princes qui gouvernent se succèdent. Malgré la domination ottomane, le Bey exerce tous les pouvoirs. Cependant son premier ministre, le Grand Vizir, a une responsabilité très importante. Il organise les fonctions des ministres, gouverneurs ou caïds, lesquels délèguent leurs charges à des khalifats ou des cheiks. En réalité le grand vizir a plus d'autorité que le prince qui de son côté jongle avec les consuls étrangers, privilégiant les uns ou les autres au gré de son humeur et alimentant leurs querelles.

Un soir, Nunzio propose à son beau frère de l'accompagner au consulat d'Italie à Tunis.

— J'ai rencontré le secrétaire du consul, lui dit-il, un certain

ENZO, je lui ai parlé de toi. Il souhaite te rencontrer. Je lui ai expliqué que tu avais grandi dans un milieu aristocratique, que tu lisais et écrivais parfaitement notre langue. Il y a beaucoup d'analphabètes parmi les immigrés italiens et il recherche des personnes susceptibles d'aider ces nouveaux venus à s'intégrer en Tunisie. Je pense que c'est un bon filon pour nous.

Le lendemain matin, les deux hommes se présentent au Consulat d'Italie. Enzo, intelligent et perspicace, n'a aucune peine pour différencier le tempérament des deux beaux frères. Il comprend très vite que la personnalité posée, réfléchie de Nardo, son élégance et sa réserve s'opposent au caractère espiègle et bouillonnant de Nunzio. Séduit par le premier, amusé par le second, Enzo ne les quitte plus.

Ils se retrouvent à l'heure de l'apéritif dans un petit café tenu par un indigène et passent de longs moments mêlés de nostalgie et d'espoir. Enzo leur raconte cette Tunisie à la fois chaleureuse et mystérieuse. Ce pays où la douceur du climat, la clarté du ciel et la splendeur des paysages sont un éblouissement de chaque instant. Cette terre où les brûlures du soleil et le souffle du sirocco, ce léger vent chaud du Sud, se conjuguent dans une harmonie de pourpres, de miel et d'or. Il décrit ce territoire paré de mille joyaux dont la superficie représente la moitié de la France, avec son Sahara au sud, ses déserts de sable, ses oasis, ses villages troglodytiques. Ses îles paradisiaques. Son littoral et ses villages ordonnés comme un collier de perles fertiles. Et le Nord, avec ses jardins parfumés, ses forêts d'eucalyptus, ses presqu'îles, ses lacs, ses immensités de plages au sable fin, ses eaux cristallines. Et aussi ses vestiges, ses sites archéologiques.

Enzo raconte à ses amis une Tunisie parée de mille joyaux.

— Au Sud, le Sahara est un désert de sable d'où toute vie semble avoir disparu dans une immensité sans bornes. Les vagues formées par les dunes s'étendent à l'infini pour rejoindre le ciel dans une paix indicible. Au lever du soleil, l'horizon se teinte de mille couleurs puis il s'embrase lorsque les rayons aveuglants atteignent le zénith. A la tombée du jour, l'ombre s'installe doucement dans un paysage lunaire. Les lueurs déclinent et disparaissent comme un mirage. Alors le ciel s'illumine d'une multitude d'étoiles pour éclairer le monde. Dans ce lieu désertique et magique la vie, pourtant, est là. Partout. Au passage des chameaux. Sous les tentes des bédouins qui surgissent de nulle part. Au détour d'un oasis, d'un îlot de verdure où poussent des palmiers dattiers qui plongent leurs racines dans une eau surgie du ventre de la terre pour que les hommes et les bêtes se désaltèrent. Gafsa, l'une des plus belles oasis du sud, est l'une des plus peuplées. Des orangers, des oliviers côtoient les palmiers et forment une île verdoyante au milieu d'une terre brûlante. L'oasis de Gabès, un peu plus loin, est entourée de petits villages et celle de Tozeur, de sources d'eau chaude. Il faut voir Matmata et ses habitations troglodytiques creusées dans la montagne, le village de Foum Tataouine et aussi l'île paradisiaque de Djerba aux cultures luxuriantes et au climat si suave que le visiteur ne veut plus la quitter.

— Plus au Nord, la région des steppes ou des hauts plateaux est une terre de pâturages que traversent de nombreux troupeaux, poursuit Enzo. La population y vit de la culture de l'alfa. La capitale religieuse de la Tunisie, à l'Est, est Kairouan, la ville sainte. Elle est le cœur du pays par le symbolisme qu'elle porte. Et ensuite il y a le littoral et le Nord. Le Tell, la région cultivée, celle des terres fertiles, de l'agriculture, où poussent le blé, la vigne, l'olivier. C'est notre région, celle où les immigrés trouvent une manne, une richesse dans de vastes plaines cultivables. Celle où les saisons amènent le soleil et la pluie pour faire pousser les légumes et les fruits. Ses petites villes sont de vraies œuvres d'art, Carthage, Tunis, Sidi Bou Saïd, La Goulette, La Marsa, et ses campagnes sont peuplées de magnifiques villages alentour.

Nardo et Nunzio passent des heures à écouter leur ami leur raconter ce pays qu'ils aiment déjà tant.

— La Tunisie est un trésor, dit Enzo. Et en particulier Bizerte, un petit port situé à une cinquantaine de kilomètres de Tunis. Bizerte et son lac que les italiens et les français n'ont cessé de se disputer. Ils ont compris, dés leur premier regard sur ce lieu unique, qu'il était le point incontournable du pays par sa situation exceptionnelle. Qu'à lui seul ce lieu justifiait une installation en Tunisie. Il est entouré de petits villages comme Tindja ou Mateur et plus loin se trouve la presqu'île du cap bon et le cap blanc avec ses plages de sable fin où la forêt côtoie des dunes qui descendent jusqu'à la mer, dans une eau cristalline où les coquillages apparaissent en transparence et les poissons caressent les jambes des baigneurs sur leur passage.

Enzo ne tarit pas d'éloge sur la splendeur de la Tunisie.

— Il faut aussi visiter les villes de Nabeul et Hammamet, leur dit-il, entourées de champs d'orangers et de jardins parfumés, couvertes de jasmin, de roses et de lauriers. Au Nord Ouest, vous trouverez la jolie localité de Béja et plus loin Tabarka, le pays des bruyères et les forêts d'Ain Draham où les européens vont l'été chercher un peu de fraîcheur. Et si vous visitez le littoral, vous découvrirez le domaine de l'Enfida, là où commence le Sahel. C'est une riche région fertile où affluent beaucoup d'immigrés, maltais ou italiens. Ils s'installent en bordure de mer dans des petites villes comme Sousse, Monastir, Medhia, Sfax ou même dans les îles Kerkennah.

Enzo raconte encore et encore ce pays et son architecture de dentelle aux dessins multicolores, ses vestiges, ses sites archéologiques. Comme un homme amoureux envouté par l'objet de sa passion.

— C'est une terre que l'on énonce au féminin. Une terre marquée par le destin de femmes guerrières et hors du commun, dit-il.

Il évoque la destinée tragique d'Elyssa, jeune princesse qui a fui la Phénicie et la ville de Tyr, huit siècles avant Jésus Christ après l'assassinat de son époux par son frère Pygmalion.

— Elle a pris le large sur des bateaux conduits par ses fidèles, dit-il. Elle a découvert, au cœur de la Méditerranée, un somptueux golfe ouvert sur la mer, peuplé de berbères. Charmée par ce lieu qu'elle n'a plus voulu quitter, elle a bâti la ville de Carthage, *la ville nouvelle* dont elle sera la reine Didon, pour qui les berbères et les phéniciens ont fait prospérer les richesses. Malheureusement, Elyssa a été victime de sa grande beauté. Un guerrier, Hiarbas, pris d'une folle passion, a menacé de détruire la ville si elle refusait de l'épouser. Ecartelée entre son deuil et ses fidèles, elle accepta le mariage et se donna la mort le soir des noces en s'immolant par le feu. Les carthaginois émus par son sacrifice et son courage décidèrent de faire de la ville de Carthage le phare de la Méditerranée par son commerce et sa puissance.

— Voilà pourquoi on dit que Carthage est aujourd'hui la perle du pourtour méditerranéen ! ajoute Enzo.

Nunzio et Nardo écoutent avec ferveur les récits de leur ami qui connait si bien l'histoire de ce pays auquel ils commencent à s'attacher.

Enzo leur raconte aussi le destin tragique d'une autre femme, La Kahena, qui a laissé en Tunisie une trace indélébile.

-Lorsque les arabes commencèrent la conquête du Maghreb, au septième siècle, dit-il, le pays était peuplé de berbères et une reine était au pouvoir, La Kahena, reine des Aurès dans un empire byzantin chrétien. Femme guerrière et prophétesse, elle a résisté durant cinq années dans un combat acharné contre les envahisseurs arabes, les Omeyades. Trahie par son fils adoptif, cette Jeanne d'Arc d'Afrique a été battue par ses adversaires et arrêtée. Elle fut tuée prés d'un puits qui porte encore son nom aujourd'hui. Avant d'être décapitée elle demanda à ses deux garçons de se convertir à l'Islam pour rétablir la paix dans son royaume. Ils acceptèrent. Après leur soumission, le commandement des berbères leur fut confié. Les autochtones furent contraints de se convertir à la religion des vainqueurs. Ceux qui refusèrent durent prendre la fuite.

– Puis les arabes ont investi la Tunisie, poursuit Enzo. Ils sont entrés dans Carthage et Tunis. Ils ont fondé la ville de Kairouan et construit leur grande mosquée. On n'a jamais su véritablement qu'elle était la religion de cette prêtresse. La Kahena était-elle chrétienne juive ou athée ? Ce qui est certain c'est qu'elle ne voulait pas donner son royaume aux arabes contre lesquels elle s'est battue avec acharnement durant plusieurs années. Dans tout le Maghreb, elle est restée le symbole d'une reine féministe et visionnaire. Après sa disparition, les berbères ont été attaqués de toutes parts. Des tribus arabes ont commencé à investir les lieux, semant la terreur et le désordre au sein de la population berbère. Les Hafsides massacraient la population. Puis les croisés ont débarqué sur les côtes tunisiennes. Dans la lutte de l'Occident contre l'Orient, une épidémie a emporté un roi chrétien, Louis IX devenu Saint Louis. L'arrivée de son frère Charles d'Anjou, roi de Sicile, a affolé le roi de Tunis et un traité de paix a été signé. Tunis était sauvée. La tombe de ce roi saint se trouve toujours à Carthage, bien qu'on se soit souvent demandé s'il s'agissait vraiment de sa sépulture.

-Plus tard, dit Enzo, une autre reine, une espagnole, Isabelle la Catholique, a fait la guerre aux turcs pour conquérir le Nord de l'Afrique. Elle avait chassé tous les Maures d'Espagne, martyrisé les juifs. Les turcs ont gagné et la Tunisie est devenue une province ottomane.

Nunzio et Nardo, écoutent l'histoire de ces tunisiennes pugnaces, courageuses et libres, si différentes des femmes de leur Sicile natale vivant dans un autre monde. Un monde masculin qui les soumet, les domine, les cache et pourtant les vénère et les protège. Elles sont la mère, l'épouse, la sœur, que personne n'a le droit de regarder et encore moins de toucher au risque de porter atteinte à l'honneur des hommes. « *Les siciliens ont fait de leurs femmes les gardiennes de leur virilité et de leur fierté* » se dit Nardo. Il ignore que plus tard elles refuseront d'être des ombres et se battront pour exister aux côtés des hommes. Dans la lumière.

X

Au fil de leurs rencontres, Enzo explique à ses nouveaux amis comment la France a manœuvré pour conquérir la Tunisie.

-Dés sa prise de pouvoir en 1705, Hussein ben Ali, le premier Bey, sans descendance mâle, a désigné son neveu Ali comme successeur. Puis il s'est uni avec une captive génoise qui lui a donné plusieurs fils et il est revenu sur sa décision. Ce qui a entrainé une révolte menée par Ali au cours de laquelle Hussein s'est enfui à Kairouan où il a été capturé et assassiné. Hussein entretenait de bonnes relations avec les pays européens. Puis Ali lui a succédé. Orgueilleux et despotique, il a durci ses relations avec les français au motif que le consul refusait de lui baiser la main. Il menaçait de revenir sur tous les traités de commerce signés avec les pays étrangers si un état s'avisait de vouloir faire la loi dans sa Régence. La France n'a pas plié. Les différents beys qui se sont succédé n'ayant toujours pas respecté les traités, elle n'a pas hésité à bombarder plusieurs petits ports tunisiens. Après la révolution française et l'expédition de Bonaparte en Egypte, les relations se sont encore tendues et l'empire ottoman a haussé le ton. C'est un peu plus tard que les deux pays se sont rapprochés, le Bey Hamouda Pacha ayant demandé de l'aide à la France lors d'un conflit qui l'opposait à l'Algérie. Les frontières n'étaient pas clairement délimitées et l'Algérie avait manifesté à plusieurs reprises son agressivité envers la Tunisie. En 1827, lorsque la France et l'Algérie sont entrées en guerre, le Bey Hussein II, loin d'en prendre ombrage, a multiplié les marques de sympathie avec la France.

— Que s'est-il passé en 1827 ? Questionne Nunzio.

— Cinquante ans avant l'installation du protectorat français en Tunisie, au prétexte d'un coup d'éventail, la France s'est emparée de l'Algérie, répond Enzo. Après la chute de Napoléon Bonaparte, la France a connu le règne de Louis XVIII, un roi égoïste, sans courage, peu doué pour gouverner, qui redoutait de subir le même sort que son frère Louis XVI dans un pays agité et divisé. A sa mort, en 1824, son frère, le comte d'Artois, est devenu le roi Charles X qui a tenté de faire revenir la France à une monarchie absolue. Mais la population s'est enflammée et son règne a vacillé. Les caisses de l'Etat étaient vides et le roi avait besoin d'argent. Ses sujets le rejetaient et il devait à tout prix retrouver son prestige s'il voulait continuer à gouverner. A cette époque-là, le Dey d'Alger possédait une immense fortune accumulée pendant la guerre de course. Capter ce trésor était un moyen pour le roi français d'alimenter les fonds dont la monarchie avait besoin pour mener à bien son gouvernement. Le prétexte lui a été donné le 19 avril 1827. Ce jour-là, le consul de France à Alger, Pierre DEVAL, a affiché publiquement un comportement irrespectueux à l'égard du Dey qui lui réclamait le paiement de sommes dues par la France depuis plus de trente ans, en règlement du blé fourni pour ses armées. Exaspéré, le Dey ayant appris que le consul, peu scrupuleux, s'était copieusement servi dans cette transaction, l'a chassé du Palais en lui administrant un coup d'éventail. Charles X se servit de cet incident diplomatique pour prétendre vouloir venger l'honneur de la France et par la même occasion, débarrasser le peuple algérien des pirates barbaresques qui sévissaient en Méditerranée. Il n'ignorait pas que depuis l'intervention des Etats européens, l'activité corsaire avait sensiblement diminué en Algérie. En outre, la France n'avait aucun moyen d'honorer la dette qu'elle avait contractée auprès de la Régence. Le Dey refusant de présenter ses excuses, Charles X ordonna le blocus maritime du port d'Alger durant trois ans avant d'organiser une expédition militaire avec à sa tête le général Louis DE BOURMONT, ministre de la guerre. Des barons français mobilisèrent de nombreux navires pour assurer l'approvisionnement d'une flotte de trente sept mille hommes, commandée par l'amiral DUPERRE. L'escadre quitta Toulon le 25 mai 1830 et s'installa sur la plage de Sidi Ferruch, à vingt sept kilomètres d'Alger. Du premier au trois juillet, les français bombardèrent Alger. Le cinq juillet 1830, la ville tombait. Sans combat. Les hommes de Louis de Bourmont firent main basse sur le trésor de la Casbah qui fut pillé durant trois jours. Le Dey capitula et s'enfuit à Naples avec sa famille. L'équivalent de quatre milliards d'euros fut récupéré par les vainqueurs, en or, argent, bijoux et autres objets précieux. En France, Charles X n'eut pas le temps de profiter de cette manne. Sa politique désastreuse provoqua la révolution de juillet. Le roi fut renversé et partit en exil. La bourgeoisie libérale porta Louis Philippe sur le trône. C'est lui qui profita du trésor de la casbah, en partie seulement car les dignitaires français, barons, banquiers et militaires se partagèrent la majeure partie du butin. Ainsi sont apparues de grandes fortunes françaises.

Nunzio est agacé par le long discours de son compatriote sur la France.

— Et l'Italie dans tout ça ? Pourquoi n'a-t-elle pas pris la Tunisie ? Demande-t-il.

— Des relations courtoises existaient depuis longtemps entre le royaume des Deux Siciles et la Régence. Mais l'Italie se méfiait de la France. Entre 1748 et 1841, elle a signé quatorze traités de paix et de commerce avec la Tunisie pour assurer la liberté et la sécurité de ses voyages pendant la guerre de course. Elle a réussi à conclure en 1868 un nouveau traité de navigation pour une durée de vingt huit ans, soit jusqu'en 1896. Le Bey de Tunis a consenti sous la pression de l'Europe à prendre des mesures sévères pour arrêter la course. Mais c'est la France qui finalement a détruit la flotte corsaire en 1827 et arraché le protectorat au prince tunisien en 1881.

— Mais comment est-ce possible ? Insiste Nunzio.

Enzo raconte à ses amis comment, à cette époque, le Bey, qui ne voulait blesser ni la France ni l'Italie, ni l'Angleterre, dont il avait besoin financièrement, passait d'une promesse à l'autre comme un métronome dépassé par une cacophonie de propositions. Jusqu'à ce que la situation tourne à l'avantage de la France après de nombreuses tergiversations.

-Tout a commencé par des bagarres pour des lignes ferroviaires, dit-il. Les anglais avaient obtenu en 1871 la concession de quinze kilomètres de voie ferrée entre Tunis et la Goulette dont ils se désintéressaient. Une compagnie française BONE-GUELMA a postulé pour son rachat mais la compagnie italienne RUBATTINO a surenchéri et emporté le marché à un prix si élevé que l'état italien a été soupçonné d'avoir financé l'opération. L'enjeu entre la France et l'Italie n'était plus la voie ferrée mais la main mise sur les équipements publics tunisiens.

— La France a alors exigé du bey une compensation, précise Enzo. Elle a obtenu l'autorisation de construire un port à Tunis et l'exclusivité de toute future concession de chemins de fer dans la Régence. ROUSTAN avait gagné la première manche. MACCIO était furieux.

— Par ailleurs, lorsque le général KHEREDDINE a cessé ses fonctions de premier ministre, poursuit Enzo, il a quitté Tunis pour Constantinople et mis en vente tous les biens qu'il possédait dans la Régence. Un patrimoine conséquent que le Bey lui avait octroyé. Des palais et de nombreuses terres, notamment le domaine de l'ENFIDA situé dans le Sahel, sur le littoral. Des milliers d'hectares de terres abandonnées. Une société française, la Société Marseillaise, a souhaité être acquéreuse. Sous la pression du consul d'Italie, le Bey s'est opposé à la vente, arguant que ces biens étaient des cadeaux consentis au seul profit de son premier ministre et qu'ils devaient être restitués à la Régence. En outre, un voisin anglais prétendument lésé avait saisi la justice britannique. La presse internationale s'est emparée du litige. La France a été violemment attaquée, notamment par les journaux italiens, mais elle n'a pas cédé. Devant la complexité de la situation, le gouvernement anglais a mandaté un rapporteur à Tunis. Son rapport a été édifiant. Aucun voisin anglais ne possédait un titre de propriété dans le domaine. L'affaire était une vaste imposture. Le contrat avec la France a été validé. ROUSTAN gagnait la seconde manche contre MACCIO. Le consul anglais était remplacé.

— Entre temps, la société Marseillaise s'est portée acquéreuse de nombreux biens. Elle possédait déjà le domaine de l'ENFIDA. Des milliers d'hectares de terres cultivables lui appartenaient désormais. La présence française en Tunisie devenait incontournable, conclue Enzo.

X

Au fil de ses conversations avec Enzo, Nardo réalise que la Tunisie, comme la Sicile, a souffert durant des siècles d'une domination étrangère qui l'a écrasée, dominée. Et c'est vers ce pays affaibli, ruiné, menacé, sans autorité, sans pouvoir, dont le peuple misérable était affamé, que les italiens du Sud se sont exilés. Savaient-ils où ils couraient ? Ils ne connaissaient rien de l'histoire de ce Maghreb, de ses souffrances. Ils suivaient le flot d'une population fuyant un pays qui ne les nourrissait plus, les humiliait, les maltraitait, les emprisonnait. Ils fuyaient la mort sur une mer vorace qui sous des airs tranquilles pouvait les engloutir. L'ignorance de la vie qui les attendait les portait. Les pionniers devenaient leur exemple. Ils avaient tracé la route. Fait naitre l'espoir d'un eldorado, d'un refuge. D'une terre promise. D'un paradis. Ils en rêvaient et rien ne pouvait les arrêter.

X

Un soir Nardo regarde longuement le visage de Giuseppa. Triste, pâle, amaigri. Ses traits tirés révèlent sa souffrance. Elle n'aime pas ce village de la Goulette, cette population, ce pays. Elle veut repartir en Sicile, auprès des siens. Cette nuit-là, Nardo ne peut trouver le sommeil. Il serre sa jeune femme contre lui. Il voudrait la rassurer mais un doute l'envahit. Que doit-il faire ? Laisser Giuseppa languir et dépérir loin des siens, de sa culture, de ses habitudes ? Repartir vers cette Sicile qui n'a rien à offrir à la jeunesse, sinon la désespérance ? Voir naitre ses enfants dans l'enfer qu'il a fui ? Ou bien persévérer, construire sa famille dans un monde nouveau où la terre produit du pain doré comme ses blés. Un monde où le travail apporte de la joie et non plus du malheur.

Le lendemain matin, lorsqu'il retrouve Enzo et Nunzio, c'est un homme accablé aux traits tirés qui s'assoit à leur table.

Enzo parle longuement de l'immigration italienne en Tunisie.

— C'est le contexte économique et social au 19° siècle qui a favorisé l'émigration massive de l'Italie vers le Maghreb, dit-il. Avec la montée des idées libérales, de nombreux italiens ont fui la répression sévère qui s'est abattue sur les révolutionnaires. D'autant plus qu'après le congrès de Vienne, le pouvoir monarchique s'est consolidé dans toute l'Europe et la chasse aux libéraux a été terrible. Beaucoup d'entre eux, parfois célèbres, se sont réfugiés dans la Régence, comme Garibaldi et ses nombreux amis en 1836. A cette époque, la Tunisie n'avait pas encore d'autorité française au pouvoir, contrairement à l'Algérie. Le bey ne se préoccupait pas des immigrés et encore moins des réfugiés politiques. Il était embourbé dans les crédits qu'il avait contractés à des taux usuriers avec l'Europe et en particulier avec la France. Il cherchait à s'en sortir financièrement. L'imposition était difficile. La population nomade fuyait avec ses caravanes dés qu'elle apercevait les cavaliers du Bey. Et les sédentaires contraints de supporter l'impôt et vivant essentiellement d'agriculture, étaient soumis aux caprices du climat, aux sécheresses, au sirocco, au manque d'eau. En outre ils ne possédaient pas les terres qu'ils cultivaient, les propriétaires étant des favoris du Bey avec lesquels ils devaient partager le produit de leurs maigres récoltes. La population mourait de faim.

Nardo comprend que les populations de Tunisie et de Sicile ont vécu les mêmes souffrances. Que le sort du petit peuple sera toujours le même. Exploité par un pouvoir détenteur de richesses. Ecrasé par des hommes puissants et méprisants qui l'humilient et le réduisent à l'esclavage.

— L'économie de la Tunisie a sombré progressivement dans un gouffre insurmontable, poursuit Enzo.

En 1855 la Régence était exsangue, affaiblie par des épidémies de peste et de choléra. Mohammed, le nouveau prince, dépensait sans compter, vivait dans l'oisiveté et la luxure, entretenait un harem d'un millier de femmes.

Sous l'influence française, deux ans plus tard, une constitution a été rédigée pour tenter de redresser le pays mais le premier ministre de l'époque, Mustapha KHAZNADAR, un ancien esclave grec converti, avait ruiné la Régence par ses enrichissements personnels, ses augmentations fiscales et ses nombreux emprunts étrangers. La dette s'est creusée malgré la mise à contribution de banques françaises. Le peuple, écrasé par la misère, réduit à la mendicité, a fini par se soulever. La Tunisie, en faillite, a été contrainte de déclarer sa banqueroute en 1869. Le KHAZNADAR a du s'enfuir ainsi que son richissime trésorier le caïd NESSIM et tous les mameluks du Palais du Bardo, pour la plupart des renégats convertis à l'islam qui occupaient de hautes fonctions dans l'environnement du Bey. Le général KHEREDDINE, un homme intègre et soucieux du redressement du pays, devenu premier ministre, a engagé de nombreuses réformes. La situation s'est améliorée mais les mauvaises habitudes s'étant réinstallées dans l'entourage du Bey, KHEREDDINE a démissionné. Dix ans plus tard, Jules FERRY imposait un protectorat français en Tunisie.

Enzo raconte longuement comment la France a imposé son protectorat.

– En 1880, la situation de la France était difficile sur le plan international. Après les guerres napoléoniennes, elle avait perdu une grande partie de son empire colonial. Il lui fallait absolument retrouver une puissance en Afrique et en Asie.

-En 183O, la conquête de l'Algérie a commencé, elle a duré quarante ans. Mais en 1870, la bataille de Sedan a déprimé les français qui ont perdu l'Alsace et la Lorraine. Ils ne rêvaient plus d'hégémonie. Ils n'avaient qu'un désir. Reprendre leurs territoires perdus. Ils avaient subi un affront dont ils ne pouvaient se relever.

Enzo et Nardo écoutent avec attention cet homme savant mais ne comprennent toujours pas comment la France a pu s'imposer dans cette course à l'annexion de la Régence.

– C'est le président du Conseil de l'époque, Jules FERRY, un brillant avocat français, qui a relevé le défi d'afficher la puissance de son pays malgré les pertes subies, explique Enzo. Pour montrer au monde entier que la France était toujours une grande nation. Qu'elle était en mesure de conquérir de nouvelles contrées. Cet homme, obsédé par un désir de reconstruction d'un grand empire colonial français, décidé à se lancer dans une politique d'expansion, s'est emparé du problème de la Tunisie et rien n'a pu l'arrêter malgré l'opposition d'un autre républicain, un médecin, Georges CLEMENCEAU surnommé

« le tigre », ministre de l'intérieur, premier flic de France, aussi caustique, brutal et bruyant que FERRY était diplomate, réservé et stratège.

— Ils se sont affrontés lors de débats à l'Assemblée Nationale, poursuit Enzo. CLEMENCEAU, doué d'un charisme exceptionnel et d'un art oratoire étourdissant, tentait d'entrainer derrière lui l'opinion de ses pairs. FERRY a eu du mal à lutter contre cet ennemi féroce. Il s'opposait aussi à une presse hostile et des adversaires agressifs mais il n'a jamais désarmé : « *Est-ce le moment pour la France de se confiner dans une politique de coin du feu ? disait-il. Une puissance méditerranéenne ne peut se renfermer dans un isolement périlleux...* »

Enzo explique à ses amis que FERRY souhaitait faire de la France un grand pays qui devait s'imposer en Europe, répandre son influence sur le monde et porter partout sa langue, son drapeau, ses mœurs, ses armes, son génie. « *Une marine comme la notre,* disait FERRY, *ne peut se passer sur la surface des mers d'abris solides, de défenses, de centres de ravitaillement.*» Et CLEMENCEAU répliquait : « *Est-ce que ces populations vous appellent ? Vous allez chez elles contre leur gré !* »

Enzo et Leonardo écoutent avec attention comment ce Jules FERRY s'est emparé de la Tunisie.

— Au prétexte d'aider le Bey à se débarrasser des kroumirs pour assurer la sécurité de la frontière algérienne, il a fait voter par l'assemblée des crédits pour une expédition de police qui s'est avérée être une opération militaire, dit Enzo. En réalité il s'agissait de la conquête de la Tunisie et non pas de la répression de bandes rebelles aux frontières. La France n'agissait pas en alliée du Bey pour rétablir le calme dans les montagnes de Kroumirie mais elle partait établir un protectorat en Tunisie.

Nunzio est stupéfait à l'écoute de cette supercherie. Il ne cache pas toutefois son admiration pour cet avocat malin, homme politique stratège, qui a trompé à la fois les tunisiens et les français.

— FERRY a réuni un corps expéditionnaire, raconte Enzo. En 1881, vingt quatre mille soldats recrutés en France et en Algérie traversaient la frontière et pénétraient en Kroumirie. Peu après, huit mille hommes dirigés par le général BREART débarquaient dans le port de Bizerte et se dirigeaient sur Tunis. Le général et le consul de France se sont alors rendus auprès du Bey SADOK pour lui faire signer le traité du Bardo préparé à Paris bien avant l'arrivée des troupes françaises dans la Régence. Le prince offrait la Tunisie à la France sans résister.

Nardo est silencieux. Il comprend que la force et la violence peuvent être désarmées devant l'intelligence. Que le bruit des armes ne vaut rien devant la détermination silencieuse d'un homme habile.

— Au moment de la signature, poursuit Enzo, les français ont rassuré le Bey devant son entourage. Ils ont affirmé qu'il conserverait son trône. Que sa dynastie n'était pas contestée. Qu'une occupation militaire française aiderait au maintien de l'ordre puisque la Régence n'était pas en mesure d'assurer seule cette charge. En outre la France nommerait un résident général à Tunis pour la représenter. Le prince serait chargé de faire respecter les traités conclus avec l'administration tunisienne. Une organisation financière serait mise en place ainsi qu'une diplomatie française qui représenterait la France à l'étranger !

-C'est ainsi que le protectorat a été bouclé, conclue Enzo. FERRY s'est emparé de la Tunisie en un tour de main. Sans faire la guerre. Et sans demander l'accord de son gouvernement.

X

Dans le quartier de *la petite Sicile*, à la Goulette, Giuseppa ne s'alimente plus. De jour en jour elle s'enferme dans un silence inquiétant. Elle ne sort plus de sa mansarde et passe des heures prostrée au fond de sa couche, le regard éteint, les membres repliés sur sa poitrine. Son abdomen habité par un mal inconnu la torture d'une douleur intense qu'elle ne peut exprimer. Le soir, Nardo et Nunzio la retrouvent dans la position où ils l'ont laissée le matin. Enzo leur indique l'adresse d'un médecin qui vient l'examiner. Son diagnostic est terrifiant. « *Elle se laisse mourir*, dit-il, *il faut la sortir de ce lieu au plus vite si vous voulez la sauver* ».

Deux jours plus tard, Les deux hommes décident de refaire la traversée vers TERRANOVA dans la nouvelle barque de Nunzio. Nardo porte sa femme dans ses bras jusqu'au port et la couche à l'intérieur de l'embarcation où elle reste immobile, enveloppée dans d'épaisses couvertures jusqu'à leur arrivée en Sicile.

Nunzio n'a aucun mal pour trouver des compatriotes rêvant de traverser la mer et atteindre le nouvel eldorado. Il met en place son trafic de sable blanc qu'il achemine de Tunis vers les plages volcaniques des îles éoliennes. Au retour, il charge sa barque de nouveaux émigrés qu'il livre à ses *amis* mafieux à l'arrivée. Parfois il s'arrête à TERRANOVA pour un bref séjour dans sa ville natale et repart vivre sa vie de passeur. Il est heureux, désinvolte. Il accumule les richesses et les combines dans son quotidien d'aventurier avec une inébranlable joie de vivre.

Giuseppa reste alitée plusieurs jours au domicile de ses parents inquiets de voir leur fille plongée dans un état moribond. Nardo reprend son travail de maçon auprès de son beau père. Trois mois plus tard, soignée et entourée par sa mère, Giuseppa recommence à sourire. Elle attend son premier enfant.

Nunzio, au cours de ses séjours à TERRANOVA, rapporte des nouvelles de Tunis. Quand il repart Nardo a la gorge serrée. Il marche seul des heures au bord de la mer pour cacher son chagrin. Il contemple l'horizon. Il souffre de l'appel du large, de son besoin d'ailleurs. Il se sent enfermé, prisonnier de cette terre de Sicile qu'il a tant voulu fuir.

En automne, un petit Gaetano voit le jour suivi trente mois plus tard de Gaspare, son petit frère, surnommé Gaspo. Nunzio, qui a traversé la Méditerranée pour faire la connaissance de ses neveux, remarque le regard éteint de son beau frère. Malgré la joie d'avoir vu naitre ses deux garçons, Nardo est malheureux. Son visage s'éclaire lorsque Nunzio évoque la Tunisie et rapporte des anecdotes sur la vie du Palais, l'entourage du Bey, les litiges alimentés par les consulats d'Italie et de France. Nunzio sait que Nardo est déterminé depuis longtemps à voir grandir ses enfants hors de ce chaudron sicilien. Que ce rêve est toujours enfoui au fond de son cerveau comme une tumeur qui grossit jour après jour entrainant la destruction de celui qu'elle habite.

L'année suivante Nunzio revient à TERRANOVA. Sa sœur est encore enceinte mais la décision de Nardo est sans appel. Le couple et ses deux garçons repartent sur la mer. La jeune femme s'est résignée à admettre que les deux hommes sont attirés par une force irrésistible. L'impérieuse nécessité de partir. La folie de l'exode. Une fascination de l'aventure, sortie des profondeurs d'une mer captivante, qui les a séduits et ensorcelés pour les forcer à la suivre.

Les trois jeunes gens quittent une nouvelle fois la Sicile.

X

Sur le quai du port de Tunis, Enzo les attend. Il embrasse chaleureusement Nardo et conduit tous ses amis au Consulat d'Italie à bord d'une charrette tirée par un cheval arabe. Il sait que Giuseppa a failli perdre la vie dans ce pays qu'elle exècre. Avec Nunzio, il a élaboré un plan pour améliorer le quotidien de Nardo et de sa famille. A leur arrivée, des boissons fraiches leur sont offertes et Enzo leur indique que le consul de France, Paul CAMBON, souhaite les rencontrer. Quelques instants plus tard, Enzo les conduit au consulat français.

Le diplomate est affable, souriant et déjà longuement informé du parcours de ses interlocuteurs. Enzo traduit en sicilien les propos de CAMBON.

— Je sais, dit-il à Nardo, que votre épouse a eu du mal à s'adapter aux us et coutumes de ce pays, bien que le climat ne soit ici pas très différent de celui de Sicile ! Cependant la Régence a beaucoup évolué ces dernières années. La France a de nombreux projets pour la Tunisie. Elle a l'intention d'aménager un grand port et un arsenal sur les bords du lac de BIZERTE. Ce lac se jette dans la Méditerranée. Le chantier a tardé à se mettre en place du fait de l'hostilité des anglais et des italiens inquiets de la création d'une base militaire française sur la route de Gibraltar. En effet, nous avons très vite observé que le lac de BIZERTE, très profond, permettrait la navigation de navires de gros tonnage et pourrait constituer un abri en cas de guerre. La construction d'un chenal reliant le lac à la mer va donc débuter ainsi que celle d'une grande rade pour faciliter l'accès des bateaux.

Nardo ne comprend pas où veut en venir son interlocuteur.

— Les travaux de construction de l'arsenal débuteront prochainement, poursuit le consul. Le lieu se trouve à proximité de l'ICHKEUL, un lac relié par un canal au lac de BIZERTE. Pour assurer la construction de ce port et la protection de l'arsenal, la France a décidé d'édifier plusieurs casernes alentour et de bâtir à proximité de l'ICHKEUL une ville où seront construits des bâtiments pour les besoins de la population. Des habitats pour les ouvriers et les militaires, une municipalité, un hôpital, des commerces, une église, une poste, et d'autres chantiers sont en projet. Une communauté de siciliens s'est installée à trois kilomètres de ces futurs chantiers, dans le village de TINDJA. La France a l'intention de recruter un bon nombre de ces hommes pour travailler à la construction du port.

Nardo écoute silencieux le discours du consul.

— Le terrain appartenait à un homme d'affaires nommé Joseph DECORET, dit CAMBON. Il a mis à la disposition de la France des centaines d'hectares pour l'établissement des travaux portuaires, des bassins de carénage et des constructions annexes. Cet homme vient de décéder et la France ne pouvant plus baptiser la nouvelle ville du nom de son bienfaiteur a décidé de la nommer FERRYVILLE. La ville de Jules FERRY, fondateur du protectorat. Les travaux vont durer plusieurs années. La France projette d'embaucher de nombreux travailleurs italiens, en majorité siciliens. Beaucoup d'entre eux sont analphabètes. Enzo m'a dit que vous saviez lire et écrire parfaitement votre langue. Vous pourrez vous installer dans la nouvelle ville et exercer la profession d'écrivain public pour aider cette population à s'intégrer dans la Régence.

Nardo est surpris par la proposition du consul français. Enzo sourit. Il est heureux de l'offre faite à son ami. De l'avenir apaisé qui l'attend. Mais au fond de lui-même, égoïstement, il regrette le temps des rendez-vous quotidiens où, en compagnie de Nunzio, ils refaisaient le monde dans le petit bistrot de la Goulette.

Dés le lendemain, Nardo, son épouse et leurs deux garçons s'installent dans la petite ville en construction qui portera cinq ans plus tard le nom de FERRYVILLE. Très vite Nardo voit des files de compatriotes analphabètes stationner devant sa maisonnette. Il est heureux, optimiste. Il s'occupe le soir de ses deux enfants. Il leur raconte des histoires de son pays et leur chante des berceuses siciliennes.

Giuseppa accouche d'une petite fille prénommée Giuseppa qui décède dix huit mois plus tard. Un petit Francesco vient au monde l'année suivante et meurt à l'âge de trois ans. La jeune femme est désespérée. Ce pays lui porte malheur. Puis un troisième garçon prénommé Giuseppe, que l'on surnomme Peppe vient au monde. Mais l'état de santé de sa mère devient inquiétant. Elle ne s'alimente plus. Elle ne sort plus de sa petite maison. Elle maigrit, pâlit et pleure sans raison. Elle n'a plus de lait pour nourrir son enfant, ni de forces pour s'occuper de ses trois garçons.

Parfois le soir, Nunzio, de passage dans la région, lui rend visite, les bras chargés de fruits et légumes qu'il achète à des paysans sur la route. Des pastèques, des dattes, des oranges. Il lui arrive de s'arrêter sur le port de BIZERTE. Il choisit des rougets et quelques sardines pour ses neveux. Giuseppa observe les poissons et se traine jusqu'à son *primus* pour les faire cuire en silence. Rien ne déride son visage souffrant. Nardo et Nunzio sortent alors pour fumer devant la porte puis marchent longtemps le long de la voie de chemin de fer. Ils sont inquiets. Giuseppa est encore enceinte et le décès d'un nouvel enfant la tuerait. Ils décident alors de reprendre la mer avec les trois garçons.

X

1901 : Nardo a de nouveau foulé le sol de TERRANOVA avec sa petite famille. Il a repris sa truelle et Giuseppa a accouché d'un quatrième garçon prénommé Francesco. Les jours passent dans une Sicile toujours tourmentée, affamée, désespérée.

Le roi sarde, HUMBERT premier, a tenté de gouverner une Italie dont le pouvoir était exercé par une extrême gauche que présidait Francesco CRISPI.

Nardo se souvient des récits de son père Tanino sur ce

sicilien, avocat mazzinien qui avait combattu aux côtés de Garibaldi pour l'unité italienne et s'était ensuite rallié à la monarchie en acceptant un poste de ministre de l'intérieur puis des affaires étrangères. De Tunisie, Nardo avait appris que CRISPI était devenu Président du Conseil, qu'il avait engagé un bras de fer avec les syndicats de paysans et d'ouvriers pour écraser les mouvements sociaux tandis que le roi d'Italie s'était lancé dans la guerre pour la conquête de l'Abyssinie. A Tunis, son ami Enzo lui avait aussi raconté que CRISPI avait tenté un coup de force pour imposer un protectorat à l'Abyssinie, qu'il avait du démissionner après la terrible défaite de l'Italie à Adoua en 1896 et que le moral des italiens, blessés par cet affron, était au plus bas.

Nardo ne reconnait plus sa Sicile natale dans cette Italie nouvelle qui méprise le Sud et conduit son pays à la ruine pour construire un empire. Quelques mois plus tôt, le roi HUMBERT premier a été assassiné de trois coups de révolver par un anarchiste qui voulait se venger des représailles sanglantes exercées contre les manifestants paysans et ouvriers. VICTOR EMMANUEL III, unique héritier, est devenu roi d'Italie. Malgré l'extrême pauvreté de son peuple, il veut poursuivre les rêves colonialistes de son père.

Depuis son retour à TERRANOVA, Nardo a le sentiment de tourner en rond. Son existence n'a plus de sens. Il est déterminé. Il ne veut plus de cette Sicile qui assassine ses enfants. Il refuse de vivre dans ce climat de violence, d'insécurité et de revendication permanente. Il a connu la vie paisible du Maghreb, ses cieux étoilés, la douceur de ses paysages, l'indolence de ses habitants. Les apéritifs animés avec Enzo et Nunzio. Il a connu FERRYVILLE, la petite ville en construction où, écrivain public, il a tissé de vrais liens avec ses compatriotes immigrés qu'il a aidés à s'intégrer dans leur nouvelle vie.

Le soir, à TERRANOVA, il discute longtemps avec son beau père de sa détermination à quitter définitivement son pays. Giuseppa les écoute, silencieuse. Elle sait que son époux a raison. Que ses quatre garçons n'ont aucun avenir dans cette île en feu. Parfois la nuit elle se lève pour les regarder dormir et son instinct de mère protectrice sent la peur qui tord ses entrailles et nourrit sa culpabilité. Alors elle se recouche prés de Nardo et ne trouve plus le sommeil.

Un an plus tard, le couple et ses quatre enfants s'embarquent avec Nunzio pour une dernière traversée vers la Tunisie. Dans ses bagages, Leonardo n'a pas oublié le violon de son ancêtre, son bien le plus précieux.

Nardo et Giuseppa ne devaient plus jamais revoir la Sicile.

X

A FERRYVILLE, Nardo a tissé des liens avec des siciliens. En lui demandant d'écrire des lettres, remplir des documents, les aider à construire leur quotidien, ils lui livrent des confidences sur leur passé, leur histoire, leurs souffrances. Ils se sont regroupés en petites communautés dans des villages alentour pour partager leur nostalgie. Ils se rassemblent. Frères, cousins, amis.

C'est ainsi qu'un jour Nardo fait la connaissance de Vittorio PRINZIVALLI, le fils de Franco. Cet homme qui avait combattu avec son père Tanino aux côté de Garibaldi. Les deux hommes évoquent leurs pères, Franco PRINZIVALLI et Tanino GAGLIANO. Deux révolutionnaires si différents et si proches à la fois. Franco était mort peu après l'unité Italienne en 1870.

— Il a eu juste le temps de voir Rome annexée à l'Italie, il avait 42 ans et il n'a connu que la guerre, dit Vittorio.

Tanino GAGLIANO était décédé en ~~1990~~, vingt ans plus tard,
1890

à l'âge de 54 ans. Après le départ en Tunisie de son fils Nardo en 1988 et la disparition à vingt ans de sa fille Anna l'année suivante, il avait sombré dans un chagrin insurmontable, un état obscur de mélancolie, de lassitude. Dans la nuit de son deuil, il se retournait sur son passé et se perdait dans des questionnements sans réponse. Il ne reconnaissait plus sa Sicile dans cette Italie balbutiante. Dans cette nouvelle monarchie dont les ambitions étaient si éloignées de ses sujets et de leurs tourments. Il ne savait plus pour qui, pour quoi il avait pris les armes, abandonné sa famille et perdu sa jeunesse. Alors il s'enfermait dans son silence.

— Quand je suis retourné à TERRANOVA, dit Nardo, il n'était plus là. Toute ma vie je m'en voudrai de ne pas avoir été prés de lui lors de son dernier souffle.

Vittorio PRINZIVALLi rend parfois visite à Nardo. Il s'est installé avec sa famille à TINDJA, le petit village situé à trois kilomètres de FERRYVILLE. Il y a construit une *masseria,* une ferme qui lui rappelle celle où il a grandi à CAMPOBELLO DI MAZARA. Très souvent, à bord de sa charrette, il rejoint son ami à l'heure de l'apéritif. Le temps passant, les deux hommes, comme leurs pères, tissent des liens fraternels et se confient l'un à l'autre malgré leurs caractères différents. Nardo, comme ses ascendants, affiche la réserve des êtres sérieux et fiables. Vittorio a pris de son père Franco la joie de vivre et le goût du jeu. Cependant Nardo a très vite compris que son ami sacrifie parfois son sens moral à ses activités commerciales. Il sait déjà que la rencontre de son beau frère Nunzio avec Vittorio débouchera sur des « *affaires* ». Il ne se trompe pas. Nunzio le passeur prendra l'habitude de ramener des pieds de vigne de Sicile. Et Vittorio remplira ses cuves de nectar.

X

D'année en année, la santé de Giuseppa se dégrade. Depuis son retour de Sicile, elle a mis au monde en Tunisie trois autres enfants dont deux jumeaux, tous morts dés leur naissance. Ses quatre garçons ont grandi. L'ainé Gaetano est déjà un homme à dix neuf ans. Il travaille et veille sur ses trois frères. Gaspo a fêté ses 15 ans et les deux plus jeunes, Peppe et Francesco, âgés de huit et six ans, sont scolarisés dans la petite école de FERRYVILLE.

Un soir, Gaetano confie un secret à son frère Gaspo. Il lui montre un étui qu'il extrait d'une malle remplie de vêtements. Il le pose sur ses genoux et l'ouvre. Gaspo est ébloui par l'instrument de bois blond qu'il découvre sous le tissu de velours vert.

– C'est un trésor, dit Gaetano, il appartenait à Leonardo, notre ancêtre violoniste. Il est transmis de père en fils depuis un siècle et un jour je sais que notre père me le confiera.

Entre les deux frères, le secret ne sera jamais trahi mais le cadet sait que son aîné sort parfois dans la campagne avec l'étui enroulé dans une couverture qu'il transporte dans un vieux sac. Il le suit et les deux adolescents se cachent sous un eucalyptus derrière la maison. Ils sortent l'instrument qu'ils posent sur leurs jambes, tirent l'archer et caressent les cordes pour entendre les sons. Ils sont ailleurs, dans un monde imaginaire et magique où ils s'inventent chaque jour un destin d'artiste.

Un soir, surpris par l'arrivée de leur père, ils dissimulent leur précieux objet dans un creux du tronc de l'arbre et se précipitent à l'intérieur de la maison. Ils ignorent qu'ils viennent de sauver le précieux héritage des flammes.

X

Depuis la mort des jumeaux, Giuseppa est inconsolable.

— Pourquoi tous ces deuils, se dit-elle ? Pourquoi la vie que je porte et espère à chaque grossesse n'amène-t-elle que le chagrin et la mort?

Elle rêve de mettre enfin au monde une fille, qui serait son prolongement, son image, sa consolation, mais la Tunisie lui refuse ce cadeau inexorablement. Alors elle espère encore malgré sa détresse, sa fatigue, au nom de l'amour qu'elle porte à sa famille. Enceinte pour la dixième fois, elle accouche d'un cinquième garçon en 1909. Un petit Emmanuele.

Têtue, désespérée, elle rassemble ses dernières forces pour une dernière fois. Deux ans plus tard, c'est une petite fille tant espérée qui vient au monde. Giuseppa est enfin victorieuse de ce sort tragique qui a épuisé sa vitalité et creusé sa tombe. Elle sourit à Nardo malgré son visage blême, ses joues creuses. Son sang ne cesse de couler de son ventre blessé. La fièvre qui l'envahit la secoue de tremblements. Son corps frêle s'accroche au cou de son époux puis retombe sur les oreillers trempés de sueur. Elle s'en va doucement. Elle a entendu le cri de cette enfant qui portera son nom. Elle peut partir. Nardo, impuissant devant la certitude qui l'envahit, secoué de sanglots, est anéanti. Vittorio PRINZIVALLI, son ami, le soutient. Lorsque Giuseppa expire, le prêtre de la petite paroisse, appelé par Nunzio, lui donne les derniers sacrements. Les cinq garçons, accueillis par des voisins, ignorent encore qu'ils sont orphelins. Nardo se penche sur le berceau du bébé. Une Giuseppa nait et une Giuseppa disparait. Ce jour-là, Dieu offre à Nardo cette enfant que le diable n'a pu lui enlever. Ce diable qui savoure encore sa joie d'avoir jeté une malédiction sur le couple. La petite fille ouvre les yeux sur un monde de souffrances, de frustrations, de douleurs.

Nardo se prépare à ensevelir son épouse bien aimée lorsqu'il reçoit la visite des cavaliers du Bey assistés de policiers français accompagnés d'un médecin. Ce dernier constate le décès mais ne peut se prononcer sur ses causes.

— Compte tenu de l'épidémie de choléra qui sévit actuellement en Tunisie et dans le pourtour Méditerranéen, nous ne pouvons vous donner l'autorisation d'inhumer le corps, dit-il avec solennité.

Quelques heures plus tard, les autorités tunisiennes et françaises ordonnent que la défunte soit brûlée à la chaux vive et que sa couche ainsi que tous les meubles se trouvant à son domicile soient détruits par le feu.

Nardo, soutenu par Nunzio et Vittorio, assiste effondré à l'incendie de sa petite maison de FERRYVILLE dans laquelle se trouve la femme de sa vie.

Il est ce jour-là un homme veuf, ruiné, démuni, sans toit, sans le sou, loin de son pays natal, en charge de six enfants dont un nouveau-né. Un homme inconsolable que le destin vient de briser. Et qui doit trouver en lui les forces de vie nécessaires pour construire l'avenir de ses six enfants. Lui dont le passé vient de s'effondrer.

Seul le violon de Leonardo a été épargné.

X

Vittorio PRINZIVALLI : le fils de Franco

A la mort de Franco PRINZIVALLI en 1870, son fils Vittorio est âgé de onze ans. Il est l'ainé d'une sœur de neuf ans et d'un frère de sept ans. Giovanna, sa mère, continue à vivre avec ses enfants dans la *masseria* familiale à CAMPOBELLO. Ses trois oncles, Antonio, Calogero et Andrea sont décédés, laissant à la ferme leurs épouses et leurs sœurs. Une communauté de femmes qui ont la charge de continuer à exploiter le domaine en élevant leur progéniture. Le soir Giovanna raconte à ses gosses le malheur qui s'est abattu depuis des générations sur cette famille dont les hommes disparaissent trop tôt, laissant des orphelins à la charge des mères.

-Votre père Franco, leur dit-elle, était adolescent à la mort de son père. Il n'a jamais accepté le vide laissé par cette absence. Il était rebelle, indépendant. Il refusait de s'impliquer dans la vie du domaine. Il avait grandi dans le mythe de son grand père Antonino, un révolutionnaire qui s'est battu contre les armées du roi Ferdinand pour chasser les Bourbons de Sicile. Enfant, il se nourrissait du récit des exploits de cet ancêtre. Pour lui ressembler mais aussi pour lutter contre son chagrin, son mal de vivre, il a suivi des insurgés qui partaient combattre à Palerme. Il a quitté le village de CAMPOBELLO très jeune et c'est seulement dix ans plus tard, après la prise de la Sicile par Garibaldi, qu'il est revenu au village où nous nous sommes mariés. A la libération de l'île, il a refusé de suivre les garibaldiens qui offraient leur victoire à Victor Emmanuel. C'était un vrai républicain, opposé à la monarchie, qui ne voulait plus voir un roi au pouvoir.

Vittorio, sans figure masculine pour le guider, fait très tôt le choix de la marginalité. Malgré l'environnement bucolique dans lequel il évolue, malgré la présence protectrice de sa mère et de ses tantes, il traine avec des jeunes gens du village, passe des heures dans des cafés à jouer aux cartes, s'encanaille auprès d'une mafia locale avec laquelle il organise quelques affaires douteuses qui lui rapportent des commissions juteuses et lui permettent de ne pas s'éloigner des tables de jeu.

Le spectacle de sa mère et de ses tantes épuisées par les travaux de la terre, élevant seules leur progéniture, portant le deuil de leurs époux trop tôt disparus, le révolte. Il les regarde, courbées le soir au coin du feu, leurs blouses noires cachant leurs corps prématurément vieillis. Il se demande si elles ont été jeunes un jour. Chaque soir après le diner, il quitte la *masseria* et part rejoindre ses copains de jeux. Attablé durant des heures au bistrot, il perd son temps dans des discussions interminables sur la situation économique de son pays. En 1889, il a fêté ses trente ans et il est toujours célibataire.

Après l'unification de l'Italie, CRISPI, devenu Président du Conseil, s'oppose avec violence aux syndicats de paysans et d'ouvriers pour éradiquer les soulèvements sociaux. Il rêve d'une Italie forte et conquérante, industrielle et capitaliste, et se voile la face devant les millions de sujets qui s'expatrient dans des conditions souvent pitoyables.

— Il encourage l'alliance de la bourgeoisie du Sud avec les industries du Nord, crie Vittorio en agitant ses mains, il abandonne les siciliens et il nous ruine sans état d'âme.

Depuis quelques mois un mouvement populaire socialiste est apparu en Sicile, regroupant la population la plus misérable, la plus exploitée, qui cherche par tous les moyens à obtenir une amélioration de sa condition et la reconnaissance de ses droits. Vittorio et ses amis ne tardent pas à rejoindre ces *fasci siciliani* qui se manifestent par des grèves, des soulèvements de plus en plus violents. Ces faisceaux sont rejoints par des associations de fermiers réclamant des terres, d'ouvriers employés dans de nouvelles industries, notamment dans les mines de soufre, mais aussi d'intellectuels agissant au nom d'une justice sociale et d'une meilleure répartition des richesses. La multiplication des *faisceaux* est telle qu'elle regroupe rapidement des milliers de membres, socialistes ou anarchistes étrangement attachés, pour bon nombre d'entre eux, aux traditions, à la religion et même à la monarchie. Leurs manifestations de foule arborant le drapeau rouge et le crucifix sèment le désordre et créent un sentiment de stupeur au sein des autorités.

Vittorio le rebelle a trouvé un sens à sa colère. Il multiplie les occasions d'attiser la rage populaire.

— Votre révolte, leur crie-t-il lors des rassemblements, n'est pas une révolution ni une lutte antimonarchique, mais le rejet d'une économie capitaliste montante qui pèse trop lourdement sur vos épaules de travailleurs de force par des taxes et des impôts insurmontables. Nous, les *fasci,* gagnerons ce combat car nous sommes devenus durs et irréductibles comme des fagots de bois mort.

Face à cette situation ingérable, CRISPI mobilise des renforts de carabiniers et de militaires dans l'île pour mettre fin à cette violence qui se propage dans toute la Sicile. Des réservistes sont rappelés. Des heurts sanglants opposent les forces de l'ordre aux manifestants dont des centaines sont tués. Des bâtiments publics, des mairies, des centres des impôts sont incendiés. Le peuple se déchaine. De nombreux membres du mouvement, considérés comme des meneurs, sont arrêtés.

Vittorio tombe dans une embuscade. Il est interpellé par des carabiniers, conduit dans des geôles immondes, questionné sans relâche sur les activités des *fasci* et leurs relations avec les milieux mafieux. Frappé, bousculé, il se tait.

Deux jours plus tard, un fourgon rempli de prisonniers au

regard hagard, s'ébranle pour une destination inconnue. Après des heures de voyage sur des routes chaotiques, des soldats les font descendre sur un quai, enchainés les uns aux autres, pour les disperser avant de les embarquer sur des rafiots de fortune. Vittorio, assis sur une planche de bois entre deux carabiniers, regarde la rive s'éloigner. Le vent qui agite la mer a libéré le ciel dont le bleu vif se reflète dans l'écume des vagues.

Une heure plus tard, le Stromboli apparait, annonçant les îles éoliennes. Sept petites sœurs regardant leur île mère, cette Sicile qui ne les quitte pas des yeux. Salina, Vulcano, Panarea, Stromboli, Filicudi, Alicudi et enfin Lipari, la plus vaste de l'archipel. Sept contrées sorties du ventre de la mer. Nées sur les toits de volcans capricieux dont les forces indomptables secouent le sol comme des taureaux furieux, dans de gigantesques nuages de poussière, d'incessantes coulées de lave, des éruptions de feu. Enfantées par le souffle haletant d'Eole.

Vittorio ne comprend pas la raison de cet exil. Plus le Stromboli se rapproche, plus ses flancs volcaniques se transforment en une montagne verdoyante, accueillante et tranquille. Seules les fumerolles qui s'échappent vers le ciel trahissent des entrailles bouillonnantes.

Au loin, le petit port de Lipari apparait. Le bateau accoste sur le quai où des pêcheurs, indifférents au trafic des autres embarcations, préparent leurs filets prés de barques fraichement repeintes aux couleurs éclatantes.

Le petit village aligne ses maisons blanches et ocre aux pieds d'une citadelle cernée de remparts.

Les carabiniers conduisent Vittorio toujours enchaîné le long de la ruelle qui mène à la vieille ville.

— C'est une ancienne acropole datant de Charles Quint, dit l'un des hommes à son compagnon.

Le groupe passe sous des voutes qui s'ouvrent sur une cité antique. Une cathédrale se dressant sur la place couverte de pavés jouxte un monastère flanqué de quelques habitations modestes. Face à Vittorio, une caserne dont le gigantesque drapeau tricolore symbolise la nouvelle Italie, laisse entrevoir sur sa gauche un petit bâtiment aux fenêtres fermées de barreaux révélant l'existence d'une prison.

Vittorio est conduit dans le bureau du directeur, Giuseppe IACONO, ancien officier de marine, originaire de San Stefano Camastra, prés de Messine, réquisitionné par CRISPI pour diriger la caserne de carabiniers et la petite prison de Lipari où sont exilés des prisonniers politiques chevronnés, en lien avec la Mafia. Vittorio toise son geôlier avec arrogance. Il ignore qu'un jour il sera son beau père.

X

1892 : Vittorio PRINZIVALLI scrute l'horizon en direction du Stromboli à travers les barreaux de sa cellule.

De son bureau Giuseppe IACONO l'observe. La prison est peuplée de quelques détenus dont on ne peut déterminer, dans la situation problématique de la nouvelle Italie, s'ils sont des prisonniers politiques ou des brigands égarés. Probablement des déserteurs, des rebelles, des anarchistes ou des mafieux, rattrapés par les armées du nouveau roi et exilés sur ce volcan, loin des milieux criminogènes.

En homme de devoir, Giuseppe IACONO, logé dans la caserne, veut donner à ses enfants une parfaite éducation, afin d'éloigner toute menace d'atteinte à son honneur de père sicilien. Sa fille cadette, la petite Angelina, est à l'abri à quelques mètres du domicile parental, dans le couvent mitoyen de la cathédrale. Elle apprend la broderie et les bonnes manières sous le regard protecteur des religieuses. Elle rend parfois visite à son père, le chef carabinier de la prison voisine.

Cette année-là, Angelina a fêté ses seize ans. Vittorio PRINZIVALLI, dans sa cellule, aura bientôt trente quatre ans. Le soir au crépuscule, il regarde par la fenêtre quelques ombres pressées s'engouffrer sous le porche avant de disparaitre. Une silhouette féminine traverse parfois la rue pavée et pénètre à l'intérieur de la caserne. Il ne voit pas le visage de la visiteuse, dissimulé sous une capuche de laine. Au coucher du soleil, il la guette et l'espère, dans un rituel quotidien.

Avec l'arrivée du printemps, la nature se découvre enfin comme la capuche de la visiteuse inconnue. Les bougainvilliers, les lauriers, les jasmins qui cachent la grisaille des murs, accompagnent le pas léger d'Angelina sur le chemin de pierres qui la conduit vers son destin. Les longues tresses noires de sa chevelure accentuent le regard profond et insolent de la jeune fille. Vittorio la regarde passer, intrigué et fasciné par la légèreté et la candeur de cette apparition, ni femme ni enfant, qui marche et saute sur les pavés avec une insouciance et une détermination qu'il n'a jamais connue. Il est troublé. Lui, le baroudeur, le rebelle, l'affairiste malin et perspicace, est paralysé par un étrange sentiment. De timidité et d'audace mêlées. La confusion d'un homme déjà mur, ému par le visage innocent d'une enfant vierge de toute malice. D'une adolescente rêvant peut-être de contes de fées, de princes charmants.

Lorsqu'elle passe sous les barreaux de la fenêtre, elle ralentit son pas, regarde le prisonnier, lui sourit et poursuit son chemin. Leurs regards qui se croisent sont la rencontre de la tristesse et de la joie. L'union silencieuse de la dureté et de la pureté.

X

LIPARI : C'est sur cette île brûlante et fertile que Giuseppe IACONO a été appelé pour défendre son roi. Dans l'insécurité climatique, les vertiges du sol, les courants impétueux, les rochers battus par les vents, les coulées de cendre. Dans ce lieu aux rivages colorés par les roches volcaniques où il a installé sa famille. Sur cette île contrastée, entre la pierre ponce insolente de clarté et l'obsidienne couleur d'acier, qui a fait d'un volcan une cité. Une ville aux pierres blanches et noires, comme le cœur des siciliens. Aux rivages clairs et sombres comme la nature de son sol couvert de lave s'épanouissant dans des champs de vigne et d'oliviers, dans des jardins couverts de fleurs et de fruits. Aux montagnes raisonnant de grondements sinistres, d'explosions de feu et de boue portant en leur sein une vie toujours renouvelée.

C'est sur cette île choisie pour tenir en exil des prisonniers politiques, que Giuseppe IACONO, brave homme au cœur tendre, ancien officier de marine à la retraite, réquisitionné par le gouvernement italien, est devenu geôlier. Parfois il doute, se questionne sur le sens de sa fonction, sur le régime de son pays et engage de longs monologues avec Concetta son épouse, mère au foyer, qui l'écoute religieusement.

— Quelle faute ces hommes ont-ils commise, dit-il, dans cette Sicile où les brigands durant des siècles ont été des royalistes absous par les monarques ? Dans ce pays où les libéraux, les révolutionnaires et les carbonari sont considérés comme des parias ? Sont-ils rebelles ou fripons ? Peut-être les deux.

Le carabinier ignore que depuis quelques semaines sa fille Angelina a perdu le sommeil dans son couvent. Parce que, sous les fenêtres de son père, l'adolescente croise de plus en plus souvent le regard suppliant d'un détenu, un homme qui a plus du double de son âge et qui l'a bouleversée.

Un soir de Juin à la pleine lune, Angelina, portée par sa folie amoureuse, sort furtivement de son couvent, longe les murs de la cathédrale, traverse la caserne, ouvre la cellule de Vittorio et les deux complices s'enfuient.

A quoi songe la jeune fille en parcourant cette nuit-là le chemin pavé de vieilles pierres ? A quoi rêve-t-elle en courant vers son destin ? Vers cet homme inconnu à qui elle offre sa vie ? Elle n'a que seize ans et brave son père, la morale et la Loi. Jamais on ne lui aurait donné cet amoureux qui ne partage ni son âge ni son éducation. Alors elle le prend. Elle le délivre. Elle lui rend sa liberté en reprenant la sienne. Une adolescente libre et un adulte prisonnier qui, sans jamais échanger une parole, se sont reconnus et se donnent l'un à l'autre, sans condition.

Après une année d'errance, leur course s'arrête à CAMPOBELLO, le village de Vittorio. Rassurée et soutenue par toutes les veuves de la famille PRINZIVALLI, Angelina revient implorer le pardon de son père. Giuseppe IACONO le carabinier, pour laver son honneur, conduit sa fille devant l'officier d'état civil de LIPARI où le mariage des deux fugitifs est célébré le dix octobre 1893. Une petite Vincenza voit le jour en 1894. L'année suivante Angelina est encore enceinte mais Vittorio a été rattrapé par la justice. Un gigantesque procès s'ouvre à Palerme pour juger les membres des *fasci* accusés d'avoir joué un rôle de meneurs dans les émeutes qui ont opposé les forces de l'ordre aux manifestants dont des centaines ont été tués ainsi que plusieurs carabiniers. Vittorio est interpellé et conduit devant ses juges. La défense des inculpés prend une tournure politique qui déçoit la population. L'audience révèle que la mafia a joué un double jeu entre les propriétaires terriens et les manifestants. Certains dirigeants des *fasci* ont entretenu des liens suspects avec les mafieux. Les membres de cette organisation sont devenus indésirables pour le gouvernement et le peuple. L'échec de leur rébellion les a rendus impopulaires. De lourdes peines d'emprisonnement sont prononcées contre leurs dirigeants. C'est la fin des *faisceaux*. Ils doivent tous quitter la Sicile. Vittorio, qui s'est trouvé au cœur de ce désordre, reste en prison.

Cette année-là, l'Italie perd l'Ethiopie et CRISPI démissionne. Un nouveau premier ministre, plus libéral, entreprend de nouvelles mesures de justice sociale.

Quelques mois plus tard, alors que Vittorio est toujours détenu, Angelina accouche d'une deuxième fille, prénommée Concetta, comme sa grand mère. Elle doit être rapidement baptisée dans ce pays où un enfant sur deux décède à la naissance.

-Si vous voulez qu'ils aillent au ciel, il faut faire vite, disait le curé de la paroisse à ses fidèles.

Trois jours plus tard, deux témoins portent l'enfant, en l'absence de ses parents, sur les fonds baptismaux de l'Eglise de CAMPOBELLO.

Entretemps le nouveau gouvernement, soucieux de se débarrasser des fauteurs de troubles, tente de retrouver une paix sociale. Il amnistie tous les coupables. Ils doivent partir. S'exiler. La Sicile n'en veut plus sur son sol.

Vittorio est libéré. Il retourne à CAMPOBELLO mais il sait qu'il doit partir. Angelina met au monde deux autres enfants, Francesco et Rosa. Cependant le pacte passé avec les autorités vient à échéance.

— La prison ou l'exil, lui ont dit les policiers. Vittorio choisit l'exil.

A quarante ans, Vittorio le rebelle, le joueur de cartes, le *sensale* de CAMPOBELLO, l'homme d'affaires dont personne ne connaitra jamais les affaires, le fils de cultivateur élevé par une grande famille dans une *masseria,* au milieu d'une nature époustouflante de beauté, dans les oliviers, les vignobles, les champs de blé, dans un paradis de couleurs flamboyantes, dans la magnificence d'un décor unique, lui dont Antonino, le *carbonaro*, son grand père révolutionnaire, a lutté contre les bourbons pour libérer la Sicile de la tyrannie, lui le fils de Franco qui a combattu aux côtés de Garibaldi pour l'unification de l'Italie, lui Vittorio , chassé de son pays, est poussé à l'exode. Il s'embarque sur une vedette à TRAPANI pour la Tunisie avec sa jeune épouse de vingt deux ans et ses quatre enfants dont l'ainée n'est âgée que de cinq ans. Il sait que là-bas il est attendu. Deux hommes le conduisent avec sa famille dans le village de TINDJA, prés du lac de BIZERTE, à trois kilomètres de FERRYVILLE, la petite ville où il retrouvera des amis siciliens.

Dés son arrivée à TINDJA, Vittorio, opportuniste et malin, organise rapidement pour sa famille une vie confortable. La Tunisie, exsangue avant le protectorat français, se dépouille de ses terres. Une course aux concessions a commencé. La France, par l'intermédiaire de financiers, se porte acquéreur de milliers d'hectares de terres qu'elle lotit et cède à vil prix à des immigrés heureux de pouvoir exploiter les richesses du sol. Elle exhorte la population française à émigrer vers la Régence, sans véritable succès. Seuls de nombreux affairistes comprenant l'intérêt d'une telle entreprise investissent dans l'aventure coloniale. Tandis que les siciliens, cherchant un moyen de survivre dans leur nouvel univers, se regroupent et acquièrent les parcelles cédées qu'ils fertilisent et cultivent. Puis ils construisent des petites maisons de pierre sous le regard étonné des autochtones éparpillés dans les campagnes qui vivent depuis des décennies dans des *gourbis*, des huttes au toit de chaume.

Vittorio a vite compris que le système foncier de la régence est confus. Le recensement absent. Les limites des propriétés impossibles à définir. Les documents inexistants. Certaines terres appartiennent au domaine public. Le bey en dispose mais ne les exploite pas. Elles sont inaliénables et imprescriptibles. Depuis l'arrivée des français en Tunisie, pour détourner le caractère immuable de ces étendues sauvages, le bey a autorisé l'*enzel*, une location perpétuelle transmissible aux héritiers du locataire.

Vittorio PRINZIVALLI ne tarde pas à acquérir autour du village de TINDJA quelques hectares de terrains sur lesquels il plante des pieds de vigne que des passeurs lui rapportent de Sicile. Il exploite ainsi de magnifiques vignobles et engage de nombreux autochtones qui forment un *douar* prés de la ferme. Il leur apprend à planter, traiter, vendanger le raisin qu'il transforme en vin du pays dans ses pressoirs et ses cuves. Très rapidement, il construit une *masseria* rappelant celle de CAMPOBELLO. Une immense cour entourée de petites maisons adossées les unes aux autres, ceinturées de murs, à l'intérieur desquelles il abrite sa famille. Dans ce décor bucolique d'un village perdu du Maghreb, Vittorio et son épouse Angelina élèvent leurs enfants selon les codes d'une éducation bourgeoise, les scolarisant dans la première école française, les faisant voyager dans différentes régions de France afin qu'ils en maitrisent la langue et l'histoire. Afin qu'ils s'intègrent rapidement dans ce protectorat dont ils adopteront plus tard la nationalité. Cette nation porteuse d'une nouvelle culture, d'un esprit démocratique et d'une liberté retrouvée.

C'est peu de temps après son arrivée en Tunisie, que Vittorio PRINZIVALLI rencontre Nardo GAGLIANO, écrivain public à FERRYVILLE dont le père Tanino a combattu la monarchie des Bourbons avec son père Franco aux côtés de GARIBALDI.

Vittorio rend souvent visite à Nardo. Une amitié sincère les lie, construite sur celle de leurs géniteurs, sur la nostalgie partagée de leur Sicile natale, sur leurs souvenirs d'une terre tant aimée pour laquelle leurs ancêtres ont donné leur sang et leur vie. Une terre qui leur a été volée. Un Etat qui a perdu son âme en s'unissant à d'autres Etats pour former une nouvelle patrie qui les a rejetés comme de mauvais greffons. Ils se retrouvent ainsi à la tombée du jour, loin de chez eux, entre hommes, pour maintenir leur identité, leur spécificité. Pour ne rien oublier.

Nardo et Vittorio comme leurs pères Gaetano et Franco, ne partagent pourtant ni leur caractère ni leur mode de vie. Nardo est aussi calme, attentif et sérieux que Vittorio est nerveux, impatient et marginal. Leur différence nourrit pourtant leur amitié et entretient une entente fraternelle. Lorsque Nardo voit les flammes emporter son épouse et sa maison, c'est Vittorio qui le soutient. Il l'accueille dans sa *masseria* de TINDJA avec ses six enfants. Plus tard, lorsque Gaetano, le fils aîné de Nardo GAGLIANO épousera Concetta, la fille de Vittorio PRINZIVALLI, ils deviendront enfin deux frères de cœur unis par une même famille.

X

3) Vito BONGIORNO : Le petit fils d'Andrea

Lorsqu'il décède en décembre 1861, mortellement blessé par les soldats du jeune roi Bourbon François II, Andrea BONGIORNO laisse cinq enfants. Febronia et Francesco, issus de son premier mariage avec Vita BARRETTA et trois garçons, Giuseppe, Antonio et Domenico, âgés de onze, sept et trois ans, nés de sa seconde union avec Francesca LO MONACO.

Febronia et Francesco, déjà orphelins de mère depuis 1848, se sentent perdus malgré l'environnement affectueux de leur belle mère et de leurs oncles.

Febronia, qui vient de fêter ses vingt ans, s'unit en mariage avec Salvatore RIINA dont la famille de réputation douteuse n'a rien de comparable avec l'élégance, la culture et les valeurs patriotiques de son père Andrea.

Francesco, inconsolable, déjà fragilisé par la perte brutale de sa mère alors qu'il marchait à peine, est écrasé à dix sept ans par ce deuil qu'il ne peut plus porter. Un soir il disparait, loin du village de PARTINICO, loin des propriétés agricoles familiales, loin des terres fertiles de sa famille BONGIORNO.

Francesca reste seule avec ses trois garçons. Giuseppe, l'aîné, devient à onze ans le chef de famille. Il protège sa mère et ses petits frères. Il part travailler aux champs avec ses oncles. Sa maturité étonne comme ses idées. Plus il grandit, plus il rejette les idées politiques de son pays, polluées à la fois par les royalistes et par les libéraux. Il n'accepte plus ce monde qui l'oppresse. Il n'adhère plus à cette Sicile qui n'apporte que le malheur. Il rêve d'ailleurs, de liberté. Et comme beaucoup de jeunes gens, dans cette époque agitée du dix neuvième siècle, il se met à rêver d'Amérique. A dix sept ans, il épouse Vincenza

RIZZO. Quatre ans plus tard, il est père de deux garçons, Andrea et Vito. Mais le malheur s'abat sur son couple. Vincenza perd deux enfants dés leur naissance puis décède en accouchant d'une fille à qui Giuseppe donnera le nom de sa mère. Comme trop souvent dans ce pays funeste, une Vincenza nait quand une Vincenza meurt. Giuseppe ne peut plus surmonter sa souffrance. Il ne se sent plus capable d'assumer ses responsabilités de père. Il n'a plus qu'une idée. Fuir cette Sicile qui ne féconde que des drames. Alors il disparait, abandonnant ses enfants, sa famille, ces magnifiques terres agricoles qui ont nourri des générations de BONGIORNO. Il s'embarque pour les Etats Unis.

Antonio, son frère cadet, prend en charge les trois enfants de Giuseppe. Andrea, âgé de dix ans, Vito de huit ans et vincenza de quelques mois.

Antonio et Grazia son épouse les élèvent avec une immense affection et une patience infinie. Grazia soigne et protège Vito et sa petite sœur Vincenza avec une grande tendresse. Andrea, l'aîné des garçons, aide son oncle dans les travaux agricoles. La fratrie grandit sur les terres de PARTINICO, ces terres fertiles à quelques kilomètres de Palerme, à proximité des villages de CORLEONE et ALCAMO, où une mafia avide et sournoise cache ses tentacules empoisonnés pour mieux appréhender, étouffer et détruire ses proies. Depuis quelques temps les mafieux s'intéressent aux propriétés de la famille BONGIORNO. Des hommes inconnus passent devant la ferme, toisent les ouvriers de leur regard menaçant, ricanent, sourient et repartent d'un pas lent en se retournant à plusieurs reprises pour signifier qu'ils ne sont pas loin et qu'ils reviendront. Leur message est clair et le dialogue inutile. Antonio comprend que ces bandits veulent le terroriser pour le soumettre. Il est déterminé à ne pas se laisser impressionner.

— Je ne cèderai pas le fruit de siècles de travail et de fierté à des bandits sans honneur ni scrupules, dit-il à son épouse.

Toutefois une pieuvre toxique est en train de contaminer le pays et ces nouveaux ennemis ont des armes plus puissantes et plus destructrices que les fusils des Bourbons.

X

Depuis l'unité italienne, une masse croissante d'Italiens du Sud, en majorité siciliens, s'expatrie vers les Etats Unis et le Maghreb. Les uns, opposants au nouveau régime ou déserteurs, profitent des amnisties judiciaires pour éviter la prison ou la conscription. Les autres, écrasés par la misère, cherchent de nouveaux horizons pour survivre. De nombreux brigands, déstabilisés par le poids de leurs crimes, fuient la police. Des propriétaires terriens, terrorisés par la Mafia qui menace de les foudroyer s'ils ne paient pas le *pizzo*, vendent hâtivement leurs biens pour échapper au pire et s'enfuir vers des lieux inconnus.

Partout la mafia veille. Elle s'est exportée aux Etats Unis et depuis 1870 elle s'est organisée de l'autre côté de la Méditerranée, en créant des cellules au sein de la communauté sicilienne dans le Maghreb et notamment en Tunisie, nouveau protectorat français qui procure du travail à tous les immigrés.

Antonio BONGIORNO, victime de menaces mafieuses de plus en plus nombreuses, comprend que la situation est irréversible. Il décide de vendre les propriétés familiales et de s'expatrier à New York où se trouve son frère Giuseppe depuis des années. Avec son épouse Grazia il n'a pas eu d'enfant mais il considère ses trois neveux comme ses gosses.

Un soir il expose ses craintes à Grazia :

— Andrea a eu dix neuf ans, dit-il, il va devoir bientôt remplir ses obligations militaires. Vito a déjà dix sept ans. Ce sont des hommes. On ne peut leur faire prendre aucun risque. A

PARTINICO, il n'y a plus aucun avenir pour eux. Nous sommes en danger et nous devons partir.

Antonio sait que, depuis l'unité italienne, l'émigration de la population sicilienne n'a cessé de croitre. -Les siciliens ont de multiples raisons de partir, explique-t-il à Grazia. Nous qui ne fuyons ni la justice, ni la police, ni la misère, qui avons toujours entretenu et cultivé nos terres, sommes contraints de tout vendre pour fuir des criminels. Je préfère offrir aux enfants une nouvelle vie aux Etats Unis, dans un pays libre, accueillant et prospère, loin de ce bourbier qu'est devenu notre pays. Nous reviendrons plus tard chez nous pour vieillir et mourir comme tous les siciliens.

Antonio ignore cependant que le destin en a décidé autrement. A l'entrée du village de Partinico, un châtelain vient d'être assassiné.

X

Le comte Alberto FERRATO vit paisiblement dans son château avec sa famille et sa nombreuse progéniture. Homme séduisant, cultivé et beau parleur, il fuit son ennui en chassant les sangliers et les jupons. Lorsqu'il aperçoit Maria, la nouvelle gouvernante, blonde et délicate comme un pétale de rose, son instinct de mâle s'anime, son corps s'enflamme comme ses nuits. La fièvre qui le brûle a abandonné depuis quelques années son lit conjugal. Il souffre soudain d'une passion inattendue, violente, irrésistible qui lui fait oublier la morale et la loi. Un soir d'orage, il rejoint Maria dans la grange. Leur lit de paille est plus doux qu'une couche de velours. Ils se donnent, s'abandonnent, se réchauffent au premier feu du monde. Leurs cris couvrent le grondement des tonnerres. Leurs corps et leurs bouches se confondent et s'épuisent dans la dictature de leur désir avide, exigeant et sauvage. Des battements de leur cœur et du râle de leur souffle jaillit une plainte, récurrente, mendiante. *Encore*. Encore la volupté, le désir dévorant, les rendez-vous secrets, les attentes interminables, les joies clandestines, les plaisirs interdits. Encore cet amour impossible qui s'est glissé sournoisement entre la jeunesse et la maturité, entre la plèbe et la noblesse. Encore cette alliance illégitime qui portera un fruit nommé Giovanni né de l'amour passionné de ses parents. Un fruit malade de l'impossible reconnaissance de ce noble père qui le regarde pourtant avec tendresse et tristesse.

Giovanni grandit dans le secret de ce non dit, dans la rage de cette injustice qui lui interdit de vivre aux côtés de ce comte qui lui a donné la vie. L'amour et la haine se confondent dans le désordre de son esprit malade. Il exige, il revendique et ce père tourmenté cède à tous ses caprices. L'enfant provoque et le comte s'incline devant ses amours coupables. Jusqu'à l'impossible. Jusqu'au refus. Jusqu'à cette limite enfin atteinte de la douleur de Giovanni, enfant gâté, insatiable et inconsolable devant l'illégitimité dans laquelle il est contraint de vivre. Cette douleur qui se cristallise dans une violence incontrôlable. Giovanni, entrainé dans le brigandage, rompu à la délinquance, jaloux d'une famille dont il est exclu, frustré d'une affection refoulée, se jetant dans l'enfer de son enfance volée, assassine ce père trop aimé, trop désiré, trop absent, pour en finir avec une souffrance qui lui est devenue insupportable. Il poignarde son ennemi tant aimé et le comte succombe à ses blessures. Giovanni est condamné à dix huit années de prison. Sa mère en meurt de chagrin.

Interpellé, incarcéré, Giovanni rumine sa rancœur dans sa cellule. Il n'accepte pas d'être coupable, lui qui a trop longtemps été une victime innocente. Il refuse qu'on le prive de liberté, lui qui n'a connu que l'enfer de l'exclusion. Il sait que ses amis mafieux vont le sortir de ses chaines, qu'il pourra bientôt s'évader grâce à leur complicité. Il se vengera de ce monde nanti. De ces bourgeois, ces propriétaires terriens, cette noblesse dont l'accès lui a toujours été interdit. Alors il pense à Vincenza BONGIORNO, cette adolescente qu'il a croisée à plusieurs reprises, cette orpheline qui lui ressemble, privée de mère à sa naissance et dont le père s'est enfui aux Etats Unis. Un père faible et irresponsable. Comme le sien. Vincenza, son âme sœur, son miroir, qui va partir en Amérique avec sa famille et qu'il ne reverra plus.

Giovanni est déterminé à sortir de cette cellule, franchir les murs de sa prison et s'enfuir avec elle, à n'importe quel prix.

X

Quelques jours plus tard, alors qu'Antonio et Grazia, son épouse, s'apprêtent à quitter PARTINICO pour TRAPANI où ils doivent embarquer sur un paquebot en partance pour NEW YORK, Vincenza a disparu. Des passants l'ont vue s'enfuir avec le jeune Giovanni, l'assassin du comte FERRATO.

Antonio est bouleversé. Vincenza vient de fêter ses treize ans et ce meurtrier de Giovanni, ce bandit déshonoré, ce mafieux indigne, a osé l'enlever. Cette gosse qu'il a protégée, adorée depuis sa naissance, est en danger loin des siens dans un monde inconnu. Antonio est perdu. Il connait les fréquentations douteuses de Giovanni. Il court, questionne, enquête, menace, supplie pour savoir où ce voyou a emmené sa nièce. Il apprend qu'elle se trouve en Tunisie. Dans un village peuplé d'immigrés siciliens. TINDJA, prés de BIZERTE.

Sur le bateau qui le conduit à TUNIS, Antonio est anxieux. Accompagné de ses deux neveux, Andrea et Vito, il est contraint de se rendre dans le Maghreb à la recherche d'une adolescente sans défense enlevée par un bandit. Il n'a qu'une obsession. Retrouver Vincenza. Il jure que ce voyou de Giovanni évadé d'un pénitencier, meurtrier de son père, sera rattrapé par la justice et retournera en prison. Il ne veut pas d'un brigand dans la famille.

Lorsqu'il débarque dans le port de TUNIS, Antonio qui rêvait d'Amérique, de villes modernes, bruyantes, industrielles, découvre un pays sauvage, sans confort, immobile, un monde archaïque peuplé d'indigènes marchants pieds nus sur un sol aride.

Dans le village de TINDJA, il rencontre Salvatore SPINELLA, récemment arrivé de Sicile, qui s'est installé en Tunisie. Longtemps les deux familles s'étaient côtoyées dans leur village de PARTINICO, les SPINELLA vivant dans une rue proche de la « *via BONGIORNO* » où vivait Antonio. Une rue qui portait le nom des siens depuis des siècles. Les deux rues se rejoignaient sur la place de l'Eglise où se déroulaient tous les baptêmes, les mariages et les enterrements. Longtemps ces deux familles d'agriculteurs avaient fréquenté le même lieu de prière, suivi les mêmes processions, adoré les mêmes saints. Elles avaient vécu les mêmes bouleversements politiques, le même désordre dans lequel l'Italie du Sud avait sombré en cette fin du 19° siècle. Andrea BONGIORNO et Nardino SPINELLA, les pères d'Antonio et Salvatore, avaient combattu côte à côte auprès de Garibaldi dans sa lutte pour l'unification de l'Italie. Les deux familles avaient souffert du même désespoir, des mêmes révoltes et de la même peur. Une peur de la mort qui rodait partout en Sicile. Une peur qui les avait poussés à partir.

Salvatore SPINELLA a tissé des liens à TINDJA avec d'autres immigrés et Antonio comprend qu'il n'aura aucune difficulté à retrouver sa nièce. Des hommes le conduisent jusqu'à la cachette de Vincenza. Terrée au fond d'une mansarde au sol de terre battue, elle refuse de le suivre. Antonio est déterminé à l'emmener avec ses frères aux Etats Unis où une partie de ses proches est déjà installée. Il refuse de comprendre les sentiments d'une gosse séduite par celui qui a fait d'elle une femme. Une enfant fragile, élevée sans mère ni père, qui malgré l'affection de son entourage a porté depuis sa naissance un manque qu'elle a cru combler en se donnant à un homme marginal qui lui a parlé d'amour. Elle a été déshonorée par ce garçon malheureux qui l'a émue, ce jeune homme fragile et fort à la fois auquel elle s'est attachée et qu'elle ne veut plus quitter.

Antonio BONGIORNO, furieux, est impuissant à changer le cours du destin. Quelques semaines plus tard, il abandonne son combat. Il jure de se venger.

— Je dois partir en Amérique avec Andrea, dit-il à Salvatore SPINELLA. Il a eu dix neuf ans et il n'est pas en règle avec la conscription italienne.

Avant d'embarquer à Tunis sur un cargo en partance pour New York, il confie Vito, son neveu, à son ami Salvatore. Il reviendra le chercher plus tard.

Le jeune Vito BONGIORNO ne quittera plus la Tunisie. Dans la famille SPINELLA il a remarqué l'aînée des enfants, la jeune Rosaria au regard de braise qui hante ses jours et agite ses nuits. Il est fou d'amour. Elle est aussi petite et brune qu'il est grand et blond. Lui que plus tard on surnommera *le viking,* comme son grand père Andrea, lui dont les cheveux clairs et le regard bleu azur contrastent avec les yeux couleur de jais de son amoureuse, lui trop tôt orphelin, abandonné par son père, a trouvé auprès des SPINELLA une nouvelle famille. Une famille qui unira les BONGIORNO et les SPINELLA.

Vito BONGIORNO ne connaitra jamais l'Amérique. Sa route s'est arrêtée à TINDJA.

X

4) **Salvatore SPINELLA : Le fils de Nardino** ;

Peppino SPINELLA : le petit fils de Nardino

Lorsque, en 1860, Garibaldi entre victorieux dans la ville de Naples, le peuple en liesse arborant le drapeau italien crie : « A mort les *Bourbons, vive l'Italie, vive Victor Emmanuel.* »

Le roi François II s'est enfui dans l'île de Gaète et a annoncé son abdication.

Nardino SPINELLA, abandonné de ses trois compagnons, se sent seul au milieu de la foule.

Andrea BONGIORNO, son fidèle ami, son aîné, son guide, est tombé sous les balles des soldats napolitains. Franco PRINZIVALLI, refusant une nouvelle monarchie, est reparti dans son village de CAMPOBELLO, suivi de Tanino GAGLIANO qui a rejoint sa famille à TERRANOVA, au palais PIGNATELLI.

Nardino SPINELLA, lassé du combat, est soudain nostalgique de ses terres, de son épouse Rosa, de ses enfants. Il veut revoir PARTINICO. Lorsqu'au bout du voyage il franchit le seuil de sa maison, des tentures noires sont dressées sur le pas de la porte. Derrière ces funestes draperies, la famille en deuil s'est recueillie autour de deux cercueils. Celui de Rosa et de son enfant mort né. Des huit enfants que son épouse a mis au monde, seuls les deux aînés sont en vie, Les six autres n'ont pas vu le jour et ont entrainé leur mère dans leur tombe. Nardino est anéanti. Il suffoque de colère et de chagrin. Sa foi chancelle. Dieu l'a abandonné. Il erre toute la nuit dans les ruelles du village, détourne violemment son regard de l'Eglise et de tous ses saints qui regardent partir des enfants, des âmes innocentes, avec une froideur de marbre. Il entre dans des cafés, demande de l'alcool, s'attarde au comptoir. Il s'assoit à une table de jeu, retrouve quelques vieux compagnons, perd la partie, s'énerve, injurie la madone et la *porca miseria*, erre encore jusqu'à l'aube et s'effondre en larmes sur la chaussée.

Cette chute annonce la descente aux enfers de Nardino. Durant dix années, il traine sa vie comme un fardeau, ne travaille plus, vit à la charge de ses deux enfants, Salvatore et Maria, âgés de vingt ans et dix huit ans au décès de leur mère. Un soir d'hiver, épuisé, désespéré, malade, il s'éteint. On le conduit au cimetière de PARTINICO où il rejoint Rosa.

Durant ces dix années, Salvatore récupère chaque soir son père sur les tables de jeux des bistrots du village. Ce père au passé valeureux et guerrier dont il admirait, enfant, le parcours magnifique de combattant. Ce père que la douleur et l'injustice ont brisé. Envouté cependant par l'ambiance glauque et enfumée dans laquelle s'enferment les joueurs, il arrive parfois au jeune homme de s'attarder dans cet univers viril d'où les femmes sont exclues.

A la mort de son père, Salvatore continue à suivre le chemin de ces lieux dangereux. Assis à la place de Nardino, jour après jour, la maladie des cartes s'empare de lui avec une frénésie irréversible.

A trente ans, Salvatore SPINELLA épouse Domenica LA MARCA, une jeune fille étrange aux yeux d'un bleu cristallin si profond qu'il électrise ses interlocuteurs. Il y a dans la prunelle de ces yeux une fixité qui dérange, ensorcelle. Un pouvoir venu d'ailleurs, ésotérique, envoutant. Dont elle se servira toute sa vie pour entretenir ses éclairs de voyance et sa renommée de sorcière.

Domenica a grandi dans une famille de riches propriétaires

terriens et Salvatore, dés leurs fiançailles, comprend qu'une dot conséquente remplira la corbeille de la mariée.

Durant quinze années, le couple survit de façon chaotique. Salvatore passe plus de temps sur les tables de jeux que dans les champs tandis que Domenica met au monde huit enfants dont cinq décèdent avant l'âge de trois ans.

Salvatore, prisonnier de son vice, ruiné, poursuivi par ses créanciers, n'a plus d'issue. Harcelé par des voyous qui menacent de s'en prendre à ses terres et à sa famille, il comprend que son seul salut est l'exode. En peu de temps, fuyant la honte et l'opprobre familial, il vend ses biens pour régler ses dettes, vole le bas de laine de Domenica pour payer le voyage et s'expatrie vers le Maghreb avec son épouse et leurs trois enfants. A leur arrivée dans le port de TUNIS, des pionniers les conduisent vers le village de TINDJA, prés de BIZERTE.

Comme beaucoup de siciliens, Salvatore découvre rapidement que des terres sont procurées par la France à des paysans étrangers contre paiement d'une location. Ruiné par le jeu, arrivé sans le sou sur cette terre nouvelle, Salvatore n'a pas les moyens de payer cette rente. Il apprend toutefois que des sociétés immobilières franco tunisiennes proposent de céder des terres en métayage à la condition de les fertiliser, les défricher et les rendre cultivables. Il cherche un moyen de payer des mensualités. Lui qui a perdu toutes ses chances au jeu, va retourner enfin une bonne carte. Son chemin va croiser celui d'une veuve livournaise, riche châtelaine de TINDJA, dont la famille est implantée depuis des décennies en Tunisie, qui lui fait une proposition inattendue. Salvatore sera engagé en qualité de jardinier, Domenica chargée du repassage et le couple sera hébergé avec ses trois enfants dans les dépendances de la propriété de la *signora*.

Quelques semaines plus tard, Salvatore apprend que les dispositions *Enzel* ont évolué.

— Depuis que les autorités françaises ont la main mise sur l'administration tunisienne, dit-il à Domenica, la France a entrepris de lotir des milliers d'hectares acquis par des financiers et n'a aucune autre solution pour les cultiver, puisque les français rechignent à quitter leur pays, que de distribuer des lots de trois à cinq hectares aux immigrés étrangers. Ces parcelles sont désormais vendues pour des sommes dérisoires et à crédit. La seule condition est de fertiliser, terminer les plantations et construire une maison sur le terrain dans un délai maximum de cinq ans.

Salvatore est déterminé. Il achète à crédit, en plusieurs morceaux, une propriété de cinq hectares qu'il règle chaque mois sur le montant des salaires versés par *la signora*. Le soir, lorsque sa journée de jardinier est terminée, il quitte le domaine de son hôte et travaille jusqu'à l'aube pour défricher ses terres et construire sa maison. Pierre après pierre, il bâtit les fondations, les murs, le toit de la petite ferme où il veut abriter ses trois enfants, les nourrir, les soigner. La mortalité enfantine est plus grande encore que dans son pays sur cette contrée sans hôpitaux où la médecine est inexistante malgré la malaria, le choléra, le paludisme, tous ces fléaux qui s'abattent sur les familles. Il doit protéger ses gosses dans ce village du Maghreb. Ce bled perdu loin de la Sicile.

Lorsque, deux ans plus tard, il quitte *la signora* avec sa famille, Salvatore laisse au domaine le jeune Vito BONGIORNO, que la châtelaine avait accepté d'héberger lorsque son oncle Antonio s'était embarqué pour New York. Salvatore SPINELLA n'ignore pas que Vito est amoureux de sa fille aînée, Rosaria, âgée de quinze ans. Il éprouve une grande affection pour ce garçon au cœur tendre élevé à PARTINICO dans une famille bourgeoise, ce magnifique jeune homme, respectueux et travailleur, à qui il accepterait volontiers de donner sa fille.

Vito BONGIORNO vient d'avoir dix neuf ans. Il a été recruté

par la France avec de nombreux ouvriers pour travailler à la construction du nouveau port de BIZERTE et de l'arsenal de SIDI ABDALLAH à quelques kilomètres de TINDJA. Il veut construire sa maison, épouser Rosaria. Il rêve de posséder une petite ferme pour y abriter la famille qu'il veut fonder avec elle. Prenant exemple sur Salvatore SPINELLA, son futur beau père, il acquiert d'abord auprès d'une société immobilière franco—tunisienne un terrain sur lequel il a l'intention de bâtir son nid d'amour. Puis il obtient de cette société des parcelles à crédit qu'il paie sur son salaire. Comme Salvatore, il s'engage à les fertiliser et les cultiver dans un délai de cinq ans. Leurs terrains sont si proches que leurs fermes seront mitoyennes.

Vito ne ménage pas ses forces pour arriver à ses fins. Le jour, pour la construction du nouvel arsenal, il creuse les bassins de radoub à la pelle. Il porte sur son dos des sacs de terre qu'il déverse dans les marécages environnants pour combler de magnifiques plages au bord du lac. La nuit, il charge sur ses épaules des sacs de fumier et de paille qu'il récupère dans les écuries militaires et part, à pied, trois kilomètres plus loin, les jeter sur ses lopins de terre pour préparer ses plantations. De ses mains, de ses bras, il fend la rocaille à coups de pioche et remue la terre dure, sèche, pour l'attendrir.

Cinq ans plus tard, il exploite enfin cinq hectares de vigne, d'arbres fruitiers, de jardins potagers où poussent des légumes gorgés de soleil. Par le biais de navigateurs, il importe de Sicile des greffons de grenadiers, de citronniers, d'orangers. Autour du village de TINDJA, les marécages, les étendues sauvages où se cachent des chacals au milieu des jujubiers, se transforment au fil du temps en champs d'oliviers, en magnifiques vignobles.

Et dans la ferme de Vito enfin terminée, après les noces, dans un décor paradisiaque de fleurs de grenadiers et de parfums d'orangers, Rosaria mettra au monde cinq enfants. Trois garçons et deux filles.

La vie de Vito BONGIORNO et de sa femme Rosaria SPINELLA est une évidence de complicité, de tendresse, de partage quotidien. Elle est l'épouse, la mère, l'amie que Vito attendait. Courageuse, ne ménageant pas ses forces, ne se plaignant jamais, elle enchante ses enfants, ses parents, ses amis, par son optimisme, sa joie de vivre et son humour. Son talent de conteuse fascine les auditeurs de tous les âges. Son imagination est intarissable. Ses talents artistiques s'inscrivent dans chaque pâtisserie, chaque morceau de chiffon, chaque bouquet qu'elle transforme et anime dans une harmonie de couleurs et de formes. Ce bout de femme lumineuse qui soudain se met à fredonner *la Traviata* de sa Sicile natale, entoure les siens d'une constellation de joie, de poésie et de légèreté. Elle enseigne à ses gosses l'amour de la vie et de la nature. Et lorsqu'elle pose son regard sur Vito, elle lui donne la force d'abattre des montagnes. Malgré ses cheveux noirs et sa peau brune, elle est aussi pétillante et claire que sa mère, la sorcière Domenica SPINELLA au regard cristallin, est troublante et obscure. Lorsque Rosaria arrive sur sa charrette au marché du village pour vendre ses légumes fraichement cueillis, les clients l'attendent et l'accueillent comme une vieille amie. Et devant son sourire, les chagrins et les ennuis s'évanouissent comme les orages quand le printemps parait.

X

Rosaria attend son quatrième enfant lorsque des policiers français viennent à la ferme pour demander à parler à Vito. Dés qu'il se présente, il est interpellé à la demande des autorités italiennes pour désertion. Conduit au commissariat de FERRYVILLE, il est présenté à un magistrat qui lui notifie son incarcération dans un pénitencier de BIZERTE en attendant son extradition en Italie. Après quelques mois de prison, il est conduit par bateau à PALERME où les autorités l'incarcèrent de nouveau, sur ordre de la police du roi, dans les geôles d'un vieux fort aux cellules étroites, sales, humides, infestées de cafards, où se côtoient plusieurs individus hagards, condamnés à partager quelques mètres carrés de désespoir entre des murs couverts de salpêtre et de graffitis représentant des christs en croix côtoyant des images obscènes, des appels au secours, des cris d'amour. Des vomissures de haine contre le pouvoir, l'injustice, la misère, la solitude.

Lorsque Vito pénètre dans la pièce exigüe où les gardiens le poussent, trois hommes, vautrés sur leurs paillasses, l'observent en silence. La beauté de Vito, ce grand homme blond aux yeux bleu azur, à l'allure fière, les étonne dans cette prison sicilienne peuplée d'hommes de petite taille à la peau burinée et au regard sombre. Ils comprennent que le nouveau venu n'est pas un bandit. Peut être un *capo*. Son calme impose le respect. Alors ils l'approchent avec méfiance pour le questionner. Vito ne tarde pas à connaitre les secrets qui se colportent de cellule en cellule au-delà des murs, des portes cadenassées, des interdictions vociférées par les gardes. Il apprend que la torture est la punition traditionnelle, cruelle, impitoyable. Qu'une hiérarchie existe entre les détenus et s'installe dés l'arrivée des nouveaux prisonniers. Il y a ceux qui dénoncent sans vergogne. Ceux qui paient pour leur confort, leur nourriture, leurs visites, leurs passe-droits. Ceux qui écrasent la population carcérale par leur notoriété de bandit ou de mafieux.

Vito est confronté à une promiscuité sans eau ni lumière dans un dortoir sordide où la nourriture est infecte, les tinettes malodorantes et les douches rares. Rapidement, il est habité par une obsession. Sortir, partir, fuir ce lieu infâme à n'importe quel prix.

En quittant la Sicile à dix sept ans avec son oncle Antonio,

Vito avait oublié que les armées du roi faisaient la chasse aux déserteurs et que la conscription était obligatoire. Le temps passant, il n'imaginait pas qu'un jour on le retrouverait de l'autre côté de la Méditerranée. La guerre qui venait d'enflammer le monde en cette année 1914 l'avait rattrapé. La France, l'Italie et la Tunisie unissaient leurs forces contre l'Allemagne et Vito refusait de partir se battre. Il ne voulait pas quitter ses enfants dont le dernier marchait à peine. Il avait travaillé durement pour les autorités françaises, construit sa petite ferme et pour rien au monde il n'aurait abandonné son épouse âgée de trente ans, seule à la campagne avec leurs enfants.

Dans ce bras de fer qu'il avait engagé avec la police, il avait perdu la partie.

Au-dessus de sa couche, Sergio, un détenu poitrinaire dont les toux rauques et bruyantes sont de plus en plus fréquentes, est appelé un soir à l'infirmerie. A son retour, d'une voix à la fois triste et cynique, il explique à ses compagnons qu'il n'en a plus pour longtemps :

— Je vais crever, leur dit-il, mes poumons sont infectés, la tuberculose va me consumer doucement et l'infirmier m'a expliqué qu'il n'y a plus rien à faire. Dans quelques semaines, ils envisagent de me conduire à l'hôpital parce qu'ils ne veulent pas de cadavres dans les cellules.

Cette nuit-là, Vito ne dort pas. Il se retourne sans cesse sur sa couche. A l'aube il se lève, s'approche de Sergio et à voix basse le questionne :

— C'est contagieux ton problème ?

— Pire, répond son compagnon, c'est mortel. Tu devrais t'éloigner de moi si tu veux sortir d'ici sur tes jambes !

Vito sourit :

— Au contraire, lui dit-il, c'est toi qui va m'aider à sortir d'ici rapidement et bien vivant !

Habitué à soigner ses bêtes à la ferme, Vito a connu à TINDJA les épidémies, les maladies contagieuses et les secrets de guérison que lui a enseignés sa belle mère Domenica SPINELLA, la sorcière du village.

— Il faut guérir le mal par le mal, lui disait-elle.

Et Vito écoutait avec ferveur la voix du diable lorsque Dieu l'abandonnait.

Sergio est fasciné par ce garçon si tendre, si bon, qui passe ses soirées à lui raconter les étranges *miracles* d'une vieille femme pour soulager son agonie. Lui qui n'a plus de temps à perdre et se bat contre la mort, veut croire à la folie de son dernier ami et accepte sa proposition.

Chaque soir il lui tend un vieux mouchoir rempli de ses crachats que Vito s'inocule sous les aisselles. Et le miracle s'accomplit. Vito tousse au point que le médecin de la prison, craignant une contamination, décide de le faire soigner en milieu hospitalier. Au moment de leurs adieux, Sergio lui confie dans le creux de l'oreille :

-J'ai fait prévenir un de mes amis par un gardien. Il se chargera de toi à l'hôpital.

Quelques semaines plus tard, Vito est libéré, embarqué sur un rafiot à Trapani via Tunis

Il ne devait plus jamais avoir de nouvelles de Sergio.

X

En l'absence de Vito, des mafieux n'ont pas manqué de poser leurs yeux sur sa ferme à TINDJA. Rosaria se calfeutre la nuit avec ses enfants. La vigilance de son père Salvatore SPINELLA et de son jeune frère Peppino, qui veillent sur elle de leur ferme voisine, tient à distance les manœuvres d'une bande de voyous qui se sont installés dans le village et terrorisent la population. En cette période difficile où la majorité de la jeunesse masculine est partie se battre contre l'ennemi, une mafia sicilienne gangrène le paysage tunisien. Sous le couvert d'œuvres humanitaires, les mafieux s'organisent en clans dont les chefs sont chargés de dresser la liste des *possédants* auxquels ils demandent de reverser une partie de leurs revenus pour aider les miséreux. Les personnes désignées sont invitées à payer à l'organisation une somme préalablement fixée dont une partie est reversée à de pauvres gens qui deviennent les débiteurs moraux de leurs bienfaiteurs. Le solde des sommes rackettées est attribué aux frais des prétendus organisateurs. Les membres de cette *mano nera* exportée de Sicile se font tatouer sur la poitrine une main noire qu'ils cachent sous leur chemise. Ils la dessinent la nuit sur la porte de leurs victimes et fixent le montant du *pizzo* qui doit être déposé le lendemain dans une enveloppe sur les lieux.

La ferme des BONGIORNO, celle des SPINELLA ainsi que toutes les fermes alentour sont menacées par ces malfaiteurs. Les paysans tunisiens ne sont pas épargnés. Certains se soumettent, d'autres sont retrouvés morts dans la campagne. Parfois les habitants du village, alertés par l'odeur du feu, voient au loin des lueurs d'incendie. Des criminels enflamment le fourrage stocké pour l'hiver. Des toits de chaume, des écuries partent en fumée, détruisant les propriétés.

Salvatore SPINELLA et son fils Peppino se relaient pour surveiller les deux fermes. Ils passent de longues heures la nuit dehors à scruter un bruit, une présence hostile, le fusil sur l'épaule.

Un matin, à l'aube, alors qu'il se rend au marché pour vendre ses légumes, Peppino est attaqué par deux hommes qui sautent sur sa charrette et tentent de le faire tomber pour s'enfuir avec la marchandise. Peppino, l'homme de petite taille, sec comme un bois mort, le rouquin que ses ouvriers arabes surnomment « *lahmia* », le rouge, ne se laisse pas impressionner. Il sort son arme et tire sur l'un des voleurs qui tombe à terre. Une balle a transpercé son pied. Son complice effrayé détale sur le chemin.

A la ferme, Domenica, sa mère, voyant de la vaisselle tomber du râtelier en se brisant, hurle que « son fils est en danger de mort ». Elle défait sa longue chevelure et prononce des paroles incompréhensibles. A son retour, Peppino lui raconte son aventure. Mais elle sait déjà qu'il a été victime d'une violente agression et qu'il s'est défendu avec une force irrésistible. Parce que les siciliens n'ont pas seulement importé la Mafia de leur pays. Ils trainent derrière eux des siècles de superstition.

Durant plusieurs semaines, des individus tournent autour de Peppino sur le marché. Ils le provoquent en faisant le geste de froisser des billets avec leurs doigts .Le jeune rouquin répond en montrant son arme. Un matin, il croise son agresseur sur la place du village et lui demande « *s'il a toujours mal au pied* » en le toisant du regard.

Lorsque Vito est libéré, Peppino son beau frère a dix huit ans. De nationalité italienne, il n'a aucune intention de rejoindre l'armée du roi. Lorsque la police française se présente pour l'interpeller, les voisins se mobilisent pour le prévenir et le cacher dans la campagne. Il échappe ainsi à la conscription en fuyant les autorités jusqu'à la fin de la guerre. Arrivé dans le Maghreb avec Salvatore, son joueur de père, alors qu'il n'était qu'un nourrisson, il n'a jamais connu la Sicile. Lorsqu'il devra fuir la Tunisie devenue indépendante, soixante ans plus tard, Peppino, resté italien, finira sa vie à VINTIMMILLE, en Italie.

X

Lorsque Vito BONGIORNO retrouve enfin sa ferme, ses deux fils ainés, Salvio et Giulio sont déjà adolescents et aident leur mère aux champs. La guerre n'est pas loin d'être terminée mais la *mano nera* rode dans les villages et les campagnes. Rosaria tremble pour ses enfants. Durant les années de détention de son époux, elle a vécu l'enfer quotidien d'une police omniprésente traquant les déserteurs, les traitres et les mafieux. Elle a vu des voyous sans scrupules menacer, violenter, assassiner de braves gens sans défense.

L'arrivée de son époux est une joie mais aussi une nouvelle épreuve. Elle ne reconnait plus dans cet homme maigre au visage blême le gaillard qui l'a toujours rassurée. De longs mois de prison l'ont affaibli. Epuisé, malade, il a perdu ses forces mais la joie du retour a aiguisé son désir de vivre, de protéger sa famille et ses terres. Vito sait qu'il retrouvera rapidement sa vitalité. Il est déterminé à revoir ses champs d'oliviers, d'orangers, de grenadiers et planter ses pieds de vigne pour les prochaines vendanges. Comme avant la guerre, il veut voir de nouveau ses enfants courir à la cueillette du raisin. Dans les sillons dont le sol tapissé par le sable que le sirocco ramène du désert est le plus doux tapis de jeu. Dans ces cachettes où les grappes blondes ou noires pendent au dessus de leurs bouches. Quand leurs rires turbulents se répondent jusqu'au coucher du soleil pendant que les ouvriers transportent les grands paniers d'osier jusqu'à la ferme dans la cave où trônent les futs, les broyeuses, le pressoir.

Il sait que sa guérison est inscrite dans la joie de ses gosses, leur insouciance, leur innocence. Tout ce dont la vie l'a privé durant son enfance habitée par l'absence et le deuil, malgré la tendresse de son oncle Antonio et de Grazia, son épouse.

Un soir, tandis qu'il se repose sur son lit avant le dîner, Vito reçoit une visite inattendue. Un cousin, un homonyme, dénommé comme lui Vito BONGIORNO, un étrange personnage de roman, un chanteur d'opéra qui a quitté le village de PARTINICO quelques années avant lui pour aller se produire sur les scènes des Etats Unis, un célèbre ténor dont la Sicile était fière, est devant lui, à TINDJA, dans sa ferme, dans sa chambre. Peppino l'accompagne.

– *Ma tu, ca* ? dit Vito en riant tandis que son cousin l'étreint avec vigueur.([2])

– Peppino m'a dit que vous aviez des problèmes avec les fermes, répond le visiteur. Je sais que TINDJA est devenu un repère de mafieux. Tu vois comme c'est injuste, moi je chantais dans tous les opéras des Etats Unis, NEW YORK, BOSTON, CHICAGO, je gagnais bien ma vie, trop bien peut-être et ces fous d'américains m'ont accusé de connivence avec *cosa nostra*, la mafia italo américaine. Alors ils m'ont expulsé. Je ne pouvais pas repartir en Sicile, pour ma mère, ma famille, *vergogna* ! Alors je suis venu en Tunisie. J'ai investi dans une belle entreprise à FERRYVILLE. Je fabrique des charrettes. Je livre tous les agriculteurs de la région. Et maintenant que la guerre est finie, mes carrioles sont utilisées aussi comme taxis pour le transport et le loisir. Comme aux Etats Unis !

Et il ajoute :

– Pour les hommes de *la mano nera*, pas de problème. Je les neutralise en employant leur entourage dans mon entreprise.

C'est ainsi que Vito et Peppino ne furent plus jamais menacés par la Mafia.

Plus tard, la police française se décida à intervenir sérieusement. Des interpellations suivies d'expulsions massives

---

2 Toi, ici ?

intervinrent et le fléau disparut.

X

Quelques années plus tard, Peppino épouse Pascaline, une sicilienne d'origine anglaise rencontrée à Tunis. A TINDJA les villageois sont stupéfaits. Qui aurait pu imaginer que ce petit paysan rouquin séduise un jour une fille ravissante, une citadine dont l'éducation donnée par sa famille britannique est à mille lieues de celle que Domenica, la voyante, a inculquée à son fils.

Peppino s'était longuement confié à Vito, son beau frère, lors de cette étonnante rencontre :

— Le grand père de Pascaline et ses quatre frères étaient patrons pêcheurs à CATANIA en Sicile, disait-il. Au début du dix neuvième siècle, à bord de grosses barques à voile, les cinq frères SOFIA ont trouvé un filon commercial. Ils partaient capturer des ours blancs dans l'Arctique pour les vendre aux anglais. Durant des années, ils ont quitté la chaleur de Sicile pour les mers de glace. Leur voyage durait plusieurs mois. Au retour ils séjournaient quelques semaines en Angleterre avant de repartir vers leur village sicilien.

— Un matin, les autorités britanniques les ont informés qu'une épidémie de typhus sévissait à LONDRES et qu'ils étaient maintenus en quarantaine dans le port à bord de leurs navires à voile qu'ils ne devaient quitter sous aucun prétexte. Du personnel sanitaire les a pris en charge. Des infirmières se relayaient quotidiennement à bord pour les soigner. Ciro, le cadet des cinq frères a repéré Lisbeth, une jolie blonde qui l'a fait chavirer. Elle n'a pas été indifférente au charme ténébreux du marin. Lorsque le blocus a enfin été levé, quelques mois plus tard, l'infirmière anglaise et le pêcheur sicilien ont uni leur vie à

LONDRES devant deux témoins, deux frères de Ciro. Lisbeth a embarqué sur le voilier en partance pour CATANIA.

– D'après ce qu'elle a raconté plus tard à ses enfants, poursuit Peppino, lorsqu'elle est arrivée dans sa nouvelle famille sicilienne, elle a été effrayée par le spectacle de ce monde moyenâgeux, peuplé de femmes sombres, voilées de noir, qui la dévisageaient avec une violence qui la terrorisait. Elle a voulu partir, fuir ce monde hostile auquel elle n'inspirait que la méfiance et l'adversité. Ce monde dans lequel elle savait qu'elle ne trouverait jamais sa place. Ciro, le marin, n'a pas eu le choix. Ils sont repartis à LONDRES.

– Et comment se fait-il que ces anglais aient échoué à TUNIS ? Plaisante Vito.

– Le couple s'est installé à SOHO, dit Peppino. Lisbeth a repris son métier d'infirmière. Ciro a continué avec ses frères la chasse à l'ours blanc sur les mers glacées. Ils ont eu deux enfants. Un petit Joseph puis sa sœur Mary. L'aîné n'avait que onze ans lorsque son père a été emporté par la tuberculose. Ses quatre oncles ont pris en charge la veuve et les deux enfants. Joseph a été engagé comme mousse sur leurs barques à voile et il est parti avec eux pour de longs voyages. Plus tard il s'est engagé dans la ROYAL NAVY, a suivi les cours de l'école navale puis est reparti naviguer avec ses oncles.

– Tu ne m'as toujours pas expliqué comment cette famille anglaise est arrivée à TUNIS ! dit Vito.

– *Aspetta*, répond Peppino. Laisse-moi finir ! Lorsque, comme tous les siciliens, les quatre frères vieillissants ont décidé de prendre leur retraite, ils ont vendu les bateaux pour aller finir leur vie dans leur Sicile natale. Joseph, à vingt huit ans, s'est retrouvé seul. Sa mère Lisbeth avait rejoint son époux dans sa tombe. Sa sœur Mary avait épousé sir WILLIAM, un anglais qui travaillait au consulat d'Angleterre à Tunis. Il a embarqué sur un paquebot à destination de la Tunisie. La

Régence venait d'être placée sous protectorat français. Il savait naviguer et commercer avec les ports. Il a fait acquisition d'un bateau à voile et il a entrepris un commerce maritime entre TUNIS et LONDRES. Il exportait des légumes secs, de l'huile, du blé. Il importait du thé anglais.

— Un soir, poursuit Peppino, Joseph s'est rendu avec un marin français au nouveau théâtre de TUNIS où était donnée une représentation française du cabaret parisien, le *Moulin Rouge*. A la sortie, son compagnon plaisantait avec une jeune fille en s'adressant à Joseph :

-Je te présente Philippine, lui disait-il, une sicilienne venue de ton pays il y a peu de temps. Pascaline, sa mère, est un pilier de ce théâtre, ouvreuse et costumière. Elle est venue à TUNIS avec sa fille lorsqu'elle a perdu son époux en Sicile. Couturière de profession, cette très belle veuve, discrète mais dégourdie, a trouvé ce nouvel emploi. Elle jongle avec les paillettes et les plumes pour habiller les acteurs.

— Lorsque la mère de Philippine les a rejoints, dit Peppino, Joseph a vite vu que la jeune fille n'avait incontestablement pas le charme et la vivacité de sa mère. Cependant, d'après ce qu'il dit, il s'est senti pris dans un étrange tourbillon qui l'a amené à demander sa main contre l'avis de son ami.

— Tu es fou, disait son compagnon. Elle n'a ni la beauté ni le talent de sa mère. Elle est triste, quelconque et inculte comme un champ dévasté par l'orage. Je crois qu'elle n'a jamais fréquenté une école. Elle reste toute la journée chez elle en attendant Pascaline. Elle ne connait que son torchon. Tu es beau, cultivé, travailleur, trouves-toi une femme de ton niveau !

— Il n'a rien voulu entendre. Il cherchait certainement ses racines siciliennes. Il poursuivait sa quête. Trouver une femme qui inculquerait à ses gosses cette culture que sa mère anglaise n'avait pu lui donner pour ne l'avoir jamais connue. Ces générations d'usages, de traditions que ses oncles évoquaient avec une ferveur indicible. L'héritage transmis par ces figures masculines dont, petit mousse, il s'était imprégné tout au long des années passées sur leurs grosses barques à voile. Ces navires où il a appris l'amour de la mer, la découverte des continents et le sens du commerce.

— Et le mariage a eu lieu, conclue Vito, et toi tu veux épouser Pascaline, leur fille.

X

Du mariage de Joseph et Philippine naissent un garçon et quatre filles. La dernière, Pascaline, a non seulement la grâce de sa grand-mère sicilienne, dont elle porte le prénom mais aussi la beauté de Lisbeth, son arrière grand-mère anglaise. C'est une poupée blonde et racée dont au hasard d'un chemin, Peppino, le petit rouquin malicieux, rompu aux interdits, subjugué par cette vierge inconnue au visage d'ange, tombe fou d'amour. Par une étrange alchimie des sens et des gênes, elle accepte de devenir son épouse.

Sa vie s'arrêtera à TINDJA, en Tunisie. Tandis que ses frère et sœurs choisiront de partir aux Etats Unis.

X

Joseph, le beau père britannique de Peppino SPINELLA, a vieilli. Il a cessé le commerce d'import export et ne quitte plus la Tunisie. Il aime la vie des ports. Il carène et répare des bateaux avec passion. Et dans ses moments de loisir, il peint des huiles sur toiles magnifiques représentant la mer. Il les signe de son nom, Joseph SOFIA, suivi de trois drapeaux, anglais, sicilien et français. Lorsque sa fille Pascaline épouse Peppino SPINELLA, il est soucieux. Tout oppose ces deux êtres. Pascaline a toujours vécu en ville et son époux à la campagne. Dés l'installation de la jeune femme à TINDJA, à cinquante kilomètres de TUNIS, sa vie devient un enfer. Elle ne s'habitue pas à un environnement austère, inculte, sans confort. Peppino, jaloux de la beauté de sa femme, veut l'enfermer, la dominer.

Lorsque Salvatore SPINELLA, le patriarche, s'éteint, les liens entre sa veuve Domenica et son fils se renforcent. La bru devient la proie de ce couple diabolique porté par la superstition d'une belle mère et la violence d'un époux. Une violence verbale qui peu à peu se matérialise par des gestes brutaux. Pascaline ne se laisse pas faire et Peppino enrage. Lorsque les disputes deviennent insupportables, elle part se réfugier à TUNIS chez ses parents.

Joseph, son père, s'emporte parfois :

— Ces siciliens sont des rustres, dit-il à sa femme, il faut qu'elle quitte cet homme avant que des enfants naissent. Et tant pis si ces italiens sont encore assez arriérés pour ne pas accepter le divorce. Elle est belle et intelligente. Elle retrouvera un compagnon civilisé à TUNIS.

Ainsi, la vie de Pascaline se déroule entre de longs séjours à TUNIS et des retours à la campagne. Régulièrement, Peppino dévoré par la passion qui l'habite, revient la chercher. Elle pardonne et repart. A chaque retrouvaille, elle met au monde un enfant. Elle accouche d'abord d'une petite fille, qui porte le prénom de sa grand-mère paternelle, Domenica. Cependant la vie à la ferme est difficile, dure. Peppino ne ménage pas son épouse, ne lui apporte aucune tendresse. Dix ans plus tard, Pascaline accouche d'une autre fille à qui elle donne le prénom de sa mère, Philippine. Peppino est furieux. Il désirait un garçon. Il refuse de voir l'enfant. Pascaline s'enfuit avec son bébé à TUNIS chez ses parents. Trois ans plus tard, Peppino revient la chercher. Elle pardonne encore et retourne à TINDJA. Lorsqu'elle est encore enceinte, son époux est devenu irascible. Leurs séparations, les contraintes de la vie à la campagne pour une femme citadine et fragile, leurs différences de caractère, d'éducation, exacerbent les relations du couple. Et l'influence de la vieille Domenica avec ses sorts jetés, ses prémonitions, ses exhortations enveniment encore l'atmosphère tendue qui règne à la ferme.

Un matin d'hiver, alors que Pascaline est sur le point d'accoucher, une dispute éclate. Peppino jette un objet lourd sur le ventre de sa femme qui s'écroule. L'hémorragie est importante. La charrette inconfortable. L'hôpital de FERRYVILLE trop loin de TINDJA. A son arrivée, Pascaline et l'enfant décèdent. C'était un garçon. Peppino est anéanti. Rongé par la culpabilité, il pleure durant des mois l'amour de sa vie, cette femme trop belle que le destin lui a donnée et qu'il a perdue par sa faute. Cet amour qu'il n'a pas mérité. Ce fils tant espéré qu'il n'a pas connu. Alors il se penche sur la couche de sa petite Philippine, cette enfant de quatre ans qu'il a toujours rejetée et qui est désormais orpheline. Il jure qu'il ne la quittera plus. Et la mort de Pascaline deviendra un secret de famille.

Domenica, la fille aînée de Peppino, a treize ans à la mort de sa mère. Délaissée par son père, loin des SOFIA, ses grands parents maternels, elle part se réfugier dans la ferme mitoyenne chez sa tante et son oncle, Rosaria et Vito BONGIORNO, où elle vivra au milieu de ses cousins et cousines, comme un dernier enfant de ce couple affectueux et uni.

Peppino SPINELLA et Vito BONGIORNO forment désormais une seule famille. Vito représente pour son jeune beau frère un modèle de respectabilité, de fiabilité et d'équilibre familial. Comme leurs grands pères Nardino SPINELLA et Andrea BONGIORNO, ils sont aussi proches que différents.

Peppino est instable, nerveux, autoritaire et très seul. Vito, toujours entouré de ses proches, de ses ouvriers, de ses amis, exige que ses enfants le vouvoient, sans explication. Il ne leur raconte pas la grandeur et la décadence de ses ancêtres aristocrates, dont les titres de noblesse ont été retirés par un empereur autoproclamé. Ni les menaces d'une mafia sans scrupules qui a obligé sa famille à vendre ses propriétés agricoles et fuir sa Sicile natale. Ses aïeux lui ont transmis à la fois une force et une douceur qui s'imposent à son entourage avec une autorité incontestable. Ses gosses lui vouent une profonde affection et un grand respect.

Depuis son retour de prison en 1917, la vie a changé en Tunisie. La guerre mondiale s'essouffle. Vito discute le soir avec Peppino :

— La Russie, affaiblie par la révolution bolchévique menée par LENINE, a cessé de combattre, dit-il. En France, CLEMENCEAU a pris le commandement des armées. L'Allemagne confrontée à des insurrections populaires sur son territoire, craint une montée du communisme. Elle est repoussée de toutes parts par ses adversaires et demande l'arrêt des combats.

Vito a raison. La guerre est finie. L'empereur d'Allemagne abdique le 9 novembre 1918. L'empereur d'Autriche-Hongrie abdique quatre jours plus tard. La France retrouve ses territoires perdus.

— La France a repris l'Alsace et la Lorraine, dit Vito, mais à quel prix ! Des centaines de milliers d'hommes sont morts au combat, sans oublier tous les maghrébins et les sénégalais qui se sont battus loin de leurs pays dans des régions inconnues, confrontés à des souffrances dues à la rigueur d'un climat auquel ils n'étaient pas habitués. Cette guerre a entrainé d'immenses pertes et d'énormes sacrifices pour la population !

Peppino écoute le discours de son aîné. Lui qui n'était

âgé que de quelques mois lorsqu'il a quitté la Sicile, qui n'a vécu ni la guerre ni le service militaire et encore moins les luttes fratricides de ses ancêtres, ne comprend pas les bouleversements politiques que le monde subit. Il n'a connu que sa campagne, ses embrouilles avec la mafia, l'influence d'un père marginal que les tables de jeu ont rattrapé dans ses vieilles années et les incantations de sa mère. Peu scolarisé, il ne connait pas plus l'histoire de France que celle d'Italie ou d'ailleurs.

Les années passent. Le soir, Vito BONGIORNO profite des repas de famille pour initier ses enfants à l'évolution du protectorat.

– L'Italie et la France se sont longtemps opposées pour coloniser la Tunisie, leur dit-il. Les français ont gagné parce qu'ils étaient plus riches. L'Italie avait été ruinée par le *risorgimento*. En 1869, lorsque Ferdinand de Lesseps a terminé la construction du canal de Suez, la France a tourné ses regards vers Bizerte qu'elle considérait comme une place stratégique en Méditerranée. L'Angleterre, qui faisait la cour à l'empire ottoman, a tenté par tous les moyens d'empêcher la main mise de la France et l'Italie sur la Régence. Elle possédait l'île de Malte et Gibraltar et voulait éviter une présence étrangère sur sa route. Elle craignait également qu'un autre Etat exerce une maîtrise sur le canal de Suez qui ouvrait la route des Indes. Mais la France, alliée au Bey, a eu le dernier mot. La Tunisie était un pays ruiné et très endetté. Les financiers français ont manœuvré pour exercer leur suprématie sur une économie en ruines. Et le Bey a accepté la main tendue de la France. En réalité, il n'a pas eu le choix. Le protectorat lui a été imposé.

– Et les Italiens dans tout ça ? Questionne Peppino.

– L'Italie a obtenu une compensation, répond Vito. Un nouveau traité de navigation et d'échanges venait d'être signé avec la Régence pour une durée de vingt huit ans soit jusqu'en 1896. Les ressortissants italiens avaient obtenu de nombreux avantages, notamment la possibilité de créer des sociétés commerciales en Tunisie en bénéficiant de taxes douanières quasi inexistantes. Après la signature du traité du Bardo, lorsque le protectorat français est devenu officiel, l'Italie s'est trouvée dans une impasse. La Tunisie était incontestablement dirigée par la France et l'immigration italienne ne cessait de croitre. En 1896, au moment où a commencé la construction du port de BIZERTE, le traité signé entre l'Italie et le Bey, qui arrivait à son terme, a fait l'objet d'un accord franco italien. L'Italie conservait de nombreux privilèges, l'application des lois italiennes par les tribunaux français, la non-application de la peine de mort, le maintien de sa nationalité et la jouissance des clauses commerciales qui lui avaient été accordées. Les médecins et pharmaciens diplômés des facultés royales italiennes ont été autorisés à exercer en Tunisie, ce qui a entrainé une arrivée massive de personnel sanitaire italien. Les écoles italiennes ouvertes dans la Régence et les journaux italiens ont été maintenus. Les relations entre la France et l'Italie se sont apaisées, en apparence peut-être.

— Peut-être, répète Peppino, mais fiers comme nous sommes, nous ne perdrons jamais l'espoir de détrôner la France. Nous sommes de plus en plus nombreux à venir travailler ici et les français sont de plus en plus rares à s'expatrier.

Peppino SPINELLA a vu juste. Malgré les efforts déployés par la France pour inciter les métropolitains à émigrer, la population italienne, en majorité sicilienne, est cette année-là cinq fois supérieure à la population française qui occupe exclusivement les emplois de la fonction publique. En outre la guerre de 14-18 a définitivement éloigné les français de la Régence.

Avec le temps, le déséquilibre démographique s'accroit. La France n'a plus qu'une issue. Proposer une naturalisation française massive en Tunisie.

— La France doit à tout prix accroitre sa population, dit un soir Vito. Elle ne peut être représentée uniquement par ses militaires et ses fonctionnaires Cette minorité française dans un protectorat peuplé d'étrangers est problématique pour elle.

— Moi je suis content d'être italien et je le resterai, réponds Peppino.

— Moi aussi, s'exclame Salvio, l'aîné des garçons.

En 1923, un décret accorde la nationalité française à « *tout individu né dans la Régence de parents étrangers dont l'un est justiciable des tribunaux français ...ainsi qu'aux tunisiens israélites ou musulmans âgés de vingt et un ans qui doivent satisfaire au préalable à certaines obligations.* »

Ce soir-là, autour de la table, la discussion est animée.

— En réalité, dit Peppino, tout le monde peut devenir français !

— Pas du tout, répond Vito. La situation des juifs tunisiens est particulière. Ils parlent français, lisent la presse française. Ils se sont engagés pour combattre dans l'armée française. Ils n'ont qu'un désir. Echapper à l'administration et la justice beylicale s'inspirant du Coran. Ils vont accepter sans hésiter la naturalisation. Par contre la proposition faite aux musulmans, bien que facultative, va soulever de graves polémiques au sein de la population. Elle va provoquer de nombreux incidents !

Vito ne se trompe pas. Dés la parution du décret, cinq mille juifs tunisiens déposent leur dossier. Un millier de musulmans occupant de petits emplois au sein de l'administration française optent pour la nouvelle nationalité. Un courant national s'élève alors contre ces « *traitres* ». Une presse tunisienne vindicative perturbe la vie sociale. Le monde arabe est bouleversé. Le décret a mis le feu aux poudres Des manifestations anti naturalisation se multiplient, bloquant l'accès des musulmans français aux cimetières arabes. Les inhumations provoquent des incidents violents. La foule se déchaine. L'armée est contrainte de riposter. Un ordre est donné par la France d'inhumer tous les musulmans naturalisés ainsi que leurs familles dans des cimetières spécialement prévus à cet effet.

Un soir, Vito BONGIORNO rentre des champs, préoccupé. Il reste longtemps sur la terrasse et contemple en silence le ciel étoilé de cette contrée qui est devenue la sienne. Ce pays d'adoption que pour rien au monde il ne voudrait quitter. Un léger sirocco caresse ses cheveux blanchis par les secousses du temps. Il est heureux à TINDJA au milieu de ses orangers, ses citronniers, ses allées de grenadiers, ses champs d'eucalyptus, ses hectares de vignes. Il sait pourtant qu'une prise de conscience des tunisiens est née. Il aime ce peuple, si proche des siciliens par sa sincérité, sa fierté, l'attachement à sa famille, à ses gosses, à sa terre. Cette terre que la France lui refuse injustement. Cette terre que ces indigènes remuent, fertilisent, sillonnent jusqu'à l'apparition des potagers, des fruits, des blés. Et qui ne leur appartient plus.

Rosaria s'est approchée.

— C'est l'injustice qui crée la révolte, dit Vito. Pourquoi la France se comporte-t-elle de cette façon ? Elle est en train de fabriquer des grenades dégoupillées qui un jour exploseront.

Peu de temps après, Peppino ramène de FERRYVILLE un journal clandestin dans lequel est publié un manifeste incendiaire. « *La Tunisie Martyre. Ses revendications* »

— Tout le monde s'arrache l'article, dit Peppino. C'est un homme politique tunisien, un certain THÂALBI qui l'a fait publier. Il parait qu'il dénonce un protectorat tyrannique et une Tunisie écrasée par la présence française. Il dresse un tableau idyllique d'une Régence libre et prospère délivrée du joug français, comme elle existait avant 1871.

— Une régence idéale qui n'a jamais existé, répond Vito. Et à laquelle les tunisiens, assoiffés de liberté, veulent croire ! Si la France ne se réveille pas, elle va avoir du mal à maîtriser la montée du nationalisme !

— Nous n'avons rien à voir avec ces revendications, dit Peppino. On est italiens. Et nos terres nous les avons achetées à la France. Qu'elle se débrouille maintenant !

THÂALBI, interpellé, est incarcéré et traduit devant le conseil de guerre sous l'inculpation de complot contre la sûreté de l'Etat. Il fait l'objet d'un non-lieu. Libéré, il crée un parti politique, *LE DESTOUR*.

Il sollicite en particulier l'accès de tous les tunisiens à la fonction publique, une liberté de la presse, de l'enseignement et le droit d'acquérir des terres de colonisation.

— C'est normal, dit Vito, ils souhaitent obtenir les mêmes avantages que les français et ne veulent plus subir toutes les humiliations et les frustrations qu'une puissance étrangère leur impose ! Même nous, qui sommes italiens, à part cultiver nos terres, nous ne bénéficions d'aucun avantage de la part de la France. Elle a inventé le *code métropolitain* pour les français de souche et *le code beylical* pour tous les autres, même les naturalisés.

— Nos enfants auraient peut-être intérêt à devenir français, murmure Rosaria.

— Quel intérêt ? réplique Vito. Ils ne seront jamais considérés comme des français nés en métropole. Ils subiront de plein fouet le conflit qui éclatera un jour entre la Tunisie et la France. Et ils ne pourront plus redevenir italiens comme leurs parents !

Vito ignore que quelques années plus tard ses enfants seront séparés par leurs choix. Deux de ses fils, Salvio et Andrino resteront italiens. Giulio deviendra français. Et la guerre qui éclatera en 1939 en fera des soldats ennemis.

X

La crise de 1929 entraine l'effondrement de l'économie mondiale qui n'épargne pas la Tunisie et favorise la montée d'un sentiment national.

En 1932, parait *l'action tunisienne*, un nouveau journal dont le directeur est un certain Habib BOURGUIBA. Un mouvement nationaliste a vu le jour. La fin du protectorat est en marche. Cet homme en sera l'artisan.

Autour de la table, la famille BONGIORNO écoute les nouvelles rapportées de Tunis par Peppino SPINELLA, glanées au fil de ses rencontres avec des compatriotes.

— Ce BOURGUIBA, dit Peppino, est un avocat qui a fait ses études en France. On dit qu'il est né à MONASTIR de parents pauvres et âgés et qu'il a été élevé par son frère aîné à TUNIS où il a été scolarisé au collège SADIKI. Il a eu des professeurs français et musulmans. Il a donc suivi ses cours dans les deux langues. Ensuite il est entré au Lycée CARNOT qui lui a ouvert les portes des universités françaises. Il était passionné de littérature, d'histoire, de philosophie. Avec ses deux amis SFAR et GUIGA, ils formaient un trio inséparable. Quand ils ont obtenu leur baccalauréat, ils sont partis en France. BOURGUIBA rêvait de devenir avocat. Il s'est inscrit à la Sorbonne et à l'institut d'études politiques de Paris. Ses deux amis n'ont pas tardé à le suivre. Ensuite il a rencontré une française. C'était sa logeuse à Paris. Une veuve de guerre plus âgée que lui. Lorsqu'il a obtenu tous ses diplômes, il est rentré à Tunis avec cette Mathilde, ils se sont mariés et elle lui a donné un fils.

Vito écoute avec attention le récit de son beau frère.

— Ce BOURGUIBA a tout compris, lui dit-il. Il est devenu avocat pour combattre l'injustice. C'est-à-dire le protectorat. Et il y arrivera.

— Comment pourrait-il y arriver ? Demande Peppino.

— Il sait qu'il doit se servir de la France pour atteindre son objectif. Sa double culture tunisienne et française lui a fait comprendre qu'il devait s'appuyer sur la France pour construire une Tunisie nouvelle. Et qu'il devait rester tunisien pour chasser les français. Cet homme ambigu est en réalité un animal politique qui ne vise qu'un seul but. Le pouvoir. Il sera toujours écartelé entre son admiration pour la France et son humiliation d'être un sujet colonisé.

— Alors il trahit tout le monde pour arriver à ses fins !

— Peut-être pas! Dans les universités françaises, il a du certainement chercher à pénétrer le système pour le comprendre. Le faire exploser en l'analysant, en l'infiltrant et non pas en le combattant dans un rapport frontal. Il a déchiffré les processus économiques qui produisent les richesses, le profit, au détriment des déshérités. On dit que cet homme n'a aucun goût pour les actions révolutionnaires. Il a connu la vie occidentale, moderne, démocratique. Il rêve certainement d'une Tunisie ouverte sur un nouveau monde. Dans laquelle il poserait les règles politiques, sociales, économiques qui lui ont été enseignées en France. Et il sait que pour y arriver il doit mener une politique de petits pas, sans effrayer le gouvernement français mais au contraire en sollicitant son aide.

-Un jour ou l'autre, il sera démasqué ! Insiste Peppino. Il faudra bien qu'il s'appuie sur la population tunisienne pour que le pays le suive. Il l'amènera à vouloir son indépendance et il mettra tous les français dehors !

— Ce n'est pas si simple, répond Vito. Il va devoir d'abord s'opposer au DESTOUR. THÂALBI ne partage pas du tout ses idées. Son parti politique est traditionnel, religieux, basé sur le retour de l'ancien régime, des anciens pouvoirs. Il est trop archaïque pour BOURGUIBA qui va le rejeter et le combattre. En outre, le nouveau résident général est vigilant. Il terrorise les destouriens et même le Bey. Il censure aussi la presse nationaliste !

-BOURGUIBA n'a pas intérêt à les soutenir s'il veut arriver à ses fins. Surtout qu'il a épousé une française. Et catholique ! S'exclame Peppino.

-Il a signé par ce mariage sa personnalité complexe, répond Vito. Contrairement à ce qui se dit, il n'a pas renoncé à sa religion ni à sa culture. Il parait qu'il exige de Mathilde qu'elle élève son fils en respectant les valeurs musulmanes. Il ne rejette pas ses coutumes ni son identité mais il a compris qu'il ne trouvera pas ses alliés dans les vieilles familles tunisiennes enracinées dans leurs traditions ni dans le monde religieux prisonnier d'une culture dont il s'est éloigné. Il veut pour son pays plus de modernité, plus de liberté. Il va certainement aller chercher une alliance avec une jeunesse instruite, bourgeoise, une nouvelle génération influencée par la culture occidentale qui l'accompagnera dans ses rendez-vous avec la population. On dit qu'il a tissé de nombreux liens avec ses anciens amis français et qu'il s'est rapproché des socialistes. Il a compris que ces hommes de gauche lui faciliteront son action contre la France et qu'ils l'aideront dans sa lutte pour l'indépendance de la Tunisie. Il attend l'heure propice pour agir. Et la politique de droite menée par le gouvernement actuel l'incite à rester dans l'ombre. Les français ne se méfient pas de ce trublion, ils ont tort. Les mots sont parfois plus dangereux que les fusils et son journal est sa meilleure arme.

Cette année-là, BOURGUIBA et ses amis SFAR et GUIGA, rédacteurs de *l'action tunisienne* font connaitre leurs opinions lors d'un congrès des droits de l'homme à VICHY. L'impact de leurs revendications est important. Les journaux français du protectorat répliquent violemment. Les trois amis sont poursuivis par la justice.

Peppino, toujours prompt à se rendre à Tunis pour ne pas couper le lien de sa fille avec les SOFIA, ses grands parents maternels, revient chargé de détails.

— Ils se sont présentés au tribunal avec des avocats parisiens, dit-il. Des hommes politiques français ont été appelés à la barre pour témoigner en leur faveur. Une foule s'est agglutinée devant le palais de justice, criant des slogans anti colonialistes. Les forces de l'ordre ont du intervenir. Les manifestants se sont rebellés et le procès a été reporté.

Vito hoche la tête. Ces nouvelles ne l'étonnent pas. Elles annoncent la fin d'une histoire sicilienne dans un pays du Maghreb colonisé par la France.

— Lorsque les juges l'ont interrogé, BOURGUIBA est resté calme, poursuit Peppino. Il leur a expliqué qu'il ne souhaitait pas le départ des français ni l'indépendance de son pays. Il a déclaré au tribunal que la Tunisie qu'il voulait libérer ne serait pas une Tunisie pour musulmans, juifs ou chrétiens mais celle de tous ceux qui, sans distinction de religion ou de race voudraient en faire leur patrie sous la protection de lois égalitaires.

— N'oublie pas qu'il est avocat, répond Vito, il veut gagner. A tout prix. Par tous les moyens. Ce qu'il vise, au-delà de la victoire de son peuple, c'est « *sa* » victoire. Et il y parviendra. Ce petit bonhomme d'un mètre soixante est un grand stratège. Il est en train d'acquérir la confiance des tunisiens. Il a rallié à sa cause tous ses amis politiques français qu'il a côtoyés à Paris sur les bancs de la faculté. Ceux avec lesquels il a débattu, échangé, réfléchi. Ceux qui luttent dans l'opposition quand ils quittent le pouvoir. Ceux qui lui rendront un jour les clefs de la Tunisie que Jules FERRY a volées à son peuple.

Vito se dit que la mission civilisatrice de FERRY consistant à lutter contre l'ignorance, la misère et la barbarie, ainsi que la scolarisation et l'éducation de la jeunesse maghrébine, ont conduit inéluctablement à un éveil des consciences. Parce que le peuple civilisé aspire à la liberté.

Comme se parlant à lui-même, Vito poursuit :

-La colonisation est comme un enfant que des parents attentifs ont préparé à prendre son envol. Qu'elle se fasse par le biais d'un protectorat ou d'une annexion, elle prend fin lorsque sa mission est accomplie. Elle meurt de ce qui la fait naitre.

-Qu'est-ce que tu racontes ? dit Peppino. On est chez nous ici et on y restera comme nos enfants et nos petits enfants. Tu te vois abandonner ta ferme et t'expatrier comme nos parents ? D'ailleurs on est italiens, on n'a colonisé personne et on n'a rien à voir avec les problèmes de la France. Qu'ils mettent les français à la porte, nous on continuera à vivre ici avec eux et à exploiter nos terres.

Deux ans plus tard, BOURGUIBA crée avec ses amis SFAR et GUIGA un nouveau parti politique, LE NEO DESTOUR, dont il est secrétaire général. Ils partent en tournée, dans les villages, les bleds, les campagnes. Dans chaque ferme, chaque masure, chaque gourbi. Aidés par l'élite intellectuelle tunisienne, la jeunesse active, cultivée, diplômée, ils créent des groupes, des cellules. Organisent des congrès. Colportent leurs idées. La foule les suit aveuglément.

Le climat est orageux, la presse française socialiste et communiste ainsi que les journaux tunisiens enveniment l'atmosphère. Le résident général doit agir rapidement et durement. Il interdit la parution de tous les journaux d'opposition. Il procède à l'arrestation de tous les agitateurs du DESTOUR comme du NEO DESTOUR dont le plus turbulent, le plus dangereux, BOURGUIBA. Ainsi que ses plus fidèles compagnons.

Peppino arrive un matin en courant à la ferme de Vito, agitant un journal:

-BOURGUIBA et d'autres leaders politiques ont été arrêtés et conduits dans le Sud tunisien, dit-il. Ils sont assignés à résidence à KEBILI. Il parait que dans le Sahel l'annonce de leur arrestation a provoqué des émeutes, des affrontements avec les forces de l'ordre. Des manifestants ont été tués, d'autres blessés.

Le résident général ne plie pas. Il transfère les détenus dans un camp militaire du désert tunisien, à BORDJ LEBOEUF. Ils y resteront deux ans.

L'année 1930 est marquée par un évènement qui va donner l'occasion au parti nationaliste DESTOUR de critiquer violemment le protectorat et de soulever les masses populaires. Au mois de mai est organisé à TUNIS, sous l'égide de l'archevêque de CARTHAGE, Monseigneur LEMAITRE, le trentième congrès eucharistique international qui, pour la première fois, a lieu en Tunisie. La population stupéfaite voit défiler dans les rues de la ville une procession de cinq mille catholiques célébrant une messe de communion vêtus de costumes de croisés en hommage à Saint Louis.

— C'était incroyable, raconte Peppino, le bey présidait la réunion en compagnie du résident général français. Ils ont fait des discours sur les croisades et les massacres de chrétiens devant une foule de musulmans muets. Et tous les européens applaudissaient. Des délégations venues de différents pays ont défilé en brandissant des drapeaux et des oriflammes. C'était une fête grandiose.

Vito est atterré par la nouvelle.

-Ils sont fous, dit-il, une cérémonie chrétienne d'une telle ampleur ne peut que blesser les musulmans. C'est une provocation. Ils ont du se sentir méprisés sur leur sol. Ce pays, qu'on le veuille ou non, est le leur. Les français n'ont pas pris conscience de cette réalité. Le réveil sera dur !

Vito, une fois de plus, a vu juste. Pour le DESTOUR, ce congrès est la preuve que le christianisme devient objet de pouvoir. Symbole de puissance. Une offense insupportable pour le peuple tunisien.

X

A la ferme la vie continue. Les enfants de Vito et Rosaria sont devenus des hommes. Salvio, l'aîné, s'est marié. Il travaille à la ferme et vit dans une dépendance prés de ses parents avec sa femme et ses enfants.

Giulio, le second, n'éprouve aucune attirance pour les travaux de la terre. Un soir, il annonce à sa famille qu'il veut devenir français. Il n'a que seize ans et la France exige une autorisation de son père. Toute la nuit, Vito se retourne sur sa couche. La décision de son fils le blesse. Il pense à sa Sicile dont il a toujours la nostalgie. A la tombe de sa mère à PARTINICO, que plus personne ne visite. A son frère Andrea et son oncle Antonio qui ont fait leur vie en Amérique et qu'il n'a plus revus. Le choix de son enfant est un nouvel abandon, une nouvelle cassure du temps, une nouvelle douleur. Et à la fois un questionnement :

— Et s'il avait raison ? Si l'avenir était la France et non cette Italie qui n'a plus nourri ses enfants et les a forcés à l'exode ?

Rosaria le rassure.

— C'est son choix, dit-elle, il n'a jamais aimé la vie à la campagne. Il veut être français pour pouvoir travailler dans une administration.

– Mais il va devoir effectuer son service militaire et les tunisiens le considèreront un jour comme un ennemi ! répond Vito.

Il ignore que Rosaria partage les secrets de son fils. Giulio est amoureux. Il a repéré au village une jeune femme de son âge, Marietta, avec laquelle il veut construire sa vie. Elle est arrivée de PARTINICO quelques mois plus tôt avec sa famille pour fuir la Sicile à la suite d'un incident grave. Ses deux frères ont assassiné un homme qui a osé la regarder avec trop d'insistance. L'honneur de la fratrie a été bafoué et les deux garçons ont été arrêtés par la police du roi. Les autorités italiennes dont les usages n'ont pas changé, ont laissé aux deux meurtriers le choix de la prison ou de l'exil.

Un des frères, Dino, choisit l'exil et comme beaucoup d'immigrés siciliens, il prend le large vers TUNIS avec sa famille. Ils sont acheminés par des compatriotes vers le village de TINDJA. Le second, Turi, prend la fuite. Il n'a aucune intention de se rendre ni de transiger avec la police. Quelques semaines plus tard, il traverse la Méditerranée avec les moyens que la mafia met au service des fuyards. En barque. Il ignore que selon des accords franco-italiens, le consulat d'Italie infiltre les milieux mafieux pour repérer les délinquants. Turi n'est pas difficile à repérer. Il est manchot depuis l'enfance. Son bras est resté coincé dans un système de poulie tiré par des chevaux, installé pour extraire l'eau d'un puits. Dés son arrivée à TINDJA, Turi, oisif, fréquente quotidiennement les cercles de jeu de Tunisie et contracte des dettes qu'il est tenu de rembourser en rackettant des personnes désignées par des mafieux. Un soir, acculé par ses créanciers, il se rend avec ses *amis* à la ferme d'un tunisien pour le soumettre au *pizzo* . L'homme refuse. Sa ferme brûle. Le fermier est retrouvé mort au milieu des figuiers de barbarie qui longent sa propriété. La traction avant des malfaiteurs a laissé des traces sur le sable du chemin. Et un témoin a vu la scène. Il dénonce Turi au consulat. Le meurtrier est arrêté et jeté en prison. Mais la *mano nera* veille. Le jour du procès à TUNIS, lors d'une suspension d'audience, l'accusé s'envole. Sous le nez des escortes policières. Et probablement avec la complicité d'auxiliaires de justice et de jurés. Une barque l'attend au port avec un passeur.

Longtemps plus tard, la police italienne arrête à Rome un chauffeur de taxi manchot. Turi, sous mandat d'arrêt, est transféré devant le Tribunal de PALERME et écroué.

Toute la presse tunisienne s'empare du fait divers. La famille de Turi est devenue infréquentable pour les gens du village. Et Giulio est tombé amoureux de Marietta. Il ne peut avouer ses sentiments à Vito BONGIORNO, son père. Ce père si droit, travailleur, cultivé, qui persiste à exiger que ses enfants le vouvoient. Comment lui expliquer que son amoureuse est la plus honnête des femmes alors que ses frères sont des meurtriers? Seuls sa mère et son oncle Peppino sont dans la confidence. Alors ils entament chaque soir un long discours sur les caprices du destin pour convaincre Vito, plus affectueux qu'autoritaire, d'accepter l'union de son fils avec Marietta. Le brave homme est affligé, blessé. Il se sent coupable. Quelle faute a-t-il commise dans l'éducation de ce fils ? Le blason de ses ancêtres est bien loin ! Il n'a pas d'autre choix que d'accepter. Les deux jeunes gens se marient. Giulio devient français ainsi que son épouse. Il obtient un contrat avec la France. Embauché aux travaux publics, il y restera jusqu'à l'indépendance de la Tunisie. Entretemps, Il est enrôlé pour se battre aux côtés des soldats français pendant la seconde guerre mondiale, face aux allemands et à ses frères italiens.

Le père de Marietta, harcelé par la mafia après le procès, est contraint de vendre sa ferme pour honorer les dettes de son fils Turi. Déshonoré, ruiné, le pauvre homme est embauché en qualité d'ouvrier agricole à la ferme de Peppino SPINELLA où il demeurera jusqu'à sa mort.

X

Vito n'est pas au bout de ses chagrins. Lui qui a donné à ses enfants toute la tendresse du monde, lui qui, trop jeune orphelin, élevé sans père, a construit avec Rosaria des trésors d'imagination pour entourer ses gosses d'affection, les faire rêver, les protéger, n'en a pas fini avec la peine.

Nina, sa troisième enfant, est à dix huit ans une jeune fille superbe. Grande, élancée, ses cheveux d'un noir profond contrastent avec sa peau claire et ses grands yeux verts. Elle porte dans son regard un brin d'excentricité dont elle sera la première victime. Une douce folie que la médecine n'a pu déceler car elle s'est nichée dans le monde imaginaire qu'elle s'est créé. Un monde de liberté dans une époque où l'indépendance de la femme est une injure faites aux hommes. Un monde de beauté dans ses tenues vestimentaires qu'elle coud avec un talent d'artiste. Un monde d'exubérance qui signe son tempérament rebelle et qu'elle jette à la face de tous comme une provocation.

Nina, une femme enfant qui cherche le prince charmant. Une amoureuse de l'amour en quête d'un homme tendre et bohême. Une femme incomprise, aguicheuse, séductrice, qui a trouvé refuge durant l'enfance auprès de sa grand-mère maternelle, Domenica SPINELLA , cette sorcière qui la initiée au spiritisme, aux sciences de l'au-delà. Nina, Une jeune fille perdue qui a cru trouver une réponse à ses doutes dans la magie, la superstition, les voies obscures de la sorcellerie, comme son aïeule.

A seize ans, Nina, en visite dans sa famille à Ferryville, va croiser son cousin Raphaël, le fils de sa tante Vincenza. Il est beau comme un prince. Elle est tétanisée. Une flèche diabolique a déchiré son cœur. Elle n'a qu'une hâte. Raconter sa merveilleuse apparition à ses proches et retrouver son adonis.

Vito est à la fois stupéfait et furieux. Raphaël, le fils de sa sœur enlevée en Sicile par ce brigand de Giovanni, meurtrier de son père le comte FERRATO, évadé d'un pénitencier.

— Jamais, dit-il à sa fille. Tu entends ? Jamais tu ne reverras ce garçon dont le père est le déshonneur de notre famille. Jamais je n'accepterai que tu t'unisses au fils de ce voyou ! Qui en plus est ton cousin germain ! Je t'interdis de retourner à FERRYVILLE et de revoir cet homme !

Vito décide d'enfermer Nina à la ferme et charge ses frères de la surveiller lorsqu'il s'absente pour cultiver ses terres. Il ne mesure pas le degré d'obstination de sa fille, la démesure de ses sentiments, la détermination qui l'habite. Ni la rage et la malice qui lui donnent des ailes gigantesques pour disparaitre dans la nature avec son amoureux.

Les deux amants se sont enfuis et les familles se déchirent au point de ne plus trouver la paix. La guerre est déclarée entre Vito et sa sœur Vincenza. Les frères de Nina, furieux, multiplient les querelles avec leurs ennemis. Giovanni, le meurtrier, le père du jeune Raphaël, agressé, sérieusement blessé, porte plainte. Les deux fils de Vito sont condamnés et incarcérés.

Les deux amoureux, après des mois d'errance, retournent un jour au village. Vito, pour laver son honneur, est contraint d'accepter le mariage. Mais sa colère est intacte. Il refuse de recevoir son gendre à la ferme. Nina languit en ville, loin des siens. Alors Raphael, lassé des querelles familiales, décide de quitter la Tunisie et s'embarque pour Marseille. Bien qu'italien, il espère trouver du travail et construire sa vie avec son épouse en France.

En attendant son mari, Nina repart à la ferme. Vito et Rosaria croient avoir enfin retrouvé la paix mais cette trêve est de courte durée. Leur fille a changé. Elle est agitée par une frénésie inquiétante. Elle est habitée par un monde occulte de magie, de voyance, d'extravagance quotidienne. Chaque jour elle se rend au bord du lac de Tindja, auprès du tombeau de Sidi HASSOUN, un marabout musulman dont elle prétend être *le guide*. Elle exhorte les paysans du village à faire des offrandes à ce saint pour garantir les récoltes. Elle les incite à prier le marabout afin que les grêles et les pluies de sauterelles ne s'abattent pas sur leurs champs. Elle organise avec les indigènes des cérémonies morbides autour de la tombe de Sidi HASSOUN. Vêtue d'une djellaba pourpre, elle suit un groupe de musiciens musulmans portant des flutes, des luths et des tambourins jusqu'à la tombe sacrée. Un cortège porte une planche de bois recouverte de velours grenat sur laquelle on transporte un mouton que l'on égorge prés du tombeau. Nina psalmodie alors d'étranges prières tandis que les fidèles assistent à l'ouverture du ventre de la bête. Puis le groupe s'ébranle jusqu'au lac où les entrailles du mouton sont jetées dans les eaux.

Malgré les colères de Vito, ses fils, terrorisés par les malédictions de leur sœur, offrent en secret des bêtes de la ferme pour les offices religieux de Nina. Tandis que leurs fillettes, impressionnées par le spectacle, se cachent dans les vignes et s'agenouillent pour prier au passage du cortège. Parfois des femmes indigènes les aperçoivent et les chassent violemment en les injuriant.

Vengeance, provocation, rébellion, chagrin ? Qu'est-ce qui agite cette malheureuse Nina ? Elle s'ennuie à la ferme, dans ce lieu sans confort, sans loisirs, loin de la ville. Son Raphaël lui manque, Elle veut s'évader, s'amuser, elle provoque des situations théâtrales choquantes. Elle cherche la passion. Elle la retrouve. Elle attend le soir, lorsque la campagne s'endort dans un sommeil noir où seules les ombres se déplacent. Elle s'enfuit jusqu'au matin, dissimulée dans un burnous qu'elle a volé à un ouvrier agricole pour retrouver son nouvel amoureux.

Elle ignore que la nuit, sous le ciel d'Afrique, les travailleurs s'attardent parfois pour contempler les étoiles tandis qu'une forme humaine traverse la petite place et s'évanouit derrière le douar. Le costume et la silhouette évoquent une musulmane. Alors les hommes veillent, soir après soir, pour l'appréhender. Lorsqu'ils découvrent son visage, la stupéfaction est générale. Ce fantôme c'est Nina, la fille du fermier. Vito et ses fils, vexés d'avoir été dupés, décontenancés par son attitude, décident de lui rendre sa liberté.

Enfin libre, Nina s'installe en ville, à FERRYVILLE. Elle ouvre un atelier de couture, embauche des apprenties à qui elle apprend ce qu'on ne lui a jamais appris. Ce qu'elle ne doit qu'à son goût et ses doigts d'or. Parce que personne n'a compris qu'elle est une artiste dont l'imagination déborde. Plus tard elle rencontre Arturo, un homme marié, italien, qui quitte femme et enfants pour vivre avec elle. L'homme est dur, autoritaire et le conte de fées de Nina s'effondre. Elle retrouve ses vieux démons. Abat les cartes, prédit l'avenir, se transforme en sorcière comme Domenica sa grand-mère. Parfois, bouleversée par la misère du monde, elle prépare d'énormes bassines de couscous qu'elle distribue aux mendiants dans la cour de sa maison. Un jour, décidée à connaitre son avenir, elle retourne une carte sur son destin. La mort est là, elle l'attend de l'autre côté de la mer.

Quelques années plus tard, lorsque BOURGUIBA libère la Tunisie, elle part avec sa valise en carton pour MARSEILLE où elle retrouvera peut-être Raphaël, son amour d'adolescence. Elle sait pourtant qu'elle va mourir. Six mois après son arrivée, elle décède à quarante cinq ans dans un hôpital marseillais après une intervention bénigne. Loin de la Sicile, loin de la Tunisie, l'italienne est jetée à la fosse commune par des étrangers.

Vito et Rosaria ne s'en remettront jamais. Leur fille avait

engrangé des générations de superstition, de peurs séculaires, de terreurs clandestines dont elle était la proie. Son goût pour le magnétisme, la magie, son désir de dominer les catastrophes naturelles par ses prières, ses incantations, avaient eu raison de ses doutes. Née d'une famille déracinée, elle croyait au Dieu de toutes les religions et à tous ses saints. Elle implorait indifféremment sainte Rosalie ou Sidi HASSOUN. Et parfois le miracle se produisait. Alors elle transmettait à ses fidèles l'illusion d'une vérité pour la transformer en une force, un don que le ciel lui aurait transmis.

— Ce n'était pas une mauvaise fille, pleure Vito, elle ne faisait que du bien autour d'elle, on ne l'a jamais comprise.

Dans un petit bled d'Afrique du Nord, où un enseignement précaire était dispensé aux filles, la raison s'égarait parfois. Nina vivait dans son imaginaire et rien ne pouvait ébranler ses certitudes. Elle avait inventé un monde où tout était possible sans que l'on sache pourquoi.

X

1936 est encore une année difficile pour Vito et Rosaria BONGIORNO. Vito s'occupe des cultures avec son fils aîné, Rosaria accompagne Peppino à FERRYVILLE pour vendre les légumes. Chaque matin, elle grimpe sur la charrette conduite par son frère pour se rendre au marché à trois kilomètres du village de TINDJA. Lorsqu'elle rentre à la ferme, elle prépare des chaudrons de soupe pour sa famille puis s'allonge dans sa petite chambre à l'heure de la sieste. Depuis le départ de Giulio et Nina, elle compte sur sa cadette Mimi et sur sa nièce Domenica pour s'occuper du ménage. Les deux jeunes filles sont complices mais leurs caractères divergent. Domenica SPINELLA, à seize ans, est bavarde, volubile, nerveuse et brune comme son père Peppino. Mimi BONGIORNO, au contraire, est calme et posée comme son père Vito, le *viking* dont elle a les cheveux couleur de blé, la peau claire et les yeux magnifiques, d'un bleu azur teinté de vert. Son frère Andrino a fêté ses vingt quatre ans. Il est encore célibataire et souffre depuis l'enfance d'un handicap neurologique consécutif à une insolation. Il ne travaille pas et passe son temps à taquiner sa sœur et sa cousine.

Par une belle journée de quatorze juillet, les deux jeunes filles sont autorisées à se rendre avec Andrino à la grande fête annuelle du village, un carnaval suivi d'un bal. Leur premier bal. Mimi a été invitée à participer au défilé sur un char représentant la vie parisienne. Ce jour-là, un foulard rouge noué autour du cou, elle chante « *sous les ponts de Paris* » tandis que le corso fleuri longe la rue principale. Dans l'orchestre qui l'accompagne il y a un garçon qui l'observe avec insistance. Victor GAGLIANO. Un sicilien naturalisé français. Les notes de son accordéon se sont emballées en l'apercevant. Il est aussi brun qu'elle est claire. Il est fasciné par sa beauté. Il reconnait la petite fille aux boucles blondes qu'il a croisée à l'école maternelle de TINDJA lorsqu'il était enfant. Elle avait sept ans. Lui six mois de plus. Lorsque sa famille s'était installée en ville à FERRYVILLE, il ne l'avait plus revue. Il ne l'avait jamais oubliée. Sur le char, il joue avec frénésie, elle chante et lui sourit. Il ne la quittera plus des yeux jusqu'à sa mort.

Lorsqu'après la fête Mimi retrouve Domenica et Andrino, elle sait que son destin a basculé. Victor GAGLIANO est l'homme de sa vie. Dans la joie qui l'anime, elle ne remarque pas le manège des deux jeunes gens. Elle ne les a pas vus disparaitre durant des heures. Elle ne prête aucune attention à leurs rires complices.

C'est Peppino SPINELLA qui remarque le comportement

de sa fille, ses regards croisés avec son cousin, sa façon étrange de se poser, de rire, ses jeux de séduction. Il en parle à Vito. Domenica est encore une enfant, Andrino est adulte. Les deux beaux frères sont d'accord. Une séparation s'impose.

Vito BONGIORNO a toujours su que son fils n'aurait pas la vie de ses frères, plus vigoureux, plus solides. Andrino est fragile, handicapé. Comment pourrait-il construire une famille, la protéger ?

Le soir, il discute avec son beau frère et tente de calmer sa colère.

-Ce n'est pas de leur faute, dit-il. Dans ces petits villages de colonisation nos enfants s'ennuient, sans loisirs, confinés dans un espace quotidien avec les membres de leur famille. Et dans cette vie à la campagne, la jeunesse, avec ses affects, sa sexualité naissante, rencontre une promiscuité familiale dangereuse. Les gestes et les mots familiers dérapent dans des jeux ambigus, des relations incestueuses.

Peppino propose d'envoyer sa fille à TUNIS dans sa famille maternelle, les SOFIA. Les deux jeunes gens sont cependant déterminés à ne pas se séparer. Andrino n'a plus qu'un recours. La méthode sicilienne traditionnelle pour se passer de l'autorité paternelle. L'enlèvement.

Un matin, à l'aube, à l'heure où les hommes partent aux champs, il se dissimule dans un chemin derrière la ferme à bord d'une vieille voiture conduite par un ami. L'adolescente court avec son baluchon et le véhicule démarre. Rosaria et son frère Peppino sont désespérés. L'histoire se répète. Deux cousins dans le péché. Deux familles troublées. Toute la complexité des traditions siciliennes les rattrape pour les torturer malgré l'exil.

Pendant des siècles, la Sicile a nourri dans son sein cette coutume de mariages consanguins, parfois organisés au sein des familles, perpétuant ainsi les anciennes coutumes dynastiques, sans aucune considération des dégâts subis par la descendance.

Pour laver leur honneur, les deux beaux frères, Vito BONGIORNO et Peppino SPINELLA unissent plus tard leurs deux enfants.

Vito BONGIORNO et Rosaria SPINELLA, son épouse, ignorent que leur fille Mimi, qui a caché son secret à ses parents, attend désespérément une occasion de revoir Victor GAGLIANO.

Un soir, Victor, accompagné de son grand père, Nardo GAGLIANO et de sa mère Concetta PRINZIVALLI, la veuve de son père Gaetano, demande la main de Mimi BONGIORNO Ainsi, soixante quinze ans après l'unification de l'Italie, la route des quatre familles siciliennes rencontre celle de leurs aïeux.

Tanino GAGLIANO, Andrea BONGIORNO, Franco PRINZIVALLI et Nardino SPINELLA, ces compagnons qui avaient lutté contre la Tyrannie des Bourbons pour libérer leur Patrie, ces héros fraternels qui avaient donné leur jeunesse pour rendre les terres à leur peuple, ne pouvaient imaginer qu'un jour leurs petits enfants seraient contraints à l'exode et formeraient une seule lignée, une seule famille, loin de la Sicile, de l'autre côté de la Méditerranée, dans un village perdu du Maghreb.

Quelques mois après ses fiançailles, Victor GAGLIANO était appelé sous les drapeaux.

Il partait pour la France. Il ignorait qu'il ne reviendrait plus avant cinq années. Parce que la seconde guerre mondiale allait éclater.

X

Chapitre V : BOURGUIBA et la TUNISIE

La seconde guerre mondiale.

En 1936, BOURGUIBA et ses amis du NEO DESTOUR sont détenus depuis deux années dans un camp militaire du désert tunisien à BORJ LEBOEUF. Deux ans d'inactivité, d'isolement, de travaux pénibles, dans des conditions climatiques très dures. Deux ans d'attente, ponctués de colère et de rage.

Cette année-là, le front populaire apporte des changements. A Tunis, le résident général PEYROUTON est remplacé par GUILLON, un socialiste qui privilégie le dialogue à la répression. En France, la gauche a gagné les élections et Léon BLUM est Président du conseil. Tous les prisonniers sont libérés. BOURGUIBA ne traine pas. Les amis d'hier sont au pouvoir. Il part à Paris. Les colons, opposés au nouveau gouvernement, se fâchent en apprenant que le chef du NEO DESTOUR est reçu au Quai d'Orsay. BOURGUIBA, en fin limier, n'exprime aucune rancune pour les deux années passées au bagne. Il n'évoque à aucun moment la fin du protectorat. Bien au contraire. Il vante les mérites de la cohabitation franco tunisienne et ne manque pas une occasion de manifester son attachement aux valeurs françaises. Ce qu'il souhaite ce sont des réformes. Une fiscalité moins pesante pour le peuple tunisien qui supporte la lourde charge de l'administration française dans la Régence. Un meilleur accès à la fonction publique. Et un arrêt de la colonisation foncière qui appauvrit les tunisiens en les privant de leurs terres et par conséquent de leur exploitation.

Ses demandes sont légitimes. Il réclame la justice pour son peuple. La possibilité pour la régence de reprendre en mains sa vie économique pour le bien être de ses sujets. Il ne prononce jamais le mot *indépendance*. Il le remplace par celui d'*émancipation.* Chaque chose en son temps. BOURGUIBA a muri durant des années sa politique de petits pas. Il la met en application.

Du fond de sa campagne, Vito BONGIORNO suit les nouvelles relatées par les journaux que rapporte de Tunis son beau frère Peppino SPINELLA.

— Ce BOURGUIBA est un malin, dit Vito. Il caresse le nouveau gouvernement et plus tard il sortira ses armes. Il sait que la population tunisienne le suivra.

Le retour de THAALBI sur la scène politique est un grain de sable dans le parcours de BOURGUIBA. Le dirigeant du DESTOUR a l'intention de réunir les deux mouvements pour tenter de réduire l'influence d'un NEO DESTOUR soutenu par une jeunesse moderne et laïque séduite par les régimes démocratiques occidentaux.

BOURGUIBA, égal à lui-même, va jouer un double jeu. Son intention est de se libérer d'un concurrent gênant, sa tactique est d'accepter sa proposition. Il invite THAALBI à entreprendre avec lui une grande rencontre avec les habitants du Sahel en prenant soin au préalable de faire connaitre à la population sa position contraire à celle du DESTOUR. Lors de son arrivée dans les villages, THAALBI est accueilli par des injures et des jets de pierres. Il décide alors de se rendre à MATEUR qui est resté le fief de son parti, persuadé qu'il sera reçu sans hostilité. Il se trompe.

— Une foule de manifestants venus de BIZERTE et FERRYVILLE l'attendaient, raconte Peppino. Des coups de feu ont été tirés. Il a sauvé sa vie par miracle.

BOURGUIBA sait que la jeunesse néo destourienne lui est attachée. Elle est restée fidèle à son chef malgré ses deux années d'exil dans le sud tunisien. Il sait aussi qu'il doit mener seul son combat. Il continue à répandre sur tout le territoire ses idées d'*émancipation*, persuadé que la victoire viendra par étapes et par la France.

En juin 1937, le cabinet BLUM tombe. La répression contre les nationalistes reprend dans la Régence.

Cependant, en France, le climat est morose.

En 1938, l'Allemagne annexe une partie de la Tchécoslovaquie et fait alliance avec MUSSOLINI.

Vito BONGIORNO est inquiet :

– En Tunisie, le protectorat français est menacé par l'influence que l'Italie exerce sur les nationalistes, dit-il. Si la guerre éclate, la France doit pouvoir compter sur ses colonies. Mais elle ne pourra plus mobiliser les italiens ni les tunisiens !

Dans la régence, la répression est renforcée. Le discours des Néo Destouriens est de plus en plus virulent. Plus les manifestants se rebellent, plus les forces de l'ordre réagissent.

En avril 1938, un des chefs du NEO DESTOUR comparait devant le Tribunal de Tunis. Une foule de militants se presse devant le palais de justice. Une fusillade intervient. La police riposte.

Peppino, qui a assisté à la scène raconte :

– Il y a eu un massacre. Des morts, des blessés, par dizaines.

La limite est atteinte. Tous les leaders nationalistes sont arrêtés. Le NEO DESTOUR est dissous. BOURGUIBA est conduit en prison, inculpé d'incitation à la guerre civile et de complot contre la sûreté de l'Etat. Des avocats français assurent sa défense.

Quelques mois plus tard, le monde est en guerre.

X

En 1918, la France avait retrouvé la paix. La guerre, qu'elle croyait être la dernière, était enfin terminée. La population exténuée se relevait enfin, malgré les millions de morts, les gueules cassées, l'économie en ruine. Les quatre années de souffrance se conjuguaient au passé. L'armistice était signé. L'Allemagne vaincue avait rendu aux français ses territoires et son honneur.

Les français ignoraient pourtant que la vengeance ennemie couvait. Qu'Hitler n'avait pas dit son dernier mot et ne rêvait que de revanche. Que la révolution bolchévique allait engendrer un communisme qui contaminerait les intellectuels français. Que le désordre amènerait en Russie un dictateur, Staline. Qu'en Italie, le parti fasciste de Mussolini se rallierait aux idées diaboliques d'Hitler. La France ignorait que son répit serait de courte durée.

Les conséquences économiques de la guerre, la crise financière de 1929, vont réveiller de vieux démons. Les populations ont faim. La monnaie s'effondre. L'Europe civilisée est habitée par la révolte, la violence, la colère. Chaque nation se replie sur elle-même, cherche des solutions pour sortir du marasme économique. Un sentiment national se développe. Le responsable c'est le financier, le capitaliste, le banquier. Et le juif. De ce creuset de rancœur et de haine vont naitre deux monstres. Le fascisme et le nazisme.

1936 est l'année du pire. En Espagne la guerre civile a éclaté. Le roi s'est enfui et la république a été proclamée. La gauche ne parvient pas à contenir les révoltes populaires. La droite qui prend le pouvoir provoque des insurrections sanglantes. La gauche se coalise. Le Front Populaire voit le jour, soutenu par la Russie de Staline. Un nouveau gouvernement est formé, rejeté par les anarchistes. Le général FRANCO, aidé par l'Allemagne nazie d'Hitler et l'Italie fasciste de MUSSOLINI, précipite l'Espagne dans la guerre civile. Il massacre la population et multiplie les atrocités. Il devient le chef suprême des nationalistes en lutte contre les républicains.

En 1937, de Tunisie, Vito BONGIORNO suit les évènements relatés par la presse italienne:

— Au mois d'avril, dit-il, Guernica, une petite ville espagnole, a été bombardée un jour de marché par une attaque aérienne de quarante quatre avions allemands et treize avions italiens, causant des centaines de morts et de blessés. On commence à voir arriver des centaines d'immigrés espagnols en Tunisie.

En 1939, les troupes franquistes ont raison de la résistance. Le pays ruiné, épuisé par trois années de guerre et de violence, dépose les armes. Franco installe son gouvernement à Madrid. La population fuit massivement le régime tyrannique de ce général sanguinaire. Prés de quatre cent mille espagnols émigrent cette année-là vers la France et l'Afrique du Nord alors que la guerre mondiale a démarré.

— Chez nous, en Tunisie, dit Vito, la France va devoir faire face à trois ennemis. Les allemands nazis d'Hitler, les italiens fascistes de Mussolini et les tunisiens nationalistes de BOURGUIBA.

Depuis 1938, les accords de Munich ont été signés. La France et l'Angleterre ont livré à Hitler en présence de Mussolini la région des sudètes en Tchécoslovaquie. Leur intention était de trouver un arrangement avec le dictateur allemand pour éviter une nouvelle guerre. Hitler a donné sa parole qu'il a reprise ensuite, trahissant les accords signés.

Le premier septembre 1939, il envahit la Pologne. Deux jours plus tard, la France et l'Angleterre lui font injonction de retirer ses troupes. Devant son refus, elles lui déclarent la guerre. En quelques jours, Varsovie est en ruines, la population erre dans un Etat déchiqueté. La Pologne capitule.

De sa campagne, Vito commente les évènements :

— Les troupes françaises, prêtes à combattre, ne bougent pas. Les allemands non plus.

« *C'est la drôle de guerre* », titre la presse.

Le colonel Charles de Gaulle exhorte le président Paul Reynaud à réagir. Il sent bien que l'inertie dans laquelle la France est plongée est un piège. Les soldats mobilisés sont dans une situation insupportable. A Londres CHURCHILL s'énerve. Pour lui il n'y a qu'une issue, faire la guerre et la gagner.

A TINDJA Rosaria BONGIORNO ne comprend pas pourquoi Vito, son époux se préoccupe d'un conflit qui est loin de la Tunisie, de leur village, de leur ferme où la vie se déroule quotidiennement sans changement. Les intempéries, les sècheresses, les pluies de sauterelles qui dévastent les cultures, lui semblent être les véritables périls à craindre, alors que cette guerre lointaine, de l'autre côté de la Méditerranée, ne les concerne pas vraiment. Mais Vito a peur pour ses enfants. Son fils Giulio a fait le choix de la nationalité française et il est sous les drapeaux comme Victor GAGLIANO, le fiancé de sa fille Mimi.

X

1) Victor GAGLIANO : Le petit fils de Nardo

En octobre 1937, peu de temps après ses fiançailles avec Mimi BONGIORNO, cette poupée blonde aux yeux d'un bleu vert indéfinissable, qu'il avait regardée avec amour sur les bancs de l'école maternelle puis retrouvée quelques années plus tard sur un char lors d'un corso fleuri, Victor GAGLIANO est appelé sous les drapeaux. Naturalisé français, il est affecté comme soldat au régiment d'infanterie coloniale du Maroc à Aix en Provence. Très vite ses talents indéniables de musicien sont remarqués par ses supérieurs. Victor possède depuis l'enfance un don, une aptitude qui le conduisent à jouer de tous les instruments avec aisance, sans partition, debout. Faisant glisser ses doigts sur son accordéon avec une agilité naturelle ou soufflant dans son saxophone sans effort apparent. Il maîtrise le piano, la flute, l'harmonica avec à la fois une force et une légèreté dont personne ne peut déceler le secret. Il a appris très jeune à dompter les instruments à corde ou à vent, avec pour seuls guides son instinct, son oreille et son génie.

« *Où avez-vous appris à jouer aussi parfaitement* ? » Lui demandent ses supérieurs. Il ne le sait pas lui-même. Cette passion vient de si loin qu'il n'en connait pas vraiment l'origine. Elle l'habite. Il a parfois le sentiment d'être né musicien et d'avoir toujours porté les sons dans son corps. Il ignore que, deux siècles plus tôt, un luthier de Naples disait de son aïeul violoniste: « *Depuis l'enfance, les notes s'impriment dans son cerveau dés qu'il les entend. Les partitions sont dans sa tête.* »

Victor, depuis l'enfance, a les partitions dans sa tête. Alors il joue. Possédé par la musique. Dés son plus jeune âge, il se construit un monde imaginaire. Enfant solitaire, il s'enferme dans une bulle, un univers virtuel peuplé de rêves chimériques.

Victor a noué des liens très forts avec son grand père Nardo GAGLIANO à qui il rend souvent visite dans son village à la campagne.

Le vieil homme lui parle de ses ancêtres, de son pays, cette Sicile qu'il a quittée très jeune pour fuir sa malédiction. Une île trop tourmentée, perpétuellement en guerre, qui n'a plus pu nourrir sa population. Une terre habitée par une telle violence et tant d'injustice qu'il a choisi l'exode pour trouver la paix.

Nardo lui raconte ses allers et retours entre TUNIS et TERRANOVA :

— Giuseppa, ta grand-mère, ne supportait pas de vivre en Tunisie. Alors avec la barque de son frère Nunzio, on repartait puis on revenait. C'est pour cela que trois de mes enfants sont nés en Sicile et trois autres en Tunisie. Ton père Gaetano, l'aîné, est né à TERRANOVA. Lorsqu'on a quitté définitivement la Sicile pour s'installer en Tunisie, ta grand-mère est morte en accouchant de ta tante Giuseppa. On avait perdu plusieurs enfants et elle rêvait d'avoir une fille après nos cinq garçons. Elle n'a pas survécu à cette dernière épreuve. Les autorités de la Régence craignant une épidémie de choléra ont brûlé son corps et notre maison. Je n'avais plus rien. J'étais ruiné. Avec six gosses à charge dont un bébé. Les PRINZIVALLI m'ont accueilli dans leur masseria à TiNDJA avec toute ma famille. Gaetano, ton père, qui avait vingt ans à la mort de sa mère, a épousé la petite Concetta PRINZIVALLI. Ils ont opté pour la Nationalité Française. C'est pour cette raison que tu es français. Les autorités exigeaient que les naturalisés francisent leur prénom. Quand tu es né tu t'appelais Vito et maintenant tu t'appelles Victor.

De son père Gaetano, Victor GAGLIANO a peu de souvenirs.

— Il ne voulait pas être paysan, lui raconte Nardo, son grand père. A vingt ans il savait lire et écrire et en Tunisie tout était à construire. Après son mariage avec Concetta, il a créé une entreprise. Il a bâti des maisons, des bâtiments publics, sans relâche. Ta mère gérait la comptabilité, recherchait des contrats. Ensuite ils ont travaillé en Métropole. Ils partaient de longs mois. Lorsque ton frère aîné, âgé d'une dizaine d'années, a était atteint d'un cancer du genou, ils profitaient de leurs voyages en France pour aller le montrer aux plus grands médecins. Mais la maladie a emporté le gosse à quatorze ans. Après son décès, ils ont eu ton frère cadet, que ta mère n'a jamais quitté. Je pense qu'elle l'a identifié à l'enfant perdu. Elle lui a d'ailleurs donné le même prénom. Leonardo. Quelques temps plus tard, ton père est mort. Il avait quarante sept ans. Concetta, en deuil de son fils et de son mari, en charge de son troisième enfant, était dans l'incapacité de s'occuper de toi. Elle a fini par s'habituer à ton absence. Tu as été un gosse sacrifié, sans cesse placé dans des pensionnats que tu appelais des orphelinats. Tu pleurais tant que parfois un membre de la famille venait te chercher et te gardait quelques semaines. Tu étais docile, rêveur. En pension tu as découvert la musique. Les religieux t'ont procuré de vieux instruments et tu t'es débrouillé seul. Le directeur disait que tu avais une oreille exceptionnelle.

— Mes autres enfants sont restés italiens, poursuit Nardo. A l'école ils ont appris le français mais entre nous on parle sicilien !

— Et aussi arabe, plaisante Victor.

— Il fallait bien communiquer avec les indigènes ! sourit Nardo.

— Pourquoi as-tu choisi de vivre dans le petit village de CHEBAOU, dit Victor, alors que tu habitais *FERRYVILLE* ?

-Après la mort de ta grand-mère, répond Nardo, je me suis retiré dans ce bourg, prés de Tunis où j'ai retrouvé des fermiers siciliens. Je suis retourné à la terre, j'ai fait l'acquisition de quelques parcelles et tous mes fils sont devenus paysans, sauf ton père Gaetano.

— Tu sais, ajoute-t-il, tes oncles travaillent dur. De l'aube au crépuscule, ils cultivent leurs champs. Leur montre c'est le soleil. Ils n'ont jamais quitté ce village où il n'existe qu'une église, une école et quelques commerces le long d'une unique rue. Il n'y a jamais eu de Mairie, ni de poste, ni même de dispensaire à CHEBAOU. Les formalités administratives sont gérées à LA MANOUBA, une localité voisine. Depuis leur enfance, ils vont chercher l'eau au puits ou à la fontaine publique. Mais ils sont heureux. Ils ont gardé nos traditions siciliennes. Ils vivent au rythme des processions, des fêtes religieuses. La plus belle est celle du quinze août. Les villageois prient « la madonna di Trapani » et le soir ils organisent un bal et un feu d'artifice.

— Et puis, poursuit Nardo, dans ces petits villages de colonisation, les familles siciliennes sont solidaires. Lorsqu'un nouvel immigré arrive, chacun se mobilise pour l'héberger, lui prêter un cheval, une charrette, des outils, afin que les autorités de la régence constatent qu'il a un domicile et un emploi. Il peut alors postuler pour la location ou l'acquisition d'une parcelle de terre.

Victor sait que les villageois surnomment son grand père « *macio nardo* ». Taciturne, nerveux, solitaire, il passe ses soirées assis devant sa porte sur un tabouret à contempler la nature.

Un soir, Nardo demande à son petit fils de le suivre.

— Je vais te confier un secret, lui dit-il. La situation en Tunisie est grave. La France entre en guerre, MUSSOLINI et HITLER se sont alliés. BOURGUIBA, pour l'instant, est en prison. Je suis vieux et dans quelques années, je ne sais pas quel sort les tunisiens réserveront à la population, et surtout aux colons, s'ils gagnent leur indépendance. Je possède un trésor, le violon de notre ancêtre Leonardo, dont je porte le prénom bien qu'on m'ait toujours appelé Nardo. Il est transmis de génération en génération dans la famille depuis prés de deux cents ans. Toi tu es musicien, tu comprends combien cet objet m'est précieux. S'il m'arrive quelque chose, je te montre l'endroit où il est caché.

Victor suit son grand père derrière la maison. Ils traversent une réserve où s'amoncellent le bois pour l'hiver, les cuves à vin, le foin et s'approchent de la mangeoire des chevaux derrière laquelle Nardo soulève une planche et en retire un étui poussiéreux enveloppé dans une vieille couverture. Lorsqu'il ouvre la boite, le violon apparait. Le vieil homme l'approche du jour et les reflets d'or et de lumière que le vernis couleur de miel révèle sont un éblouissement.

Victor est à la fois ému et sidéré par cette découverte insolite, cet instrument aux courbes sensuelles, témoin de l'histoire de sa famille. Il se saisit de l'archet. Lorsqu'il caresse les cordes qui s'éveillent doucement, l'âme du violon l'emporte dans un vertige fulgurant.

— Quoiqu'il arrive, je reviendrai le chercher, je te le promets, jure Victor.

X

Concetta, la mère de Victor GAGLIANO, ne lui a jamais parlé de Vittorio PRINZIVALLI, ce grand père mi-révolutionnaire, mi-mafieux évadé de la prison de LIPARI avec la fille de son geôlier.

A quatorze ans, Concetta rencontre Gaetano GAGLIANO, âgé de vingt ans. Après le décès de sa mère, il est hébergé dans la *masseria* de la famille PRINZIVALLI avec son père Nardo et ses cinq frères et sœur. Trois ans plus tard, les deux jeunes gens se marient.

Lorsque, après la mort de ses parents, Victor découvre les photos jaunies de leur mariage, il comprend qu'ils ne pouvaient que s'unir. Leur port de tête, leur élégance forment un miroir, un écho entre ces deux êtres fiers et racés que la vie a brisés. Gaetano porte dans son allure cent ans d'intelligence et d'élégance que Leonardo, son aïeul violoniste, lui a légués. Concetta, cabrée comme une pouliche indomptable, grande et impétueuse, semble braver le monde. Sa naissance est celle d'un personnage de roman. Celle de l'union d'un détenu, révolutionnaire mafieux et fripon et d'une gosse élevée dans un couvent qui décide un soir de quitter les religieuses et leurs broderies pour aller ouvrir les portes de la prison à un homme de vingt ans son aîné qu'elle ne connait pas et dont son père, le carabinier royaliste, est le geôlier. Cette histoire d'amour et d'insubordination a forgé chez leur fille Concetta surnommée *capitana* un caractère rebelle et têtu. Toute sa vie, elle a affiché le regard insolent et triste des âmes tourmentées.

Concetta sait qu'elle n'a pas été une mère tendre et aimante pour son fils Victor. Après l'avoir oublié durant des années dans des pensionnats, elle le place, à quatorze ans, comme apprenti chez un ébéniste. Cinq ans plus tard, lassé de fabriquer des meubles et des cercueils, il est heureux d'être enrôlé dans l'armée française pour effectuer son service militaire à Aix en Provence en France.

Rapidement repéré comme musicien de talent, il est admis à la musique du régiment. Outre sa formation de radio transmission, il participe durant deux années sous les drapeaux aux parades, fanfares et marches militaires.

Parfois, le dimanche, il est autorisé à quitter la caserne. Il joue alors du saxophone ou de l'accordéon sur les terrasses du cours Mirabeau. Lorsque son béret est rempli de pièces de monnaie, il achète des pâtisseries qu'il avale goulûment, assis sur un banc.

En 1939, il est démobilisable. Il espère retourner enfin dans sa petite ville de Tunisie pour retrouver Mimi BONGIORNO, sa fiancée, mais la guerre a éclaté. Il est maintenu en service en France et affecté comme radio à la compagnie de commandement. Son régiment rejoint le secteur de Draguignan dans le Var pour faire face à la menace italienne. Il part au combat contre ses frères de sang.

Quelques mois plus tard, sa compagnie est déplacée en Alsace pour rejoindre le front et assurer la défense des berges du Rhin.

En 1940, Hitler occupe la Norvège, le Danemark, et s'apprête à violer la neutralité de trois petits Etats. La Belgique, les Pays Bas et le Luxembourg. En mai, les allemands bombardent Rotterdam et la Haye. La Belgique, attaquée de toutes parts, capitule. Le treize mai, l'ennemi est à SEDAN. Les soldats français résistent. Les troupes allemandes, dissimulées au bord de la Meuse, malgré de lourdes pertes, détruisent les avancées françaises en les bombardant massivement. Des divisions sont totalement détruites. Des survivants abandonnent leur poste et s'enfuient tandis que d'autres poursuivent le combat désespérément. Certains, épuisés ainsi que leurs officiers, se rendent.

— La population fuit vers le Sud, poussée par la peur, commente Vito BONGIORNO qui de sa campagne suit toujours l'actualité politique. C'est la débâcle. Les allemands se dirigent vers PARIS. Les fonctionnaires ont brûlé toutes les archives. CHURCHILL jure qu'il vaincra l'Allemagne. Qu'il la mettra à genoux et la détruira.

En France, le Président de la République, Albert LEBRUN, décide un remaniement ministériel qui signe l'arrivée du maréchal PETAIN. Le vainqueur de 1914 porte les espoirs d'une France déboussolée qui accueille dans son sein un dictateur ambigu. Un vieil homme qui ne cache pas ses idées extrémistes, qui ne veut pas de cette guerre et qui est prêt à négocier un armistice avec HITLER. Tandis que la fuite de la population civile et de milliers de soldats se poursuit sur les routes françaises, les chars allemands continuent de progresser, mitrailler, décimer les femmes et les enfants apeurés, affamés, épuisés, qu'ils croisent sur leur route.

DE GAULLE, devenu général, partisan de la continuation de la guerre, est chargé par Paul REYNAUD du sous secrétariat d'Etat à la défense et à la guerre ainsi que des relations avec l'Angleterre.

PETAIN prétend n'avoir qu'un désir. Sauver la France. Et faire cesser ces massacres inutiles. Pour lui, l'armistice est incontournable. DE GAULLE, au contraire, n'a qu'une obsession. Gagner la guerre et sauver la France. Il part retrouver CHURCHILL à Londres.

Le dix juin 1940, MUSSOLINI déclare la guerre à la France.

Quatre jours plus tard, les allemands sont à PARIS. La capitale tombe. La ville se vide de ses habitants qui se précipitent sur les routes dans un immense sentiment de panique.

Les troupes anglaises quittent le pays. DE GAULLE démissionne du gouvernement. Il veut poursuivre son combat depuis l'Angleterre.

Le dix huit juin 1940, de Londres, par la voie de la BBC, il lance un appel aux français : « *La France a perdu une bataille mais elle n'a pas perdu la guerre ... Notre patrie est en péril de mort. Luttons tous pour la sauver!* »

X

La France est divisée en deux clans. Les uns soutiennent DE GAULLE et les Forces Françaises libres. Les autres vénèrent PETAIN et voient dans ce patriarche le protecteur de la nation. Tandis que les soldats se battent désespérément.

La compagnie de Victor GAGLIANO est toujours en Alsace pour assurer la défense des berges du Rhin. Victor intègre un groupe d'élite chargé d'effectuer des missions de patrouilles et d'embuscades dont l'objectif est d'obtenir des renseignements sur les positions ennemies. Durant l'hiver, dans des conditions climatiques très dures, loin de la douceur tunisienne, Victor campe dans des tranchées avec son régiment, prés de l'adversaire. La nuit les deux fronts se livrent à des attaques réciproques et ramènent des prisonniers pour les interroger. Des nuits d'attente et d'angoisse où la mort rode autour des campements vétustes qui abritent une jeunesse sacrifiée à une guerre cruelle et injuste.

Victor dort avec son accordéon. Souvent, le soir, sous les étoiles, il combat le froid et la peur en jouant des sérénades siciliennes pour ses amis soldats. Parfois certains se lèvent et dansent dans la boue pour conjurer la mort.

Lors d'une offensive allemande, Victor et ses compagnons ont pour mission d'empêcher l'ennemi d'avancer et de protéger la population civile. Les jeunes gens traversent la région, à pied, détruisant des ponts et des routes sur leur passage, rencontrant des villages en ruines, des champs dévastés, luttant contre la fatigue et le désarroi. Alors ils chantent pour ne pas hurler de rage.

En juin 1940, lors du bombardement d'un petit bourg, tous ses compagnons sont tués. Victor est le seul survivant. Seul, devant le spectacle de tous ses camarades tombés autour de lui, dans les ténèbres de la barbarie. Il se porte volontaire pour effectuer une reconnaissance dans un village, franchit des barrages pour rejoindre son unité et continuer le combat jusqu'en Dordogne.

Le vingt cinq juin 1940 l'armistice signé avec les allemands et les italiens devient officiel. Les frais de l'occupation allemande sont à la charge des français. La France est à terre. Blessée, humiliée, occupée, ruinée, elle pleure ses morts. Ce jour-là, le soldat Victor GAGLIANO est décoré de la croix de guerre par le général commandant le groupe des armées.

– L'heure de cesser le combat a sonné, dit l'officier. Par votre héroïsme, par votre esprit de sacrifice, par votre volonté de tenir coûte que coûte, vous avez sauvé l'honneur de l'Armée Française en combattant jusqu'à la fin. Malgré vos souffrances et votre fatigue, vous avez donné le plus bel exemple de ce que peut le moral de français, épuisés peut-être, abattus jamais. Au nom de la France, je vous félicite de votre conduite magnifique et vous en remercie. Ainsi pourrez-vous un jour rentrer dans votre foyer, la tête haute, fier d'avoir accompli votre devoir.

Le jeune garçon reçoit ce jour-là la première gratification de son pays d'adoption. Il ignore que quinze autres médailles seront plus tard épinglées sur ses habits militaires durant une vie exemplaire consacrée à la France. Lui que sa mère a négligé, abandonné et n'a jamais valorisé, lui trop jeune orphelin d'un père décédé trop tôt, lui dont la seule passion est la musique, lui le petit sicilien devenu un vrai soldat français, découvre la fierté d'être reconnu par une nouvelle famille, celle que lui offre la vie militaire à laquelle il se dévouera jusqu'à sa mort.

Lorsque sa compagnie est dissoute, Victor rejoint l'Afrique du Nord. En Aout 1940, il est mobilisé dans la marine nationale à la direction du port de BIZERTE et affecté à l'arsenal de FERRYVILLE.

Durant ces longues années, une jeune femme blonde aux yeux clairs l'attend à TINDJA en brodant son trousseau dans la ferme de son père Vito BONGIORNO, *le viking*. Elle garde toutes les lettres de son fiancé dans un étui de satin rose entouré d'un ruban. Un an plus tard, les noces de Mimi BONGIORNO et Victor GAGLIANO ont enfin lieu dans la petite église du village, après cinq années de fiançailles. Le couple s'installe en ville, à FERRYVILLE. Mais la guerre est loin d'être terminée.

X

Lorsque la France entre en guerre en 1939, elle se trouve confrontée à un problème de mobilisation des troupes en Tunisie. De nombreux tunisiens refusent d'être enrôlés. Beaucoup d'italiens, influencés par les idées fascistes de MUSSOLINI, deviennent arrogants et affichent clairement leur opposition à la France. Un sentiment nationaliste, à la fois tunisien et italien, grandit et se traduit par une série d'actes de rébellion, de violence, d'attentats.

BOURGUIBA et ses amis, incarcérés depuis plus d'un an, sont transférés au pénitencier de TEBOURSOUK en novembre 1939. Des membres du parti nationaliste tunisien qui se trouvent toujours en liberté, exposent publiquement leur sentiment antifrançais. Les arrestations se multiplient. Les manifestants sont jugés, condamnés et conduits dans des bagnes algériens où les rejoindront plus tard les opposants au régime de Vichy, de nombreux communistes, des juifs, des francs maçons et autres indésirables.

BOURGUIBA et ses compagnons du NEO DESTOUR, qui n'ont toujours pas été jugés, sont transférés par bateau à MARSEILLE au pénitencier militaire du fort Saint Nicolas où ils seront enfermés trois ans dans des conditions d'hygiène et d'insalubrité insupportables. Les cellules sont froides, humides, infestées de rats. BOURGUIBA n'accepte pas cette situation d'enfermement, de saleté, d'humiliation. Ses colères sont d'une violence extrême.

A Vichy, Marcel PEYROUTON, l'ancien résident général de Tunisie, est le nouveau ministre de l'intérieur. BOURGUIBA, toujours considéré comme le chef du NEO DESTOUR, ne peut rien attendre de cet homme qui regrette publiquement de ne l'avoir pas fait fusiller.

Sous la pression de quelques politiciens français, le prisonnier est autorisé à recevoir quelques visites. Ce qui lui permet de communiquer avec le monde extérieur et de poursuivre des actions clandestines. Dans la Régence, des nationalistes tunisiens nouent des relations de plus en plus proches avec des cellules nazies ou fascistes.

En 1940, sur le territoire français, les allemands envahissent les administrations, les banques, la police, la justice. Tandis que LAVAL, chef de la police, dauphin de PETAIN, maître d'œuvre de la collaboration, repère, interpelle et dépouille les juifs. La France obscure, raciste, délatrice, s'éveille. La misère qui écrase la population pousse les hommes à partir travailler en Allemagne. Des trains remplis de travailleurs volontaires transportent les forces de la nation hors de France.

En août, HITLER s'attaque à l'Angleterre. Ses avions bombardent sans relâche les villes anglaises. LONDRES flambe. Les anglais résistent. CHURCHILL riposte en détruisant BERLIN. HITLER recule. Mais il ne lâche rien. Il veut purifier et dominer le monde.

X

En 1939, la Tunisie est loin de la guerre qui oppose la France à l'Allemagne. Elle est cependant confrontée à une population éclatée. Au sein des familles italiennes, les uns partent combattre avec les français. D'autres, pris en main par des cellules fascistes qui tentent de les enrôler avec les chemises noires, ne cachent pas leur fierté d'être italiens. Certains villageois quittent la Régence pour aller combattre avec Mussolini. Lorsqu'ils reviennent, la France les expulse.

A TINDJA, Vito BONGIORNO est dans une situation familiale difficile. Ses fils Salvio et Andrino, italiens comme lui, ne veulent pas combattre avec la France. Son fils Giulio, naturalisé français, devenu Jules BONGIORNO, et son futur beau fils Victor GAGLIANO, le fiancé de Mimi, sont mobilisés. Sa fille Nina se cache à la ferme avec Arturo, son nouveau compagnon italien soupçonné de sympathies avec les cellules fascistes de MUSSOLINI et recherché par la police.

Dans la propriété voisine, son beau frère Peppino SPINELLA, demeuré italien, revendique sans cesse ses origines.

Vito accueille tous ses proches à la ferme. Cependant les querelles et les altercations sont fréquentes. Les discussions sont vives et les mots durs. Les uns espèrent la victoire de MUSSOLINI et rêvent d'une Tunisie italienne. Les autres, qui ont fait le choix de se battre pour la France, sont traités de « *carne venduta* ».

Vito est inquiet et déchiré par les choix de ses enfants.

— L'attitude de certains italiens éveille les soupçons du gouvernement français sur leurs liens avec les chemises noires, dit-il à Rosaria, son épouse. On ne doit pas s'étonner, devant cette provocation, de voir les autorités ordonner autant d'expulsions, d'incarcérations, de déportations. Ces fanatiques mettent tous les italiens en danger.

Vito sait que ce sont les italiens les plus vulnérables qui se laissent influencer par des meneurs et enrôler avec les chemises noires.

— Ils ont oublié les souffrances qui ont poussé leurs parents à l'exil. Ils défendent un pays qu'ils n'ont jamais connu. Il faut croire que l'appel des racines est parfois insurmontable, soupire Vito.

Un soir Peppino SPINELLA, brandissant un journal, se précipite à la ferme de Vito.

— Il parait que tous les hommes valides italiens considérés comme ennemis potentiels de la France, sont arrêtés et expédiés dans des camps de prisonniers du désert algérien, dit-il.

Vito est silencieux. Rosaria ne cache pas sa peur. Elle a raison.

Quelques jours plus tard, ses fils, Salvio et Andrino BONGIORNO, Arturo, le compagnon de sa fille Nina et Peppino SPINELLA, son frère, repérés par les autorités françaises, sont interpellés, regroupés dans un stade à FERRYVILLE et conduits en train jusqu'au camp de concentration de BEDEAU en Algérie. Acheminés dans des wagons à bestiaux jusqu'au désert algérien, ils sont encadrés par des soldats sénégalais armés qui veillent à ce qu'aucun d'eux ne s'évade.

A leur arrivée, ils reçoivent l'ordre de creuser des tranchées dans le sable afin d'abriter des soldats français en cas de bombardements. Ils restent un an dans ce désert, jusqu'à l'armistice signé par PETAIN en 1940.

Ces hommes, expédiés vers une terre brûlée, dans les tempêtes de sirocco, pour casser des cailloux sous un ciel de feu, sont arrachés à leur famille, à leurs vignobles, à leurs jardins, pour n'avoir pas choisi la France. Pour revendiquer leur appartenance à un pays qu'ils ne connaissent pas, où ils ne sont pas nés, que leurs parents ont fui et dont ils entretiennent cependant la nostalgie. Punis pour vouloir rester italiens.

Seuls les plus vieux, dont Vito BONGIORNO, sont épargnés et échappent à la déportation dans les camps du désert. Le prix à payer est toutefois très cher. Ils sont surveillés quotidiennement par la police. L'Etat français réquisitionne le matériel agricole, les chevaux, les charrettes, les camionnettes. Ils sont contraints de cultiver leurs champs à la pioche. A la force de leurs bras. Ils tiennent. Ils ont connu pire.

Dans de nombreuses fermes, les femmes sont seules pour continuer à travailler la terre afin de nourrir leurs enfants dans la terreur des bombardements et l'angoisse de ne plus voir revenir leurs époux, leurs frères que la France a expédiés si loin pour creuser des trous dans une immensité aride. Seules dans un pays hostile où elles doivent se méfier des français, des italiens, des indigènes et où il est interdit de côtoyer des juifs.

Après l'armistice de juin 1940, certains italiens naturalisés qui ont été enrôlés dans l'armée française, ont du mal à se reconstruire dans leur Tunisie natale. Leurs frères, leurs cousins, leurs amis restés italiens, qui reviennent des camps algériens, leur en veulent. Ils les traitent de traitres, de vendus. Les sarcasmes, les ricanements sont leur lot quotidien. Une interdiction d'approcher de la ferme de son père Vito BONGIORNO est notifiée à Giulio. Dans la rue, des manifestants persuadés que la Tunisie sera bientôt italienne, affichent sur les murs « *Tunisia nostra* ».

Peppino, toujours à l'affût des évènements, commente l'actualité en ricanant:

— Sur les murs du village, on voit apparaitre des effigies d'un Léon BLUM couvert d'insanités et d'autres d'un MUSSOLINI conquérant coiffé d'une toque noire ornée d'un plumet sur un drapeau vert, blanc, rouge. Dans les rues, des « *viva il Duce* » fusent, hurlés par des fanatiques en chemise noire, jambes guêtrées, révolver à la ceinture. Et sur les trottoirs d'en face, d'autres les traitent de « *sales macaronis.*

X

En 1939, dans le village de CHEBAOU, Nardo GAGLIANO est inquiet pour ses enfants.

Son fils aîné, Gaetano, naturalisé français, décédé depuis plusieurs années, a échappé à l'horreur de la guerre.

Ses quatre autres fils, Gaspo , Peppe, Francesco et Emmanuele, tous italiens comme lui, dont les âges s'échelonnent entre trente et quarante sept ans, craignant d'être dénoncés, se terrent au village. Nardo les met en garde :

— Les autorités françaises traquent les italiens, dit-il, elle les arrête, les emprisonne, réquisitionne leurs terres ou les oblige à travailler et donner leurs récoltes contre une rémunération misérable. Les colons qui sont naturalisés français menacent de nous dénoncer au moindre incident. Ils n'hésitent pas à donner leurs propres frères.

Un jour la police interpelle Gaspo. Né à Terranova, il a été dans l'obligation d'effectuer son service militaire en Italie. A son retour, les autorités françaises le soumettent au travail obligatoire durant deux années. Quant à Peppe, il ne cache pas ses sympathies pour MUSSOLINI et a choisi d'effectuer ses obligations militaires en Italie en qualité de mécanicien dans l'aviation italienne. Il est interpellé par la police française. Nardo, bouleversé, voit son fils menotté partir pour un camp de concentration au Maroc.

A son retour, Peppe décide de retourner en Sicile, à TERRANOVA. Son séjour dans ce camp du Maghreb l'a brisé. Les travaux de force, les humiliations, l'injustice avec lesquels le prisonnier a été traité ont réveillé en lui une rage contre les autorités, une colère qui le pousse à rejeter cette Tunisie où il est né et cette France qui l'a maltraité, emprisonné, rejeté. Il n'a qu'une hâte, repartir sur cette terre sicilienne que Giuseppa, sa mère, ne pouvait pas quitter. Cette mère fragile qui a souffert jusqu'à l'épuisement. Et dont le corps a brûlé dans la chaux vive.

Peppe retourne pour la dernière fois dans le village de Chebaou pour embrasser son père, ses frères et Giuseppa, sa petite sœur née quand il n'était âgé que de douze ans, qui a remplacé la mère qu'il avait perdue, qui n'a jamais ménagé son temps ni ses forces pour servir sa fratrie et qui a toujours été sa complice et son amie.

Peppe pose un dernier regard sur la petite maison où il a grandi et sort fumer une cigarette pour contempler la campagne magnifique avec ses champs de poiriers et d'abricotiers, ses vignobles aux pieds ordonnés en rangs réguliers, ses étendues d'oliviers qu'il observait parfois des heures durant, immobile, lorsque le vent agitait leur feuillage et que le vert se teignait d'une palette de gris et d'argent. Il veut partir. Il doit partir. Cette terre lui a tout pris. Sa mère, sa joie de vivre et ses illusions. On l'a puni parce que du sang italien coule dans ses veines et qu'il le revendique. Il sait que pour calmer sa fureur et son indignation, pour croire encore en la vie, Il a besoin de retrouver ses racines. Revenir en arrière pour aller de l'avant. Apprendre qui il est, tout simplement. Alors il écrase son mégot dans la terre et part, sans se retourner.

2) Giuseppa GAGLIANO : la fille de Nardo

Lorsqu'elle ouvre les yeux, le corps de sa mère est parti en fumée. Son père Nardo GAGLIANO, veuf, anéanti, ruiné, recueilli avec ses six enfants dans la *masseria* de son ami Vittorio PRINZIVALLI, voit sa vie flotter comme un nénuphar sur l'eau, sans direction, sans espoir. Il n'est pourtant pas un homme faible, il sait que sa dignité lui impose de redresser le front, de ne pas abandonner ses gosses. Il doit réagir, vite, récupérer ses forces sans s'apitoyer sur son sort.

Son fils aîné, Gaetano, âgé de vingt ans, le soutient. C'est un beau garçon, courageux, travailleur, intelligent. Aidé de son amoureuse, la jeune Concetta PRINZIVALLI, il prend en charge ses jeunes frères tandis que Concetta s'occupe du bébé, la petite Giuseppa. Elle la change, la berce, la nourrit. Quelques mois plus tard, Nardo décide de sortir de la torpeur dans laquelle son deuil l'a plongé. Des terres sont à exploiter à CHEBAOU, un petit village de colonisation à une cinquantaine de kilomètres de Tunis où des compatriotes siciliens sont prêts à l'accueillir. Il prend la route avec ses six enfants et un baluchon. A la gare de TINDJA il fait ses adieux à Vittorio, son vieil ami et il saute dans un compartiment à destination de TUNIS. Il sait que son fils aîné veut épouser Concetta PRINZIVALLI et que les deux familles bientôt seront unies par des liens de sang.

Dés son arrivée dans le village, toutes les bonnes volontés s'unissent pour lui trouver une maisonnette et un lopin de terre à cultiver. Chacun lui apporte un meuble, un outil. Les femmes préparent des plats chauds, fournissent de la vaisselle, des vêtements, se relaient pour s'occuper de la petite dernière. Vittorio PRINZIVALLI et sa fille Concetta lui rendent visite tous les dimanches parcourant des heures de routes cabossées sur leur carriole pour atteindre le village. Et les mois passent. La petite Giuseppa apprend à marcher, à parler. Très vite, elle comprend qu'elle a la charge de sa famille. Elle met la table, la débarrasse, se rend à la fontaine à pied pour remplir des seaux d'eau trop lourds. Parfois lorsqu'elle arrive, la source est asséchée, les colons ont tiré l'eau toute la nuit pour arroser leurs champs et la petite Giuseppa, assise par terre, attend des heures que le vieux robinet crache de nouveau un filet de liquide pour retourner dans sa famille. En arrivant, à la tombée de la nuit, elle allume la lampe à pétrole qui éclaire la grande pièce à vivre. Quelques voisines viennent parfois l'aider. Elles lui apprennent à cuisiner des plats siciliens et lui apportent des légumes de leur jardin pour faire des soupes dans un vieux chaudron qu'elle dépose sur les cendres de la cheminée

Depuis que son frère Gaetano s'est marié avec Concetta PRINZIVALLI, il a quitté la maison et vit avec son épouse en ville à FERRYVILLE. Parfois ils lui rendent visite, les bras chargés de cadeaux. Giuseppa découvre sa première robe, ses premières chaussures, du savon, des draps et pour Noël, un petit flacon de parfum qu'elle ne débouchera jamais par crainte de voir le liquide s'évaporer. Elle n'est pas scolarisée et passe ses journées à frotter, récurer, laver, brosser, repasser et porter ces gigantesques seaux d'eau qui déforment sa colonne vertébrale, gèlent l'hiver le bout de ses doigts, et la couvrent l'été de sueur.

L'année de ses douze ans apporte un changement. Son père Nardo a décidé d'arrêter son veuvage et de trouver une nouvelle épouse.

— Tu es trop jeune, lui dit-il, pour porter seule cette famille. Il faut une femme dans cette maison pour t'aider dans les travaux ménagers.

La joie de Giuseppa sera de courte durée.

Elle qui n'a jamais reçu les caresses, la chaleur, l'affection d'une mère, elle qui vit depuis sa naissance au milieu des hommes, elle qui commence a voir son corps d'enfant se transformer et qui s'efforce de cacher ses formes sans comprendre que la nature fait son chemin, qu'elle devient une jeune fille et qu'elle sera un jour une femme, est heureuse de voir enfin une présence féminine partager son quotidien.

Quelques mois plus tard, un matin, Calogera, sa belle mère, ne peut quitter son lit. D'immenses douleurs l'empêchent de marcher. Le médecin d'un village voisin l'examine. Le diagnostic est terrifiant. Elle est atteinte d'un mal irréversible. Elle ne pourra plus marcher.

Après quelques semaines, la jeune Giuseppa voit deux hommes déposer un étrange fauteuil à roues dans la salle à manger de la maison. Ils transportent Calogera dans leurs bras et la déposent dans l'horrible machine d'où elle ne sortira que pour être chaque soir déposée dans son lit. L'adolescente comprend ce jour-là que la vie lui envoie un nouveau fardeau.

Nardo est atterré. Depuis le départ de Gaetano, son aîné, deux de ses fils, Gaspo et Peppe se sont mariés. Ils vivent dans des petites maisons prés de chez lui et travaillent aux champs. Francesco et Emmanuelle sont encore à la maison. L'un est à peine majeur et le second adolescent.

Nardo se rend bien compte que sa fille Giuseppa qui sort de l'enfance ne peut assumer seule le quotidien de trois hommes et de sa belle mère handicapée. Mais il est impuissant devant cette terrible destinée. Il compte sur les épouses de Francesco et Emmanuelle pour soutenir Giuseppa. Chaque jour il faut nourrir, laver, transporter Calogera dans son fauteuil roulant et sortir la promener. Les jeunes femmes, élevées dans l'esprit de solidarité sicilien, acceptent de se dévouer à leur nouvelle famille pour aider leur trop jeune belle sœur.

Quelques années passent, émaillées de naissances, de peines et de joies dans la vie difficile de Giuseppa. La jeune fille se surprend à rêver d'ailleurs, de liberté, de prince charmant, dans son bled du bout du monde.

Le quinze août, pour la sainte Marie, le village est en fête. Giuseppa est heureuse. Elle se prépare à suivre la procession. Toute la population, composée d'une centaine de personnes, est dans la rue. Chacun attend, à la sortie de l'Eglise, l'apparition de la vierge vêtue de soies colorées, hissée sur un chariot à bras décoré de fleurs, porté par des hommes robustes.

Lorsque le cortège s'ébranle, des enfants vêtus de blanc, tenant un cierge dans leurs mains, sont suivis par les fidèles marchant en rangs serrés le long de la longue rue du village où la vie se déroule autour du clocher qui fait la fierté des habitants. Des chants de prière montent et bourdonnent, graves et puissants comme un essaim d'abeilles dans la chaleur d'été. Tandis que les cloches se déchainent dans un concert assourdissant, en l'honneur de la *santa madonna* et de son fils mort pour ces pauvres pêcheurs.

Giuseppa a mis sa jolie robe. Elle sait qu'après la procession il y aura un grand bal et un feu d'artifice. Tous les jeunes gens du village seront là, et aussi ceux des villages voisins. Ses frères seront occupés à regarder les filles et elle dansera sur la place, en chantant à tue tête les airs siciliens que l'orchestre jouera. Puis, assise sur un muret, elle regardera les feux exploser dans le ciel, en bouquets, en faisceaux, en pluies multicolores. Elle s'attardera dehors, sous les étoiles, jusqu'à une heure avancée de la nuit et personne ne remarquera son absence. Pas même les vieux du village, surveillant de loin l'attitude des jeunes gens pour garantir l'honneur de leurs familles.

Giuseppa sait qu'après l'été, l'automne et l'hiver, le printemps reviendra avec la procession d'un nouveau saint.

Le dix neuf mars, les villageois fêtent Joseph, le père de Dieu, l'époux de Marie. Giuseppa ressort sa jolie robe. Et l'émerveillement se reproduit. La statue sort de l'église sur une charrette décorée de guirlandes, de fleurs et de rubans. Les enfants de cœur reprennent leurs cierges, les fidèles leurs chants, les clochent leur tintamarre et tous les villageois suivent le cortège avec la même ferveur en demandant à Joseph de protéger leurs récoltes des intempéries et leurs enfants de la maladie.

Ce jour-là, la tradition veut que la famille la plus riche du village fasse dresser un autel sur la place. Chaque habitant apporte de l'huile, des œufs, du blé, des olives ou des pâtisseries qu'il dépose sur une table prés de l'autel avant d'assister à la messe. Une dame patronnesse munie d'un bâton accompagne « *i pellegrini* », des orphelins qui frappent de porte en porte pour demander l'aumône. Ils chantent des complaintes sur leur condition de pauvres pèlerins puis rejoignent l'autel où ils sont conviés au banquet qui leur est destiné. Ile sont les héros du jour. Lorsqu'ils sont repus, la fête commence. Les villageois, mangent, boivent et dansent jusqu'à l'aube.

Chaque année, Giuseppa quémande le rôle de *pellegrini.*

— Moi aussi je suis orpheline, gémit-elle. Pourquoi n'ai-je pas le droit de frapper aux portes pour recevoir de l'argent ?

Nardo et ses fils sont trop fiers pour accepter qu'elle mendie. Ils travaillent durement pour gagner leur vie. Leur famille doit rester digne. L'adolescente essuie un refus catégorique. Alors elle se fond dans la foule des fidèles et suit la procession de Saint Joseph en chantant des psaumes avec ferveur. Puis elle va danser

Un après midi, alors qu'elle se dirige avec son seau vers la fontaine publique, elle aperçoit des individus préoccupés à sortir du matériel d'un étrange camion noir. « *C'est le cinéma* » s'écrient des ouvriers agricoles. Le village est en ébullition. Un écran géant est dressé sur la place où des rangées de sièges attendent les visiteurs.

Ce soir-là, Giuseppa court avec son frère Francesco. Ils s'assoient au premier rang et le miracle se produit. Des personnages en noir et blanc s'agitent sur la toile sous ses yeux et des écrits sous titrés traduisent ce qu'elle ne peut pas comprendre. Parce qu'elle ne sait pas lire. Elle est fascinée par la magie de cette histoire sans paroles, par ces acteurs venus de nulle part qui tombent, se relèvent, se bousculent, rient, pleurent et s'étreignent comme dans la vraie vie. Elle vient de découvrir un monde inconnu, extérieur à son village, sa rue, son église et sa famille. Un monde étranger à son quotidien, à l'univers clos de ce bourg où on l'a enfermée depuis sa naissance.

Chaque mois, depuis cette découverte, elle attend, fébrile, le camion noir qui vient étendre sa toile pour lui parler d'ailleurs.

Un soir elle le vit. Son personnage de roman. Celui qu'elle

attendait. Le prince charmant. Beau, élégant, blond comme les épis de blé au mois d'Août. Il traversa la place comme un mirage qu'elle trembla de voir disparaitre. Avait-il transpercé l'écran du cinéma muet pour se perdre dans cette campagne du bout du monde ? Elle venait d'apercevoir un être irréel qui ne ressemblait à aucun des paysans de son village. D'où venait-il ? Ce soir-là, Giuseppa ne put trouver le sommeil.

Il s'appelait Angelo et venait d'un village de Sicile, ALCAMO.

X

Après l'unification de l'Italie, Mateo, le père d'Angelo et son frère aîné, tous deux royalistes dans une Sicile bouleversée par le changement de régime, ne cachent pas leurs opinions politiques. Lors d'un meeting, l'oncle d'Angelo, le frère de son père, est assassiné. Pietro, un fils de Mateo et son cousin germain, le fils du défunt, prénommé également Pietro, décident de venger l'honneur de la famille. Au nom de la *vendetta*, les deux Pietro abattent un homme avant de s'enfuir en Amérique.

Depuis le début de l'exode, les siciliens ont trouvé un moyen de rejoindre les Etats Unis sans accomplir de formalités administratives. Ils traversent la Méditerranée en s'embarquant à TRAPANI pour TUNIS puis poursuivent leur voyage sur le paquebot de ligne régulière pour NEW YORK. Les tunisiens ne sont pas regardants sur l'identité des passagers et nombreux sont les italiens qui débarquent sur le sol américain sans visa et parfois sans papiers.

Les services de police des Etats Unis ne tardent pas à s'intéresser à deux siciliens, portant le même nom et tous deux prénommés Pietro, en provenance du village d'ALCAMO en

Sicile, suspectés de se livrer à un trafic d'alcool. En ces temps de prohibition, les deux acolytes ont trouvé un moyen de gagner quelques dollars.

Angelo, qui s'apprête à aller rejoindre son frère aîné à NEW YORK, s'embarque à TRAPANI pour TUNIS via l'Amérique. Pietro, empêtré dans ses démêlés policiers, par l'intermédiaire du consulat tunisien, le dissuade de le rejoindre et lui conseille d'attendre en Tunisie que le climat soit moins tendu.

Angelo se retrouve exilé dans un pays inconnu où il n'a pas choisi de vivre. Dans le petit village de CHEBAOU, prés de TUNIS, il rejoint des connaissances d'ALCAMO qui l'accueillent. Il est prisonnier de son destin. Un piège s'est refermé sur son existence dans ce bourg où il ne trouve pas sa place. Il est trop différent de ces hommes de la terre, ces paysans rustres qui le toisent et s'en méfient. Il est trop blond, trop élégant, trop citadin, trop instruit pour ces villageois incultes et fiers à qui il renvoie une image négative et qui ne le lui pardonneront pas. Il reste à distance de cette population qu'il dérange. Il ne fréquente que ses quelques amis et ne peut s'intégrer à la communauté de ce lieu trop étroit dans lequel il étouffe. Dans son village d'ALCAMO, prés de PALERME, élevé dans une famille bourgeoise, il a été scolarisé, il a poursuivi des études secondaires, effectué ses obligations militaires, défendu son roi comme ses parents, s'opposant aux révolutionnaires. Après l'unification de l'Italie, il a milité contre les opposants au régime monarchique et risqué sa vie comme tous les membres de sa famille. Il connait parfaitement l'histoire de son pays et celle de la France qui a laissé des traces en Italie après le passage de NAPOLEON BONAPARTE. Il se retrouve perdu au milieu du Maghreb, dans un monde hostile, sans travail, sans famille, sans projet d'avenir. Il ignore que le hasard va placer sur sa route une jeune fille brune aux longs cheveux noirs roulés sur la nuque et au regard profond. Une femme enfant qui n'a jamais connu l'enfance et qu'il fera rêver jusqu'à sa mort. Il a rendez-vous avec l'amour. Il ne connaitra jamais l'Amérique. Sa route s'est arrêtée à CHEBAOU.

Chaque matin, il attend Giuseppa qui va chercher de l'eau à la fontaine. Il porte son seau trop lourd le long du chemin et la questionne. Il veut tout savoir de sa vie, ses rêves, ses secrets. Elle livre ses douleurs, ses cicatrices, ses manques à ce bel inconnu qui la regarde avec une infinie tendresse. Elle n'a jamais connu la douceur de l'écoute. Les hommes de sa famille sont passés dans sa vie sans la voir. Elle a subi leur autorité sans se poser de questions. Et Angelo par sa seule présence lui fait comprendre que l'existence n'est pas une fatalité et que tout peut changer. Elle est fascinée par ses yeux, bleus comme le ciel d'Afrique. Par sa distinction, sa culture, son charisme. Lui a compris que Giuseppa porte en elle une richesse qu'aucun livre scolaire n'a pu lui inculquer, une beauté intérieure que des années de souffrance n'ont pu gommer. Il ne peut plus la quitter. Elle ne peut plus respirer sans son Angelo. Elle sait pourtant qu'il lui faudra affronter des ennemis redoutables. Ses frères. Les GAGLIANO, à l'annonce de cette rencontre, sont furieux. Ils ne veulent pas de ce beau gosse à l'allure hautaine dans leur famille.

— Jamais tu n'épouseras le frère d'un meurtrier, disent-ils.

Peu importe pour les amoureux. Ils connaissent la pratique sicilienne. L'enlèvement.

Un matin, après le départ de tous les hommes de la maison, Giuseppa et son Angelo, enveloppés dans des djellabas, traversent le village et s'enfuient dans un petit bourg à proximité de CHEBAOU. Ils reviendront plus tard pour « *laver l'honneur* ».

Angelo, qui n'a aucun goût pour les métiers de la terre,

s'installe comme maçon à OUED ELLIL, un village voisin et crée sa petite entreprise. Très rapidement son sérieux, son professionnalisme et son intelligence attirent une clientèle fidèle, ce qui exacerbe la colère des paysans qui lui vouent une haine féroce. Il s'en moque. Seule compte la petite famille qu'il construit avec Giuseppa.

Chaque fois qu'il le peut, il se rend à TUNIS et revient avec des livres. Le soir, il réunit ses enfants et leur parle de son pays. Parfois il leur raconte l'histoire de France. Ils sont tous scolarisés dans la petite école du village. Pour Giuseppa, c'est le temps du bonheur. Un bonheur éphémère qui sera brisé par la guerre et les deuils. La jeune femme a trouvé l'amour mais n'a jamais trouvé la paix. Le malheur qui s'est installé dans sa vie le jour de sa naissance ne s'est Jamais éloigné d'elle.

Après la guerre, Nardo GAGLIANO, fatigué, vieilli, assis sur une chaise devant sa maison, racontera soir après soir à ses petits enfants la vie tourmentée de leur mère, sa fille cadette.

— Lorsque la guerre a éclaté, dit-il, peu de temps après son mariage, Angelo, de nationalité italienne, qui avait effectué son service militaire en Italie, a été réquisitionné pour le travail obligatoire. Il était chargé de surveiller les équipes d'ouvriers sur les chantiers des aérodromes de la Régence. Sous la contrainte, il devait saisir le matériel agricole, les chevaux, les charrettes des paysans au motif que l'Italie faisant partie des forces de l'Axe, il avait l'obligation de travailler pour l'occupant. Giuseppa, votre mère est restée seule avec vous, sans ressources. Elle a du se débrouiller pour vous nourrir. Lorsque la Tunisie a été libérée, des villageois heureux de pouvoir enfin se venger de cet homme qu'ils détestaient, l'ont dénoncé auprès des autorités françaises. Il a été interpellé, incarcéré et a comparu devant le Tribunal de TUNIS sous l'inculpation de collaboration avec l'ennemi. Un colon, un brave homme, français de souche, a témoigné au procès et l'a sauvé.

Il a juré qu'Angelo n'avait jamais trahi la France et que, bien au contraire, il avait du abandonner son entreprise et ses enfants pour effectuer le travail obligatoire ordonné par les allemands. Après quelques mois de prison, il a été libéré.

– En réalité, poursuit Nardo, c'était un homme cultivé et digne. Plus tard, j'ai découvert que pendant la période d'occupation, il s'était livré à des actions secrètes que personne, au village, ne soupçonnait. Lui qui avait refusé de partir en Abyssinie, lui que l'on a dénoncé comme collaborateur des allemands, cachait des résistants, des juifs, des italiens qui refusaient de combattre contre la France et même des italiens soupçonnés de sympathie avec les chemises noires.

Nardo avait compris que l'instruction, l'éducation de son beau fils, avaient engendré chez ces paysans à l'esprit moyenâgeux comme chez certains colons naturalisés français, une jalousie incontrôlable, mortifère.

– Ces rustres n'avaient pas compris que les allemands méprisaient les italiens comme ils riaient de MUSSOLINI, ajoute Nardo. Ils les utilisaient, se faisaient inviter à leur table et lorsqu'ils étaient repus, les traitaient comme du bétail. Seul Angelo le savait, il se soumettait pour mieux les endormir.

Durant ces années de lutte, Giuseppa perdit une petite fille, prénommée Giuseppa, frappée par des fièvres typhoïdes. Décidément, ce prénom, le sien, celui de sa mère, était un fléau.

Puis elle enterra un petit Leonardo, décédé à la suite d'un empoisonnement.

Plus tard c'est son fils Antonio, son cadet, qui la quitta, lors d'un accident de la route.

Cinq enfants demeurèrent vivants tandis que ses forces l'abandonnaient.

Son frère aîné, Gaetano GAGLIANO, était décédé à l'âge

de quarante sept ans. Puis ce fut le tour de ses frères Gaspo et Emmanuelle, qui n'eurent pas le temps d'être quinquagénaires.

Giuseppa ne quitta plus jamais ses habits de deuil. Elle se déplaçait, noire et silencieuse, pour fleurir les tombes de ses êtres chers qui tour à tour s'effondraient, engloutis dans cette terre qu'ils avaient retournée, fertilisée de l'aube au crépuscule et qui les engloutissait froidement sous des cieux brûlants. Elle était comme eux, victime de la folie des hommes, des guerres, des conflits, de l'exil.

Lors de l'indépendance de la Tunisie, elle dut quitter ce pays où elle était née, où elle avait grandi, travaillé, mis ses enfants au monde. Abandonner les tombes, les souvenirs, la petite maison construite avec Angelo. Elle prit sa valise en carton et s'embarqua pour MARSEILLE avec sa famille. Elle, l'italienne née dans le Maghreb, s'embarquait pour une France inconnue où elle devait poursuivre sa destinée, sans toit, sans argent, sans travail. Pour un nouvel exil.

Angelo ne survécut pas à cette épreuve. Ses années de lutte, de labeur en Tunisie ne lui ouvraient aucun droit. Il exerça durant quelques temps avec ses fils le métier de maçon à MARSEILLE, logea sa famille dans des chambres d'hôtels des mauvais quartiers de la ville avant de s'éteindre sans avoir eu le temps de fêter ses cinquante ans. Giuseppa ne tarda pas à le suivre. Elle était arrivée au bout d'un chemin sans issue.

Quelques années plus tôt, des ouvriers tunisiens avaient découvert un soir un vieil homme assis sur son tabouret devant sa porte à CHEBAOU, immobile. *Macio nardo* était mort d'une crise cardiaque en contemplant la campagne tunisienne, cette terre qu'il avait tant espérée dans sa jeunesse et qui ne lui avait apporté que du malheur.

X

Quelques années plus tard, Maria, la fille aînée de Giuseppa, raconta à ses enfants l'histoire de Angelo, leur grand père paternel.

— A quinze ans, dit-elle, mon père Angelo m'a envoyée à ALCAMO, en Sicile, pour que je fasse la connaissance de mon grand père Mateo, très âgé, qui avait souhaité me connaitre avant sa mort. Il vivait dans une jolie maison au bord de la mer. Un soir un inconnu a frappé à la porte et j'ai entendu une voix qui disait « Zio *Mateo, sono io, Giuliano* ». Un bel homme, que je n'ai plus oublié, est entré. C'était Salvatore GIULIANO. Un garçon qui n'avait qu'une dizaine d'années de plus que moi mais que toute la population craignait et admirait parce qu'il était *leur* bandit d'honneur. Beau, insolent, courageux et intouchable. J'étais en chemise de nuit. Mon grand père m'a ordonné d'aller m'habiller. « *Va vestete* » me dit-il. Puis il m'a demandé d'aller chercher de la nourriture afin que le jeune homme puisse manger. Ensuite il a fait sortir toutes les femmes de la pièce et il est resté seul avec lui pour discuter. Longtemps. Je n'oublierai jamais ce beau visage.

Ainsi le père d'Angelo, royaliste, dont le frère avait été assassiné dans un meeting, dont le fils et le neveu s'étaient exilés en Amérique après avoir vengé l'honneur de la famille, recevait dans sa maison du bord de mer l'homme que toutes les polices siciliennes recherchaient, que la population adorait et que la Mafia craignait. Un bandit qui dépouillait les riches pour nourrir les pauvres. Un mythe dont la mort fut plus tard une énigme. Un jeune sicilien qui l'appelait « *zio* » par respect pour ses cheveux blancs. Marie ne mesurait pas, en racontant son histoire, la complexité d'une Sicile obscure et envoutante, portant mille secrets enfouis dans ses montagnes, ses campagnes, ses cratères, que seuls ses habitants, les enfants du pays, ceux qui étaient restés enracinés dans l'île, pouvaient déceler.

X

Après l'armistice, les autorités françaises démobilisent le port de BIZERTE. Au Sud, à la frontière tripolitaine, les troupes se retirent de la ligne Mareth. Elles détruisent toutes les structures, les barbelés, les rails antichars.

De sa campagne, Vito BONGIORNO suit toujours la situation politique mondiale.

– A Tripoli, ROMMEL organise son front d'Afrique, dit-il à Rosaria. Et pendant ce temps-là, HITLER veut soumettre le monde entier. La Pologne est écrasée. La Yougoslavie dépecée. Les juifs, les tziganes, déportés, massacrés, au nom d'une épuration ethnique. Cet homme satanique est habité par une rage incroyable contre la planète. Il veut détruire l'Angleterre, dominer la France déjà muselée et occupée. Attaquer la Grèce. Ecraser les américains s'ils s'avisent de vouloir le combattre. Dans son délire guerrier, rien ne l'arrête. Il a l'intention de vaincre la Russie et il ne doute pas un seul instant d'y arriver. Il n'imagine pas que les plus terribles ennemis de ses soldats seront les blizzards sibériens, les terres enneigées, les chevaux paralysés dans une boue glacée, les hivers interminables, les ravitaillements impossibles, les vêtements inadaptés, les corps gelés. Toutes ces armes contre lesquelles ses hommes ne sont pas préparés à lutter. Plus meurtrières que les canons les plus perfectionnés. Plus traitres que les stratégies les plus élaborées. Plus insidieuses et radicales que ses chars qui seront embourbés dans un combat impossible. Cet homme est fou. La Russie est un Hercule de glace qui paralysera son armée comme elle a paralysé les armées de NAPOLEON et avant lui tous ceux qui ont tenté de le défier.

En 1941, Peppino SPINELLA qui revient un soir du consulat de TUNIS, apporte des nouvelles:

— Les américains sont entrés en guerre aux côtés des anglais. Ils bombardent le Japon. Ils vont pulvériser les allemands.

Vito BONGIORNO est perplexe.

— Rien n'est gagné, dit-il. Partout en France les attentats se multiplient. La résistance se consolide. Les terroristes sont exécutés. Les juifs sont arrêtés. La jeunesse est réquisitionnée pour aller travailler dans les usines du Reich. La collaboration fait consciencieusement son travail. La milice interpelle, les prisons se remplissent, la torture augmente, VICHY fusille ses résistants. Les magasins se vident et la population meurt de faim. La guerre est loin d'être terminée !

— De Gaulle a organisé les Forces Françaises libres, répond Peppino. De LONDRES, il continue à parler aux français. PETAIN nourrit une haine incroyable contre lui. Il lui a retiré ses galons de général. Des officiers réunis en conseil de guerre l'ont condamné par contumace à la peine de mort, la dégradation militaire et la confiscation de tous ses biens sous l'accusation de trahison, atteinte à la sûreté de l'Etat et désertion à l'étranger en temps de guerre.

Vito écoute le discours de Peppino. Sa préoccupation est le sort qui attend la population en Tunisie.

-DE GAULLE se moque de PETAIN et de ses condamnations, dit-il. Il continue son combat aux côtés de CHURCHILL et ROOSVELT. Mais le président américain a fait savoir que s'il venait délivrer le monde d'un tyran nazi et d'un dictateur italien, c'était au nom de son attachement aux principes de liberté et aux valeurs républicaines. Et qu'il n'appréciait pas la colonisation et la soumission quelle impose à des populations privées de libre arbitre. Il a déclaré qu'il ne favoriserait pas les ambitions impérialistes des français et des anglais. En outre, il n'a pas une grande sympathie pour DE GAULLE. Et CHURCHILL n'approuve pas ces propos. Si les alliés gagnent la guerre, un problème va se poser avec les américains qui prendront le parti des tunisiens.

X

3) **La Tunisie occupée. La Chute d'Hitler. La victoire de Bourguiba**

En 1942, les alliés décident de débarquer en Afrique du Nord. Leur stratégie consiste à protéger la longue façade atlantique du Maroc pour empêcher les troupes de l'Axe d'y pénétrer, ce qui mettrait en péril GIBRALTAR. Ils souhaitent éviter qu'avec l'aide de l'Italie et la France de VICHY les ennemis investissent le port de Dakar, la Lybie, Suez, Malte, chypre, la Crète ou l'Egypte.

A la fin de l'année 1942, ils lancent *l'opération TORCH* pour déstabiliser HITLER.

– Ce diable aura du mal à se battre sur deux fronts à la fois, dit Vito. L'idée des alliés est de neutraliser les troupes de ROMMEL, repousser les italiens, reprendre l'Afrique du Nord, délivrer la France et libérer l'Europe tandis que sur le front de l'Est les russes marcheront sur BERLIN.

Le 8 novembre 1942, Les alliés débarquent au Maroc et en Algérie.

HITLER réagit. Il occupe immédiatement les territoires français non occupés et la Tunisie. Une Tunisie qui doit faire face aux français de Vichy, aux Forces Françaises Libres, aux nazis allemands, aux fascistes italiens et aux nationalistes tunisiens qui rêvent de liberté.

La campagne de Tunisie démarre cette année-là sous le fracas des avions ennemis tourbillonnant dans le ciel africain pour se poser sur l'aéroport de TUNIS et la base aérienne de BIZERTE.

La population de la Régence connait brutalement la situation de la Métropole. Les cartes d'alimentation sont distribuées. Le marché noir apparait. Le sucre, le café, le pain, les denrées de première nécessité disparaissent des magasins tandis que les troupes ennemies consomment sans retenue les produits locaux.

De novembre 1942 à mai 1943, la Tunisie est figée dans l'enfer de l'occupation nazie.

Victor GAGLIANO, le petit fils de Nardo, mobilisé dans la marine nationale à la direction de l'arsenal de SIDI ABDALLAH, se trouve au cœur du conflit, dans la situation terrifiante subie par le port de BIZERTE que les troupes ennemies ont occupé.

Giulio BONGIORNO, le fils de Vito, qui se trouvait dans le sud tunisien à la frontière tripolitaine, doit rejoindre le Nord du pays et l'arsenal de SIDI ABDALLAH, à la suite de la démolition de la ligne Mareth.

A TINDJA, dans la famille PRINZIVALLI pro-française, le fils de Vittorio *le sensale*, a trouvé un moyen de contourner les cartes de restriction alimentaire. Il fait du marché noir au vu et au su de tout le village. L'atavisme des affaires, transmis probablement par son père, l'a prédisposé à négocier sous le manteau. Mais les villageois s'en moquent. En ces temps de violence et de privations, personne ne s'en soucie. Chacun cherche des solutions pour nourrir sa famille.

X

A MARSEILLE, du fort Saint Nicolas où il est toujours enfermé, BOURGUIBA suit le vent de l'actualité. Il est persuadé que l'Allemagne court à sa perte. Il s'efforce d'allier ses amis néo destouriens à ses convictions. Il refuse l'aide de ceux qu'il considère comme les futurs vaincus. Il préfère se retrouver plus tard dans le camp des vainqueurs. En outre, ses idées politiques l'ont toujours rapproché des hommes de gauche. La barbarie nazie le révulse comme la dictature fasciste. Dans son parti, certains ne l'approuvent pas. Ils estiment que son refus d'être libéré par l'envahisseur le prive de reprendre le combat nationaliste. BOURGUIBA ne souhaite à aucun moment être soupçonné d'avoir collaboré avec le régime de VICHY. Il sait que s'il veut un jour libérer la Tunisie, ce sera avec le concours d'une France qu'il n'aura jamais trahie. Il s'est tracé un chemin dont il ne veut pas se détourner, serait-ce au prix de sa liberté. Son seul objectif est le sort de son pays. En homme visionnaire, il sait que sa victoire est au bout de sa route. Et la chute d'HITLER qu'il entrevoit lui donne du courage, quand bien même ses amis ne le comprennent pas.

Le débarquement des alliés en Afrique du Nord bouscule son destin. PETAIN connait le danger que représente l'Italie en Tunisie. IL doit se préoccuper d'urgence de ses prisonniers nationalistes tunisiens avant que MUSSOLINI ne fasse pression sur HITLER pour qu'il les lui livre. Il décide de les cacher et les fait transférer en secret à LYON dans un fort militaire en novembre 1942.

Les forces germano-italiennes n'ont pas dit leur dernier mot. Elles enquêtent. Elles cherchent. Dans un pays où la délation et la collaboration confortent l'action des milices, les prisonniers sont rapidement retrouvés. Le 16 décembre 1942, le chef de la Gestapo de LYON, Klaus BARBIE, ouvre les portes du fort pour conduire BOURGUIBA et ses compagnons nationalistes dans un hôtel confortable où ils commencent une convalescence après cinq ans d'enfermement.

HITLER cédant à MUSSOLINI, les anciens détenus sont conduits à NICE et installés à l'hôtel NEGRESCO par les autorités italiennes.

— Les fascistes croient toucher au but, prendre la Tunisie à la France. Ils rêvent ! Ricanent les tunisiens, persuadés que bientôt ils reprendront leurs terres à tous ces agités.

X

A TINDJA, en 1942, Vito BONGIORNO n'est pas dupe des relations qu'entretiennent l'Italie et l'Allemagne.

-Le village est occupé par l'armée allemande qui méprise l'armée italienne, dit-il. Les allemands s'installent partout et se moquent ouvertement des soldats italiens pour lesquels ils n'ont aucune considération. Et de leur côté, les mussoliniens de TINDJA qui n'ont pas de quoi nourrir leurs enfants trimballent sur des chariots à bras des marmites remplies de spaghettis à la sauce tomate pour nourrir les soldats italiens qui se moquent d'eux ! Tout cela est bien triste !

Le jour d'un violent combat aérien, un jeune voisin arrive en courant à la ferme de Vito. Il lui raconte, essoufflé, qu'un

LOOCKED double queue américain pris sous les tirs croisés de deux chasseurs allemands a été abattu prés de la propriété sur le terrain céréalier au lieu dit les palmiers.

— Le pilote blessé, emprisonné dans son habitacle, essayait de sortir de l'avion en feu sans y parvenir. Effarés, avec des ouvriers, on a voulu l'aider. Mais les allemands, mitraillette au poing, nous tenaient à distance en nous menaçant.

Le garçon s'interrompt un moment et poursuit, d'une voix presque inaudible :

— Le pilote est mort, brûlé vif par les flammes, sous nos yeux. Je ne pourrai jamais oublier cette image. Tu vois, Vito, je suis italien mais depuis que j'ai assisté à cette horreur, je souhaite que les bombardements alliés s'abattent sur ces criminels !

En mai 1943, les troupes italiennes et allemandes capitulent en Tunisie. Le pays est libéré après six mois d'occupation. Les américains fêtent leur victoire avec la population. Ils préparent déjà le débarquement sur les côtes de Sicile, le long des magnifiques plages de TERRANOVA d'où est partie la barque de Nardo GAGLIANO un siècle plus tôt.

Pendant les six mois d'occupation, les habitants de Bizerte et Ferryville, fuyant les bombardements, se sont réfugiés à la campagne. A TINDJA la population a triplé. Les soldats alliés ont installé leurs campements près des fermes. Vito et Rosaria BONGIORNO ainsi que Peppino SPINELLA ouvrent leurs portes avec gentillesse à tous ceux qui cherchent un peu de chaleur humaine.

A la ferme, des américains se retrouvent régulièrement autour de la table familiale. Avec leur humour, leur bonne humeur, leur générosité, ces soldats étrangers établissent des échanges dans une langue cosmopolite, mêlant des mots français, italiens et anglais à grand renfort de gestes et de rires complices. Ils apportent à leurs hôtes toutes sortes de marchandise « *Made in USA* » qui donnent à chaque repas un air de fête. Chocolat, biscuits, conserves, cigarettes. Tandis que Rosaria cuisine d'énormes chaudrons de soupe et que Vito déniche derrière ses cuves vides quelques bouteilles abandonnées.

Un soir, un soldat américain révèle qu'il connait une famille BONGIORNO à New York. Vito, surpris, lui raconte son histoire. Celle de sa famille sicilienne, en partance pour Brooklyn cinquante années plus tôt, contrainte de détourner sa route vers la Tunisie à la recherche de Vincenza, sa jeune sœur enlevée par un voyou évadé d'un pénitencier, meurtrier de son père, un comte palermitain qui ne l'a jamais reconnu.

— Mon oncle Antonio est parti aux Etats Unis avec Andrea, mon frère aîné qui fuyait la conscription italienne. Ils sont revenus un jour me chercher mais je n'ai pas voulu les suivre. Je suis resté à TINDJA pour épouser Rosaria SPINELLA dont le père, Salvatore, m'avait recueilli comme un fils. Il y a cinquante ans que je ne les ai plus revus. Mon oncle Antonio est certainement reparti mourir en Sicile et mon frère Andrea a du construire sa vie en Amérique, dit Vito.

Peu de temps après, une lettre en provenance de NEW YORK adressée à Vito le bouleverse. Elle est écrite en italien et le vieil homme ne peut retenir ses larmes. Une lettre d'Andrea. Il n'en revient pas. Après l'avoir lue à toute sa famille, il s'assoit pour lui répondre.

Après la guerre, les deux frères entretiendront durant plusieurs années des correspondances, échangeant des nouvelles, des souvenirs, des photos de leurs enfants. Jusqu'à leur mort.

Andrea, dont la situation financière était confortable, fit deux fois le voyage jusqu'à Vito. A la ferme, toute la famille réunie attendait fébrilement la visite de « *l'oncle d'Amérique* ». Mais la vie était passée, les chemins de Vito et Andrea s'étaient tracés différemment. Leurs enfants n'avaient plus rien de commun. Un demi-siècle de séparation avait modelé leur éducation, leur mode de vie. Ceux de Vito avaient grandi dans la campagne, avec les traditions, les coutumes, la mentalité et le dialecte sicilien. Ceux d'Andrea n'avaient connu que la ville et la modernité d'une vie américaine. Tous cependant questionnèrent leurs pères sur leurs racines, leur histoire qu'inconsciemment ils recherchaient.

Au décès d'Andrea, ses enfants cessèrent toute correspondance avec Vito. Ils n'avaient pas appris à lire ou écrire l'italien ni le français. Leur père ne les avait pas non plus familiarisés au dialecte sicilien. Vito et ses enfants ne comprenaient pas le langage américain. Le lien familial fut rompu. Mais le nom, celui des BONGIORNO, continuera à vivre à travers les générations dans des ailleurs inconnus.

Ainsi l'exil, en détruisant le passé, emporte avec lui les traces d'une histoire familiale qui se poursuit dans des lieux de hasard, laissant flotter l'âme des ancêtres sur une nostalgie, une quête commune. Parce que l'histoire est têtue. Elle traine derrière elle des liens invisibles, des liens de sang qui un jour réapparaissent pour reprendre le fil interrompu du destin.

X

Après la libération de la Tunisie par les alliés, tous les italiens qui avaient soutenu le fascisme et avaient été libérés des camps algériens furent réquisitionnés par le gouvernement français pour effectuer un travail obligatoire.

Salvio et Andrino, Les fils de Vito BONGIORNO, Arturo le compagnon de sa fille Nina, Peppino SPINELLA, son beau frère, durent rejoindre les ouvriers de l'arsenal de SIDI ABDALLAH, à FERRYVILLE, où ils furent contraints de rester deux ans avant d'être autorisés à rejoindre le village de TINDJA. Pendant ces deux années, ils durent exercer les tâches auxquelles ils étaient soumis sous peine d'emprisonnement.

A la ferme, Vito BONGIORNO embauche des ouvriers tunisiens pour l'aider dans les travaux difficiles qu'il ne peut assumer seul. Tous le respectent. Tous lui sont fidèles malgré le contexte difficile de la guerre. Ils savent que cet homme, bon et humain, attaché à sa ferme et à sa famille, n'est pas leur ennemi. Qu'il ne ménage pas ses forces pour fertiliser sa terre qui est aussi la leur. Vito les protège, les nourrit et les aime.

Au retour de ses fils, après leurs deux années de travail obligatoire dans les bassins maritimes, Vito garda à la ferme tous ses ouvriers qu'il considérait désormais comme des membres de sa famille. Il savait que la guerre se terminerait bientôt :

— En Allemagne, les officiers du REICH comprennent que la défaite est proche, disait-il à Rosaria. La Russie ne se laisse pas faire et les Alliés avancent. Les nazis commencent à envisager un accord avec CHURCHILL. Mais HITLER refuse. Il veut finir son œuvre. Exterminer tous les juifs de la planète. En France le gouvernement de VICHY chancelle. Les pétainistes ne croient plus en leur vieux général. Les alliés ont bombardé plusieurs villes, MARSEILLE, LYON, GRENOBLE, NICE, causant des milliers de morts. Sur le front de l'Est, la Russie est sur le point d'écraser l'ennemi.

A TINDJA, la vie a repris son cours. Les champs d'oliviers, de grenadiers, d'orangers s'étalent au soleil parmi les roseaux, les *fichid'india* et les forêts d'eucalyptus. La campagne déroule ses tapis de boutons d'or, de coquelicots et de bleuets à l'infini. Et dans les vignes aux sillons tapissés de sable que le vent rapporte du désert, les grappes blondes et brunes offrent de nouveau leurs grains gorgés de suc aux vastes paniers d'osier que les vendangeurs transportent dans la cave où les futs, les pressoirs et les broyeuses sont toujours à leur place. Vito est heureux. Le bonheur est revenu avec ses enfants.

Pendant ce temps, CHURCHILL, ROOSVELT et STALINE se réunissent pour organiser un débarquement sur les côtes françaises.

X

En janvier 1943, alors que la Tunisie est encore occupée, BOURGUIBA et ses compagnons sont toujours à Nice, logés par l'Italie à l'hôtel NEGRESCO. Le 9 janvier 1943, ils sont accueillis à Rome où ils séjournent dans les meilleurs hôtels de la ville. Très rapidement, les germano-italiens invitent les nationalistes tunisiens à se ranger aux côtés des forces de l'Axe. Les compagnons de BOURGUIBA sont favorables à cette alliance mais BOURGUIBA n'est pas d'accord. Il demande l'annulation immédiate des traités du BARDO et de la MARSA signés avec la France. MUSSOLINI et HITLER refusent. Le premier veut prendre la Tunisie, le second est intéressé par l'empire. Le chef du NEO DESTOUR, toujours stratège, demande un délai de réflexion. Il souhaite se rendre à TUNIS pour se rapprocher du Bey. Les italiens acceptent.

Lorsqu'il atterrit sur le sol tunisien en avril 1943, après trois années d'exil, son pays est en guerre, occupé, divisé. Les alliés ont pris le dessus sur les allemands. Leur victoire est proche. BOURGUIBA tente de négocier avec ESTEVA, le nouveau résident général, une avancée de la Tunisie vers une autonomie. En vain. Un mois plus tard, le pays est libéré. Les officiers allemands et italiens s'enfuient, suivis par de nombreux responsables nationalistes tunisiens. Certains s'embarquent pour l'Italie, d'autres prennent le maquis. BOURGUIBA se cache chez des amis dans la banlieue de TUNIS.

Tandis que DE GAULLE forme son gouvernement provisoire, une répression violente s'abat sur tous les individus suspectés de nationalisme. Des milliers de prisonniers tunisiens prennent le chemin des camps de concentration installés dans toute l'Afrique du Nord. Dans un tract sorti de la clandestinité, BOURGUIBA appelle à soutenir les forces alliées. Il espère être entendu et soutenu par ses amis politiques français. Obtenir avec leur aide l'autonomie de son pays. Et gagner ensuite l'indépendance avec l'appui des américains qui prônent *le droit des peuples à disposer d'eux-mêmes*.

Caché sous un voile de femme, bravant le couvre feu, il rencontre un soir DOOLITLE, l'ambassadeur des Etats Unis en Tunisie, pour lui exposer son plan d'action. Les autorités, par une stratégie qui consiste à l'isoler de tous ceux qui le soutiennent, le laissent en liberté sous surveillance étroite tandis que tous ses amis sont en prison ou en fuite. BOURGUIBA est seul. Il décide de mettre pour quelques temps ses préoccupations politiques en sommeil. Il a un nouveau rendez-vous avec son destin. Sa vie est bouleversée. Sa nouvelle passion se nomme WASSILA. Son combat n'est plus sa priorité. Il reprend sa profession d'avocat.

Entre temps, le maréchal JUIN exige de MONCEF BEY qu'il abdique, au prétexte qu'il a soutenu les nationalistes. Le Bey conteste ces accusations, il refuse mais l'ordre est irrévocable. Son cousin SIDI AMINE BEY que l'on surnomme *le Bey des français*, le remplace. MONCEF BEY, exilé en Algérie puis à PAU, ne revient plus dans son pays. Il meurt en France. En exil.

X

Dans la nuit du cinq au six juin 1944, les américains débarquent sur les plages de Normandie. Les représailles allemandes sont sanglantes. Ils incendient des villages, massacrent la population, fusillent les résistants. ROMMEL tente de persuader HITLER que le combat doit cesser. En vain. Les trains continuent à transporter des hommes, des femmes et des enfants vers les camps de la mort. ROMMEL et quelques officiers allemands sont décidés à faire cesser le délire paranoïaque du Führer.

Vito BONGIORNO, de sa campagne, commente la situation

-Une bombe a éclaté dans un bâtiment de RASTENBOURG où se trouvait HITLER. D'après la presse, l'attentat a été organisé par ses proches. Il est blessé mais il a sauvé sa peau. Fou de rage, il a fait exécuter des milliers d'anciens membres du Reich. ROMMEL s'est suicidé.

Le 25 Aout 1944, les allemands capitulent. *Le* lendemain, DE GAULLE, victorieux, entre dans PARIS.

Il traverse la capitale française sous les cris de joïe d'une foule en liesse. Et prononce pour le peuple, le discours qu'il a trop longtemps contenu : « Paris, Paris outragé ! Paris brisé ! Paris martyrisé ! Mais Paris libéré ! ».

La foule rit, pleure, danse dans les rues et sur les places. Le gouvernement de VICHY a vécu. LAVAL doit partir ainsi que

PETAIN. Le vieux maréchal, protégé d'HITLER, est hébergé dans un château, sur les bords du Danube. Il sait qu'il devra rendre des comptes aux français, à la justice et à sa conscience.

La vengeance se manifeste publiquement, avec une violence extrême à l'égard des traitres, des collaborateurs et des femmes qui ont *couché* avec l'ennemi.

Sur le front de l'est, l'avancée russe se poursuit. Les troupes s'approchent de BERLIN. Les soldats déferlent sur la ville pour arracher la victoire. HITLER est perdu. Il se terre dans un bunker avec sa maîtresse Eva BRAUN.

Quelques jours plus tard, à TINDJA, Peppino SPINELLA brandit un journal et commente les nouvelles :

— HITLER et sa compagne se sont mariés quelques heures avant de se donner la mort. GOEBBELS et son épouse, leurs plus fidèles amis qui se trouvaient auprès d'eux, se sont suicidés aussi avec leurs six enfants. Ils ont ingurgité des capsules de poison.

Vito BONGIORNO se dit que le nazisme a ôté à ces six enfants innocents le droit de vivre. Comme il l'a ôté à des milliers d'autres enfants pris dans la folie destructrice d'un monstre. Lui qui a été un gosse privé trop tôt de père et de mère, n'admet pas le martyr des enfants. Alors il reste silencieux.

Deux jours avant la mort d'HITLER, MUSSOLINI et sa maîtresse Clara PETACCI, sont abattus par des partisans italiens prés du lac de Côme alors qu'ils s'apprêtaient à passer en Suisse. Pendus par les pieds sur une place de Milan, frappés à coups de pierres, massacrés par une population en délire, souillés de crachats et d'immondices, leurs cadavres cristallisent sous les injures la haine d'un peuple malheureux, trahi par ce Duce en qui ils ont cru parce qu'il représentait l'espoir d'une vie meilleure.

— Il parait que LAVAL a demandé asile à l'Espagne franquiste, dit Peppino, et que le maréchal PETAIN, à quatre vingt neuf ans, a décidé de venir s'expliquer devant la justice française.

— Il croit qu'il peut encore sauver son honneur , plaisante Vito.

Il a raison. Pétain est condamné à mort. Sa peine est commuée en réclusion perpétuelle. Il meurt à quatre vingt quinze ans, convaincu d'avoir sauvé la France lors de l'armistice de 1939.

— DE GAULLE est à la tête du gouvernement provisoire et il incarne désormais la résistance aux yeux des français, dit Vito.

X

Depuis la libération de la Tunisie en mai 1943, BOURGUIBA, sous surveillance étroite, ne s'est pas fait remarquer. Il exerce son métier d'avocat et vit sa nouvelle passion avec WASSILA.

En octobre 1944, à la mort de THÂALBI, le leader du DESTOUR, il repart au combat. Il mobilise de nouveau la population. Les autorités françaises sont inquiètes. L'étau se resserre autour de lui. Il n'a plus le choix. C'est de loin qu'il doit agir pour appeler son peuple à la révolte. Il doit s'exiler pour accomplir sa mission. Conduire son pays vers l'autonomie.

Apprenant que DOOLITLE, l'ancien consul des Etats Unis avec lequel il a conservé des liens, est en poste à ALEXANDRIE, il organise sa fuite en Egypte.

Le 28 mars 1945, il s'enfuie à SFAX, stationne dans les îles KERKENNAH, passe la frontière libyenne déguisé en bédouin et arrive au CAIRE le 27 avril 1945. Quelques jours plus tard, la guerre mondiale est terminée. L'Allemagne a capitulé. La France et ses alliés ont gagné. BOURGUIBA est en exil.

Durant l'été 1945, il s'installe au CAIRE chez des amis. Introduit dans la bourgeoisie cairote, il reprend sa propagande dans les salons. Dans un double discours qui étonne ses interlocuteurs, il vante les mérites d'une France protectrice tout en plaidant pour la libération de son pays.

Pour élargir l'influence de son parti, il crée un bureau du NEO DESTOUR au CAIRE, reprend contact avec tous ses compagnons qui avaient fui la Régence lors de l'arrivée des alliés en 1942, les incite à le rejoindre et fait de la capitale égyptienne leur centre de ralliement. Il sollicite de DOOLITLE un visa pour NEW YORK. Pour ne pas froisser la France, le consul l'incite à faire escale en Suisse afin d'obtenir dans ce pays un passeport de *protégé français*, validé par les américains.

Bloqué à GENEVE par une grève du personnel navigant, BOURGUIBA, impatient, passe clandestinement en Belgique et s'embarque sur un cargo en partance pour NEW YORK. Il est introduit par un tunisien, peu après son arrivée, dans une réception donnée par l'ambassadeur d'Egypte puis dans celle donnée par l'ambassade d'Arabie Saoudite. De réceptions en cérémonies, il fait inscrire la question de la Tunisie à l'ONU. Il ouvre un nouveau bureau du NEO DESTOUR en Syrie et se déplace dans tous les Etats arabes pour obtenir une aide financière. Homme stratège et ambigu, il entretient toutefois d'excellentes relations avec l'ambassadeur de France au CAIRE auquel il tient un discours complaisant en l'assurant que la Tunisie ne peut se passer de l'aide et la protection françaises, autant pour sa sécurité que pour son économie.

Il se heurte à son ami THAMEUR qui a créé un bureau du Maghreb arabe regroupant tous les mouvements nationalistes d'Afrique du Nord dont l'objectif est l'union de la Tunisie, l'Algérie et le Maroc dans un seul combat contre la colonisation, alors que BOURGUIBA veut faire cavalier seul et ne se préoccuper que de son pays. Les membres des deux mouvements se séparent. Les amis de THAMEUR s'emploient à recruter des adeptes dans la vieille bourgeoisie tunisienne attachée à ses valeurs traditionnelles. Une bourgeoisie nostalgique du DESTOUR. Alors que BOURGUIBA, éduqué aux valeurs occidentales, souhaite faire de la Tunisie un Etat moderne, démocratique et laïc.

Il comprend qu'il doit revenir dans son pays pour se rapprocher de la population. Après quatre années d'exil, il est de retour en Tunisie le 9 septembre 1949.

Peppino, qui se trouvait à TUNIS lors de l'arrivée du leader nationaliste, raconte à son beau frère comment « la foule l'a accueilli en héros ! Il a annoncé qu'il allait multiplier les rencontres, les meetings dans chaque région du pays pour conduire son peuple à la liberté. »

– Il y parviendra, dit Vito, cet homme est intelligent et déterminé. Il saura rallier la population à sa cause !

– Et nous les italiens, répond Peppino, qu'est-ce qu'on a à voir avec le protectorat français ?

– Je crains qu'il ne fasse pas la différence, dit Vito. Il veut rendre les terres à son peuple. Toutes les terres. Et lorsqu'il sera débarrassé des français, il trouvera un moyen pour nous faire partir. Mais moi je suis vieux et je ne partirai jamais. Je finirai ma vie ici, quoiqu'il arrive. Cette terre nous appartient comme nous lui appartenons.

Peu de temps après, BOURGUIBA est à PARIS.

En 1950, le président du conseil, Robert SCHUMAN propose la mise en place d'un nouveau gouvernement tunisien composé de ministres destouriens. BOURGUIBA accepte. Les français de Tunisie s'opposent à ces réformes dont ils ont bien conscience qu'elles portent les prémices de l'indépendance du pays. Ils exercent une forte pression sur la France qui tente de ménager toutes les susceptibilités.

Trop tard. L'histoire est en marche. L'ONU vient de reconnaitre l'indépendance de la Lybie. La victoire de BOURGUIBA n'est pas loin. Pour les tunisiens, la guerre avec la France est déclarée. Les grèves se multiplient. Une agitation permanente provoque des incidents violents entrainant de nombreux morts et blessés. HAUTECLOQUE, le nouveau résident général, annonce son intention de ne pas plier. BOURGUIBA et cent cinquante autres nationalistes sont interpellés et conduits à TABARKA. Les tunisiens protestent et se soulèvent, ce qui provoque de vastes coups de filets et de nombreuses arrestations. Les rebelles sont incarcérés dans différents camps d'internement de la Régence. Le pays subit une répression sanglante. La presse mondiale s'en émeut. La question tunisienne est enfin évoquée par le conseil de sécurité de l'ONU.

A TINDJA, Vito BONGIORNO et Peppino SPINELLA sont perplexes :

— HAUTECLOQUE n'a pas dit son dernier mot, dit Vito. Il a révoqué le gouvernement tunisien et fait procéder à l'arrestation de tous ses ministres qu'il a expédiés dans le sud du pays. Ils sont emprisonnés dans les camps de RAMADA et FOUM TATAOUINE, aux portes du désert. BOURGUIBA et tous les détenus de TABARKA ont fait partie du convoi.

Quelques jours plus tard, le résident général fait exiler BOURGUIBA loin de ses compagnons, dans un camp de l'île de LA GALITE, face au port de BIZERTE. Les conditions de détention du leader nationaliste, coupé du monde dans cet environnement rude et humide, altèrent sa santé.

En France ses amis députés socialistes, émus par la situation, demandent l'autorisation de lui rendre visite. Elle est accordée. La presse est alertée. Le journal *Le Monde* attire l'attention du gouvernement sur la question tunisienne.

En 1952, la régence est à feu et à sang. Les actions terroristes se multiplient suivies de représailles. Les assassinats et les attentats se multiplient. EZZEDINE BEY, l'héritier du trône, est assassiné.

Paris ne maitrise plus la situation. En 1953, le résident général est remplacé par VOIZARD, plus modéré que son prédécesseur. Il libère de nombreux prisonniers et engage en quarante huit heures des réformes susceptibles d'apaiser le climat de violence en déclarant notamment que le gouvernement de la régence sera désormais composé d'une majorité de ministres tunisiens. Il renforce également le rôle du premier ministre au détriment du résident général.

— Peine perdue, commente Vito. Les nationalistes sont déterminés. Ils ne veulent plus de la tutelle française. La France ne pourra pas trouver de solution pour satisfaire à la fois les tunisiens et les colons.

Un soir, Peppino annonce que BOURGUIBA a quitté la Tunisie.

— Il a été transféré dans l'île de GROIX, au large des côtes bretonnes, dit-il. Il est logé dans une villa et il parait que tous ses amis politiques sont autorisés à lui rendre visite.

-Les français peuvent commencer à boucler leurs valises, répond Vito. MENDES FRANCE, un avocat qui a toujours défendu les néo destouriens, vient d'être élu Président du Conseil. BOURGUIBA a gagné. C'est bientôt la fin du protectorat.

Dés son investiture, en juin 1954, MENDES FRANCE met fin à la présence française en Indochine. Sa préoccupation majeure est toutefois la Tunisie. Il sait que les *fellaghas* sont entrés dans un cycle de violence ininterrompu et que la *main rouge* s'est manifestée à plusieurs reprises. Il élabore sa stratégie tunisienne. Une stratégie qui consiste à s'appuyer sur le parti de ses amis, le NEO DESTOUR, qui bénéficie d'une grande popularité en Tunisie, pour conduire le pays vers son autonomie. Il sait aussi qu'il doit faire participer BOURGUIBA à cette aventure. Comment le prisonnier pourrait-il refuser un tel cadeau ? Il accepte de collaborer. Il a compris qu'après l'autonomie viendra l'indépendance.

Le Président du Conseil souhaite au préalable avoir un entretien avec le représentant clandestin du NEO DESTOUR en France, Mohamed MASMOUDI, recherché par la police mais que les amis français de BOURGUIBA ont croisé à plusieurs reprises. Il le rencontre dans les jardins du consulat et lui expose son plan pour se rendre auprès du BEY à Tunis afin de lui proposer une autonomie du pays et un nouveau gouvernement composé en majorité de néo destouriens, la France conservant la diplomatie et la défense.

MASMOUDI, interloqué, ne peut se prononcer seul sur un accord de son parti dont les membres sont, soit en fuite, soit en prison. Ce *détail* n'arrête pas MENDES FRANCE qui propose de lui fournir de faux papiers et un passeport afin qu'il rencontre BOURGUIBA, non pas dans l'île de GROIX mais au château d'AMILLY prés de PARIS où il sera transféré pour mettre rapidement au point l'*opération* avec ses amis.

Rien n'arrête celui qui sera qualifié de « *liquidateur de l'Empire* ». Ni une délégation du groupe *France Tunisie* composée de sénateurs gaullistes, de maires français et d'autres responsables politiques qui, alertés par des bruits de couloir, rencontrent le Président du Conseil à PARIS lequel ne laisse rien filtrer dans son discours. Ni le conseil des ministres du 30 juillet 1954, qui s'oppose, la veille de son départ, au *projet* du Président qui n'a pas consulté son gouvernement au préalable.

MENDES FRANCE, qui depuis la veille a fait interrompre toutes les communications téléphoniques et aériennes entre la Tunisie et la France s'envole pour TUNIS pour rendre les clefs de la Régence au BEY qui jusqu'à son arrivée ignore l'objet de sa visite. Dans le Palais du BARDO, il lui fait signer une convention préparée en France en secret, que tous les résidents français du protectorat seront tenus de respecter.

Lorsqu'il revient à PARIS quelques heures plus tard, la presse s'empare de l'évènement. La France est médusée. En Tunisie, les français sont en état de choc.

Dans sa campagne, Vito BONGIORNO est révolté :

— En une journée, dit-il, un homme déterminé, dans la solitude de sa conscience, sans en informer la population, sans consulter l'Assemblée nationale, sans l'accord de ses ministres, sans aucun état d'âme, a décidé d'en finir avec soixante quinze années de communauté franco-tunisienne, mettant les français et les européens devant le fait accompli d'une manière intolérable. Et ne prévoyant aucune solution humaine pour ces générations d'immigrés qui se retrouvent de nouveau sans patrie, sans toit, sans ressources, sans espoir, n'ayant aucun autre recours qu'un nouvel exode.

Quelques jours plus tard, devant le Parlement, le chef du gouvernement doit affronter les contestations virulentes de ses adversaires politiques qui lui reprochent d'avoir engagé la France sans la consulter. Il s'en moque. Il sait que les membres du gouvernement n'ont plus le choix. Ils doivent approuver sa politique dés lors que les conventions ont été signées par le Bey.

— Il a collaboré avec des rebelles, des criminels, dit Peppino, ces hommes du NEO DESTOUR qui ont massacré la population.

Le 7 mai 1955, quinze mille français manifestent à Tunis en opposition aux conventions.

Le 2 juillet 1955, désavoué par ses pairs, MENDES FRANCE est renversé.

Pour les partisans de la colonisation, il est trop tard. Le protectorat de Tunisie a vécu. L'Algérie est en feu. Le Maroc et les colonies d'Afrique noire sont perdus. La politique de conciliation, d'entente, menée par le Président du Conseil en quelques mois est vécue par ses contradicteurs comme un processus expéditif de *liquidation* organisé par un homme pressé, autoritaire, convaincu d'avoir raison, qui s'est donné pour mission « *d'aider les hommes à choisir leur destin* » dans le créneau des deux cent quarante cinq jours de pouvoir dont il a disposé.

— MENDES FRANCE, médite Vito, contrairement à ses prédécesseurs Jules FERRY et GAMBETTA dont il partageait les pensées laïques et une certaine idée des vertus civilisatrices de l'Europe, n'a eu qu'une préoccupation durant son éphémère présence au gouvernement, tirer un trait sur l'impérialisme français. Au mépris total des générations d'européens qui avaient construit leur vie dans ces pays. Pourquoi imposer tant de souffrances à des êtres humains sans mettre en œuvre une politique de conciliation ? Pourquoi cette violence et cette précipitation ? Que craignait-il puisqu'il disposait des pleins pouvoirs ? Peut-être de n'avoir pas le temps de les exercer !

Quelques jours plus tôt, en juin 1955, BOURGUIBA, enfin libéré, arrive dans le port de la GOULETTE. Il est accueilli par une foule en liesse à l'arrivée du bateau.

-Depuis huit heures du matin, écrit le journal LE MONDE, dans un vacarme infernal de slogans scandés, de chants repris en cœur, de coups d'avertisseurs, des dizaines de milliers de tunisiens à pied, à bicyclette, en scooter, en voiture, dans des camions hérissés d'oriflammes, ont défilé... Au détour de la jetée, la silhouette blanche du navire vient d'apparaitre, précédée d'une flottille de bateaux de pêche... une ovation monstre jaillit des quinze milles poitrines massées sur le port... Debout sur la passerelle, Habib BOURGUIBA salue la foule, entouré de trois ministres, Mongi SLIM, DJELOULI et MASMOUDI. A dix heures, le navire accoste. La foule entonne l'hymne destourien...puis le cortège gagne TUNIS en contournant la Medina jusqu'à la place aux moutons. BOURGUIBA parcourt quatre kilomètres sur un cheval où l'ont hissé des supporters. Tout Tunis est dehors...

Dans les villages alentour, la nouvelle de l'arrivée du héros s'est répandue. Dans les rues, sur les places, la population hurle « *Hou Je BOURGUIBA, Yahia BOURGUIBA...* ».

Les enfants européens, devant la joie populaire, chantent aussi « Hou Je Bourguiba, Yayia Bourguiba, » sans comprendre que ces cris de joie annoncent une terrible réalité.

Le *combattant suprême* a gagné. Sa politique de petits pas le mène à la victoire. Celle qu'il est désormais sûr d'obtenir. L'indépendance.

D'Egypte, son compagnon néo destourien, BEN YOUSSEF, proteste contre sa politique. Deux hommes, deux visions différentes vont diviser les tunisiens. Celle de BEN YOUSSEF, conservatrice, religieuse, prônant les valeurs de l'Islam. Celle de BOURGUIBA, libérale, laïque, moderne, s'inspirant des démocraties occidentales.

— Le Youssefisme est né, dit Vito. La guerre est déclarée entre les partisans de l'Orient et ceux de l'Occident. La population va se déchirer. Les fellaghas vont sortir du maquis et la violence reprendra si BOURGUIBA n'obtient pas rapidement l'indépendance.

Vito BONGIORNO a encore raison. BOURGUIBA repart à PARIS. Ses amis politiques comprennent l'urgence de la situation. Le 20 mars 1956, le protocole est signé. La Tunisie est indépendante. BEN YOUSSEF s'enfuit en Lybie. BOURGUIBA doit désormais se débarrasser de la dynastie Husseinite. Le 25 mai 1956, l'Assemblée dissout la monarchie. Le BEY quitte le trône avec sa famille. Tous ses biens disparaissent. Quelques heures plus tard, la République est proclamée. BOURGUIBA en est le Président. Il restera plus de trente ans au pouvoir.

X

1956 : les français doivent partir et tout abandonner. Leur passé, leur maison, les objets qui ont fait leur quotidien. Toute leur existence est contenue dans une valise en carton qu'ils trainent sur la passerelle d'un bateau où ils sont entassés. Leur visage hagard est celui du bétail sacrifié dont on se détourne pour fuir l'expression de la détresse ou l'odeur de la mort annoncée. Certains ont mis le feu à leur maison, leur commerce ou leur ferme pour immoler leur passé et le réduire en cendres. D'autres ont fleuri une dernière fois la tombe de leurs proches, leurs parents, leurs enfants avant de jeter leurs clefs à la mer. De vieilles femmes ont cousu un double fond dans leurs culottes pour emporter quelques billets de banque français que des militaires ont troqué contre des objets de valeur. Des enfants serrent un jouet contre leur poitrine. Tous partent vers l'inconnu. Vers cette France qui les chasse. Cette France vers laquelle ils se précipitent encore pour trouver un abri. Cette France qui devra pourtant les accepter, sans le sou, sans travail, sans toit mais riches d'une force de vie qui les pousse à l'exode.

Deux ans plus tôt, Vittorio PRINZIVALLI et ses enfants, tous naturalisés français, ayant senti le vent tourner, décidaient de quitter la Tunisie pour la France.

Le vieil homme d'affaires, qui n'avait pas l'intention de se laisser dépouiller, vendit toutes ses terres à des fermiers tunisiens avant la déclaration d'indépendance. Il s'installa avec sa famille dans une propriété du GARD où il termina sa vie.

Deux mois après la fin du protectorat, Rosaria BONGIORNO tirait sa révérence. Elle s'était endormie un soir à la ferme, dans le lit où elle avait mis au monde ses cinq enfants et ne s'était plus réveillée. Quelques mois plus tard, Vito BONGIORNO s'éteignait à son tour dans la chambre où la vie sans Rosaria était devenue trop vide et trop lourde à la fois. On l'enterra dans le petit cimetière de TINDJA auprès de son épouse.

Un an plus tôt, ses enfants naturalisés français, Giulio, Andrino, Mimi et Nina s'étaient embarqués avec leurs familles pour la Métropole. Nina décéda dans un hôpital six mois après son arrivée à Marseille comme les cartes l'avaient prédit. Seul Salvio, son fils aîné demeuré italien, décida de continuer à vivre sur les terres familiales à TINDJA. Il y resta cinq années jusqu'à la crise de BIZERTE en 1961 après laquelle BOURGUIBA chassa tous les étrangers et réquisitionna toutes les terres.

A la mort de sa sœur et de son beau frère, Peppino SPINELLA abandonna sa ferme pour repartir en Italie avec sa fille cadette qu'il n'avait plus quittée depuis la mort de son épouse. Demeuré toute sa vie italien, il expira à VINTIMILLE.

X

Après l'indépendance de 1956, Bourguiba demande la restitution de la base militaire de BIZERTE restée française. La guerre froide qui oppose depuis 1945 les ETATS UNIS et l'URSS affecte de nombreux pays. Deux idéologies s'affrontent, l'une libérale, l'autre communiste. La division de l'Etat allemand en deux blocs a aggravé la situation. La mort de STALINE en 1953 et l'arrivée de KROUTCHEV ont abouti à la construction du mur de BERLIN en 1961. La crise de CUBA et l'arrivée de FIDEL CASTRO en 1962 ont encore tendu le climat politique. Le risque d'une nouvelle guerre en Europe qui entrainerait un conflit nucléaire conduit les Etats européens à être sur leur garde.

Le port de BIZERTE, construit par la France et considéré comme une place stratégique par l'OTAN qui compte sur cette base pour contrôler la route de SUEZ à GIBRALTAR, est admis comme une zone de sécurité militaire dans les conventions d'autonomie interne signées entre la Tunisie et la France en 1955. BOURGUIBA les dénonce. Après 1956, il fait savoir à DE GAULLE qu'après une période transitoire, toutes les forces françaises devront évacuer la Tunisie, y compris BIZERTE.

DE GAULLE résiste. BOURGUIBA persiste. Il n'a plus besoin de la France. Il n'en veut plus sur son territoire. Il souhaite en finir avec cette image pro-française qui lui colle à la peau et nouer des liens plus forts avec le monde arabe.

La guerre est déclarée. Par la terre, la mer, les airs, le combat s'engage. DE GAULLE ayant décidé de poursuivre des travaux d'agrandissement de la base aérienne de BIZERTE, les tunisiens ordonnent aux ouvriers de quitter le chantier. Devant la résistance française, l'armée tunisienne détruit les structures militaires, les bâtiments, les hangars.

En juillet 1961, des avions tunisiens s'attaquent aux hélicoptères français transportant des parachutistes. L'armée de l'air française bombarde les zones de retranchement des tunisiens. Des navires français arrivent en renfort dans la rade. La crise de BIZERTE entraine des milliers de morts et de blessés, des destructions matérielles importantes. Malgré l'obstination de DE GAULLE, le 2 octobre 1961 l'arsenal de SIDI ABDALLAH et le port de BIZERTE sont évacués. Peu de temps après, la guerre d'Algérie se termine. Le Maroc est indépendant. L'histoire de la présence française dans le Maghreb est terminée.

Salvio BONGIORNO, le fils aîné de Vito, qui poursuit sa vie de fermier à TINDJA, considère que le conflit de BIZERTE ne le concerne pas puisqu'il est italien. Il entretient d'excellentes relations avec les autochtones et ne craint rien de ce problème franco-tunisien. De sa terrasse, il observe avec ses enfants le vol des avions français qui surveillent les positions des tunisiens dissimulés dans les champs pour fuir l'armée ennemie.

Un soir, un soldat arabe caché sous un oranger, persuadé que Salvio fait des signes aux français, le menace de son arme. Un ouvrier tunisien se précipite et crie : « *Ne tires pas, ce sont de braves gens, tues moi si tu veux mais laisses les tranquilles !* » Convoqué par les services de police, Salvio reçoit l'ordre d'abandonner la ferme.

— Nous ne pouvons pas assurer votre protection, lui dit un policier, vous devez quitter le village pour la ville.

Hébergés par des amis, Salvio et sa famille, accompagnés par des indigènes qui les aident à transporter leurs bagages, s'installent à FERRYVILLE durant quatre ans. Quatre années de vie difficile, de privations, de peur permanente. Salvio se rend régulièrement à TINDJA pour continuer à cultiver ses terres en cachette. Ses ouvriers le protègent. Ils ne comprennent pas pourquoi il doit se cacher. Des liens si forts les unissent depuis tant d'années.

Un matin, accompagné de son épouse et de l'une de ses filles, Salvio se rend à la ferme. Un tunisien court vers lui en hurlant : « *Partez vite et jetez vos armes sinon ils vous tueront.* »

Salvio jette ses fusils dans le puits. Dans sa hâte, il oublie un outil servant à nettoyer les canons de ses armes. Les soldats, découvrant la supercherie, le poussent contre le mur et le mettent en joue. Un maraicher arabe, témoin de la scène, les chasse. En partant ils arrachent le panier de pommes de terre des mains de l'adolescente et emportent le cheval.

Salvio comprend que sa famille est en danger. Il doit partir, fuir avec les siens ce pays qui le rejette. Il ne sait pas vraiment pourquoi. Il a toujours travaillé et n'a volé personne. Il ne veut aucun mal aux tunisiens et ne mérite pas le châtiment sévère qui lui est infligé. Ses parents se sont jetés, il y a longtemps, sur des parcelles en friche que la France leur a cédées à vil prix ou à bail. De petits lopins de terre qu'ils ont cultivé avec amour, persuadés que la misère était derrière eux, que leur descendance ne connaitrait plus l'humiliation et la faim. On les a nourris de l'illusion que leur installation ne serait jamais remise en cause, que leur sueur versée sur cette terre ferait souche. Le discours tenu par les autorités était mensonger.

Salvio a le sentiment que sa famille a été dupée. Ayant toujours refusé la nationalité française, fidèle à ses racines italiennes, Il s'embarque pour l'Italie. Epuisé par ces années de traque, ruiné, malade, il meurt à MILAN quelques années plus tard.

X

EPILOGUE

La traversée

1956 : Victor GAGLIANO quitte la Tunisie avec sa famille. Ses enfants ignorent qu'ils ne reverront plus leur maison de FERRYVILLE, le petit jardin et son grand prunier, ses oranges douces et ses allées de narcisses. Le voile de tristesse qui assombrit le regard de leurs parents annonce un deuil qu'ils n'identifient pas. Plus tard ce deuil prendra la couleur de la nostalgie, la mélancolie, le manque. La douleur de l'exil, ce mal que l'on ne peut nommer parce qu'il s'insinue insidieusement dans le quotidien, l'environnement, le visage de l'autre, avec ses non dits, ses sourires et ses rejets.

Le « *Ville de Kairouan* » quitte le port de Tunis pour Marseille. La traversée s'annonce difficile. La mer agitée bat violemment les flancs du navire. Elle est en colère. Victor et Mimi sont silencieux. Plus les côtes s'éloignent, plus leur vie leur échappe. A la quarantaine, ils sont contraints de fuir un monde de violence sans vraiment comprendre quelle faute ils ont commis pour mériter une telle souffrance. Ils fuient pour protéger leurs quatre enfants d'un danger qui les a surpris avec une brutalité qu'ils n'avaient jamais imaginée dans ce pays ensoleillé qui brusquement s'est assombri sous les regards haineux et le fracas des armes.

Cette terre, *leur* terre, celle de leur naissance, de leur enfance bercée de douceur et de lumière, celle qui les a vus grandir, jouer, aimer, les rejette brusquement, sans dialogue et sans sursis. Ils fuient leur maison, leur école, leur église, les plages de sable blond, les jardins parfumés, les fermes familiales, les champs de boutons d'or et les forêts d'eucalyptus. Ils fuient les tombes de leurs proches qu'ils ne fleuriront plus. Ils ne comprennent pas pourquoi ils sont chassés de leur paradis comme des bêtes sauvages.

Victor sait pourtant que sa carrière dans la Marine lui a permis d'atténuer la brutalité de l'exode par une mutation à MARSEILLE dans le corps de Marins Pompiers. Il a pu entasser quelques meubles dans un modeste cadre militaire pour que sa famille puisse se reloger dans une nouvelle vie. Mais quelle sera sa vie ? En France il n'a ni appartement, ni famille, ni ami. Personne qui puisse l'aider.

La houle de plus en plus forte qui accompagne son angoisse lui soulève le cœur. Sa tête tourne, sa respiration se bloque. La foule de désespérés qui arpente le pont lui donne la nausée. Ses forces l'abandonnent. Il se couche sur le sol pour vomir la haine, l'injustice et la colère qui l'habitent.

Personne ne se préoccupe de ce marin malade effondré au milieu des cordages sous le regard étonné de ses enfants qui ignorent tout de ce qui les attend. Ils partent en voyage, en France. L'aîné, un adolescent de quatorze ans, est le plus anxieux. Il a compris qu'il quittait son Lycée, ses amis, sa ville, pour un monde inconnu. Il reste muet durant les jours et les nuits de traversée. La seconde, âgée de douze ans, s'est couchée prés de son père. Figée au milieu des vomissures, elle ne se relève plus jusqu'à l'arrivée du paquebot. La cadette, blottie dans les bras de sa mère, est encore trop jeune pour ressentir la détresse qui l'entoure. Seule ELLE, âgée de dix ans, semble être détachée de ce sinistre spectacle. Elle est dans sa bulle. Affectant d'être indifférente à l'environnement comme elle le fera plus tard dans les situations difficiles, sa seule préoccupation est de savoir pourquoi elle a du abandonner dans la maison le berceau de sa poupée, unique jouet qui lui avait été offert le jour de la fête de Noël organisée par le personnel de l'arsenal. ELLE questionne sans cesse sa mère qui ne *peut* lui répondre.

Comment pourrait-elle expliquer à une enfant que cette population qui fuit son pays ne peut rien emporter. Ni objet, ni argent, ni meubles. Qu'elle doit laisser derrière elle tout ce qui a été son quotidien pour sauver sa peau. Qu'il lui faudra reconstruire ailleurs une autre vie sans se retourner sur son passé pour tenter de l'oublier. Mimi n'évoquera plus jamais ce passé, mais l'enfant n'oubliera pas le berceau abandonné. Elle le cherchera longtemps. Jusqu'à ce jour où à MARSEILLE, au fond d'une boutique d'antiquités, elle retrouvera un jouet identique, garni du même tissu à carreaux roses et blancs. Elle l'emportera comme un trésor retrouvé qu'elle offrira plus tard à sa première petite fille.

Lorsque le bateau accoste à Marseille, ELLE observe les passagers qui se bousculent pour descendre sur le quai, tirant des sacs volumineux et des valises contenant tout ce qu'ils ont pu soustraire de l'abandon. Ils parlent fort, s'interpellent, se pressent sur les ponts. La petite fille a peur brusquement. Elle ne sait pas d'où vient cette peur. De la grisaille du ciel ? De l'asphalte ? De ces étranges buildings qui s'étalent le long des quais comme des sentinelles muettes ? De la foule désordonnée qui se précipite vers un monde de nulle part, un monde hostile dont la tranquillité est troublée par une populace étrangère, un ouragan qui vient polluer ses côtes et ses villes ?

ELLE découvre avec étonnement les feux clignotants qui règlent la circulation. Rouge, les passants doivent s'arrêter. Vert, ils peuvent traverser. A FERRYVILLE, elle parcourait les rues, les champs et les forêts d'eucalyptus en vélo, en liberté. ELLE ignore ce jour-là que toute sa vie se construira autour de cette quête de liberté.

Le temps n'effacera pas la mémoire de son enfance dorée. ELLE recherchera sans cesse la lumière, le soleil, la chaleur, les plages de sa Tunisie natale. La mer chaude des étés méditerranéens. Elle gardera le souvenir de Rosaria

BONGIORNO, sa grand-mère sicilienne, si petite et si brune, trottinant aux côtés de son *viking* d'époux aux yeux azur et à la chevelure couleur de blé, un homme tendre et doux dont cependant l'immense présence imposait le respect. Elle n'oubliera jamais cette grand-mère à l'imagination intarissable dont les contes nourrissaient ses rêves de gosse. Cette paysanne solaire et gaie qui apprenait à ses petits enfants la beauté de la nature et la joie de vivre en fredonnant tout le jour des airs d'opéra.

Dans ce nouveau pays, ELLE est perdue. Elle ne sait plus si elle est française ou tunisienne. Cette terre lui est étrangère. Elle dissimule parfois son trouble derrière des attitudes provocatrices, des insolences, des rejets. Puis elle se met à chanter, à danser. Elle veut faire de la musique, du théâtre et rêve d'une vie d'artiste. Pour endosser des costumes, des rôles. Habiter des personnages de romans. Vivre d'autres vies, dans d'autres univers. Voler des images qui ne lui appartiennent pas pour trouver la sienne.

Rien ne lui est accordé par sa famille dont les fins de mois sont difficiles. ELLE ne se résigne pas. Elle trouve des petits boulots pour être *comme les autres*. Elle vend du savon, fait du porte à porte, distribue des prospectus pour s'offrir une guitare. Lorsqu'elle obtient une bourse d'études pour entrer à l'Université, ELLE trouve sa voie, sa scène, son podium. Elle sera avocate. Elle s'élèvera contre l'injustice et contre toutes les formes d'aliénation. Elle se battra pour la liberté. Pour trouver son chemin, sans fard ni masque.

Son mariage avec un homme de trois ans son aîné, fils d'immigrés grecs fortunés, fera long feu. Leurs passions s'opposent. Elle aime le spectacle. Lui, les salles de jeux. De leurs deux garçons, seul Olivier, le cadet, sera musicien. Il jouera de tous les instruments, sans distinction et sans partition, comme Victor GAGLIANO, son grand père.

Olivier : le petit fils de Victor GAGLIANO

Soixante ans sont passés depuis la déclaration d'indépendance de la Tunisie. Victor GAGLIANO raconte souvent à son petit fils Olivier l'histoire du pays où il est né et qu'il a du abandonner à la hâte pour sauver sa vie et celle de ses enfants.

— Des familles GAGLIANO, PRINZIVALLI, BONGIORNO, SPINELLA, il ne reste que les tombes, aujourd'hui ensevelies sous les ronces dans le cimetière du village, dit-il.

Son discours sombre coule comme une rivière tranquille.

-Le protectorat français aura duré trois quarts de siècle, dit-il. Dans l'histoire du pays, c'est une parenthèse. Dans celle de notre famille, c'est une empreinte indélébile qui a marqué quatre générations de naissances, de mariages, de deuils... De labeur, de sueur, de peine... De fermes, de maisons, de tombes... De joies, de fêtes. Quatre générations de construction d'une nouvelle identité pétrie de patois traditionnel, de dialecte indigène, de langues d'adoption... De cultures mêlées, de goûts apprivoisés, de religions respectées... Dans des paysages de rêve, des plages de sable blanc, des forêts d'eucalyptus, des odeurs de verveine, des bouquets de jasmin, des étendues de boutons d'or, des vignobles à perte de vue, des champs d'orangers, de citronniers, de longues allées de roseaux et des figuiers de barbarie.

— A ton âge, poursuit Victor, j'ai assisté en Tunisie à des fêtes religieuses dans des rues bondées d'ethnies différentes. Lors de la procession du quinze août, des enfants de toutes les nationalités portaient la statue de Marie à la mer, unis dans la même manifestation de joie et d'insouciance. Jusqu'à ce que l'orage s'annonce. Qu'un ciel toujours bleu se charge de nuages sombres et menaçants. Qu'un déluge s'abatte sur un peuple hébété, dans une explosion de colère et d'incompréhension, noyant tout espoir de réconciliation, faisant voler en éclats les jeux d'enfants et les promesses d'avenir. Au nom de la liberté.

Victor raconte comment brusquement le désordre s'est installé au sein d'une population immigrée qui croyait en avoir fini avec les guerres et la haine. Une population déchirée, terrorisée, courant se mettre à l'abri ailleurs, dans d'autres pays, d'autres mondes, loin des hurlements, des armes et de la violence.

— Une masse de siciliens souffre aujourd'hui d'une blessure jamais refermée, transmise de génération en génération, ajoute Victor. Quiconque a le malheur d'émigrer un jour reste étranger partout. C'est la malédiction des migrants.

Le vieil homme raconte la mémoire d'un deuil qui ne peut pas s'éteindre. La mémoire de l'exil.

— Tu es né en France, de parents français, Tu es ancré dans une éducation française. Et cependant deux histoires t'habitent, une italienne par ta mère et une grecque par ton père. Deux civilisations, deux cultures qui portent en elles depuis des millénaires une constellation de luttes, de combats mais aussi de rêves, de légendes, de mythes. Et l'Orient, dans sa fulgurance de traditions, de couleurs, d'odeurs, de musique, a complété ce tableau magique.

— Lorsqu'au cours de tes voyages tu contempleras une cathédrale normande ou un palais baroque à PALERME, un volcan dans les îles LIPARI, des temples grecs à AGRIGENTE, le site archéologique de DELPHES ou l'acropole d'ATHENES, que tu déambuleras au musée de CARTHAGE ou boiras un thé à la menthe au café des délices à SIDI BOU SAÏD, ton histoire t'accompagnera en silence. Une émotion t'habitera et tu te sentiras chez toi, sans savoir pourquoi. Tu auras le sentiment de reconnaitre un chemin que tu croyais n'avoir jamais emprunté. Tu es né français parce que tes ancêtres ont connu l'exil, dont tu es l'un des plus beaux fruits.

— Chacun de nous est le passeur de son histoire familiale, dit Victor. Et chacun de nous crée son histoire à partir de ce qu'on lui a transmis. De réel et d'imaginaire. Il la restitue ensuite comme il peut. On ne reçoit pas seulement des gênes de sa famille mais aussi des récits, colportés au fil des générations, des fragments d'existence que l'on nous raconte et que l'on se raconte ensuite. En se retournant sur le passé, on comprend d'où viennent les peurs, les courages et les audaces. Où se niche la violence, le goût, le génie. Notre existence est reliée à un fil conducteur que l'on ignore souvent et qui pourtant influence nos choix de vie.

Victor est intarissable et le jeune garçon l'écoute avec attention. Il aime ce grand père avec lequel il partage la passion de la musique. Parfois, ils jouent ensemble des airs connus. Le vieil homme prend son saxophone ou son accordéon, l'adolescent sa guitare, sa basse ou son violon. Ils sont heureux et complices. Leur sensibilité les rapproche et les isole d'un monde réel dont ils rejettent l'agressivité et la violence

— En Tunisie, raconte Victor, chaque soir était une fête. Les enfants poussaient les meubles, je jouais des airs connus et ils dansaient. Ta grand-mère se mettait à chanter « *domino, domino, j'ai le cœur comme une boîte à musique*...On était heureux !

— Chez nous la musique a traversé le temps, poursuit Victor, en faisant référence à Leonardo, son aïeul violoniste et à ses ancêtres luthiers. Les violons GAGLIANO portent en eux une noblesse, une perfection, qui les a rendus uniques depuis trois siècles. La beauté de leurs sons est comme celle de l'univers. Infinie, inexplicable, intemporelle et toujours renouvelée. La musique et la nature ne peuvent vivre l'une sans l'autre. Elles se nourrissent l'une de l'autre. Elles sont indissociables. Et ne disparaitront jamais. L'homme de la terre et le musicien se ressemblent. Ils sont pétris de la même sensibilité, de la même énergie. Ce qui les unit c'est leur passion. L'émotion que leur procure la magie de la création, à travers l'immensité des espaces ou l'intensité des sons. Notre famille s'est construite sur ces deux racines profondes. La musique et la terre. Où que nous allions, quelles que soient les contrées sur lesquelles nous passons, quels que soient les chemins parcourus, les temps présents ou les nostalgies du passé, la musique et la terre voyagent avec nous, parce qu'elles sont en nous, indissociables de notre destin, de nos exils. Nous ne serons jamais déracinés parce que notre histoire familiale nous accompagne. Elle est en nous. Nous sommes autant italiens que français par le sang. Et la Tunisie nous habite. Personne ne pourra l'effacer de nos pensées, de nos souvenirs, de ce lien qui continuera à nous conduire en secret au cours des générations.

— Ton frère et toi m'avez souvent fait penser à l'histoire des deux fils de Leonardo, notre illustre ancêtre violoniste. L'un s'appelait Francesco, l'autre Gaetano. Francesco était aussi rebelle et fougueux que Gaetano était calme et posé. Le premier était un révolutionnaire qui a combattu la monarchie, s'est battu jusqu'à sa mort pour libérer sa Sicile natale de l'oppression exercée par la noblesse et le clergé. Le second était plus serein, amoureux de la nature et de la musique bien qu'il ne possédât pas le génie de son père. Et pourtant, ils avaient reçu la même affection, la même éducation mais l'un nourrissait sa colère par la révolte, l'excès, l'autre la diluait dans la musique, la terre. Au fond ils se ressemblaient, mais ils ne manifestaient pas leur tempérament passionné et leurs fragilités de la même façon. Et malgré leurs différences, ils se comprenaient et s'aimaient, comme vous. Ton frère Nicolas trouve sa force dans les sons abrupts, toi tu recherches leur harmonie. Pourtant vous portez la même histoire familiale.

— C'est Olivio GAGLIANO, d'origine française, dont tu portes le prénom, qui le premier a donné ce nom à un fief, ajoute Victor. Son père, baron de Picardie, arrivé en Sicile sous le règne de Frédéric II au 13° siècle, avait reçu du roi des terres dans la région de GALLIPI. A cette époque, les GAGLIANO faisaient partie d'une aristocratie italienne qui au bout de quelques siècles a perdu ses titres et ses terres. Tu sais, beaucoup d'italiens, s'ils fouillent dans le passé de leurs ancêtres, trouvent des traces de ces titres nobiliaires. Ils ont été distribués de façon anarchique et arbitraire pour toutes sortes de raisons qui n'étaient pas toujours nobles. Et ils disparaissaient selon la volonté des vices rois étrangers qui se succédaient. Notre nom s'est répandu depuis le 13° siècle dans les royaumes de Naples et de Sicile et a été transmis au cours des générations. On dit que GAGLIANO vient du latin *Gallus*. Tu vois, finalement, nous descendons des gaulois!

Victor aime revenir sur sa vie dans le Maghreb :

— Avec Mimi, ta grand-mère, on s'est installés en ville, à FERRYVILLE. Dans une maisonnette flanquée d'un petit jardin planté de narcisses autour d'un grand prunier. Ta mère et ses frère et sœurs y étaient heureux. Pourtant on n'avait pas le confort d'aujourd'hui ! Ta grand mère cuisinait sur un *primus* à pétrole. Elle faisait bouillir le linge dans des lessiveuses avec des boules de « *bleu* » sur un brasier dans le jardin et repassait avec un fer à charbon. Nous n'avions pas de salle de bains. Mimi lavait nos gosses dans la cuisine à l'aide d'une grande bassine dans laquelle elle jetait des casseroles d'eau chaude. Et s'ils prenaient froid, elle les soignait avec des fumigations d'eucalyptus.

— La vie de château, dit Olivier en riant.

— Pourtant on était heureux, dit Victor.

— Mimi ne voulait plus de la vie rustre de la campagne où elle avait grandi, poursuit le grand père. Dans la petite ville militaire de FERRYVILLE, elle avait une vraie maison, des amis français, des loisirs. Elle était très coquette et adorait se pomponner pour les promenades sur l'avenue principale que l'on appelait l'avenue de France. Dés les premiers beaux jours, elle passait ses après midis à la plage CELLIER qui dépendait de l'arsenal où je travaillais, où elle emmenait nos enfants après la sieste pour éviter les brûlures du soleil d'Afrique. Sur cette plage aménagée pour les militaires, elle rêvassait jusqu'à la tombée du jour pendant que les gosses se gorgeaient de soleil, de mer et de sable jusqu'à l'épuisement. On ne voulait pas croire que ce bonheur aller cesser. Ni voir la révolte qui couvait au sein de la population indigène. On était nés dans cette contrée. Pour nous, il n'existait qu'un pays, la Tunisie. Qu'un seul village, celui de nos parents, TINDJA. Qu'une ville, la notre, FERRYVILLE. Avec son église, ses commerces, ses avenues. L'école Sainte Agnès où les religieuses apprenaient à nos enfants la langue française, son histoire, sa géographie. Les processions du mois de Marie, les communions solennelles.

— Les enfants ne se doutaient pas de l'avenir qui nous attendait, dit Victor. Dans la rue Lamartine où nous habitions, les jardins étaient mitoyens. Cela facilitait les échanges entre les chrétiens, les juifs et les musulmans. Les gosses jouaient ensemble. Ils ignoraient que tout le monde ne priait pas le même Dieu. Les fêtes des uns étaient celles de tous. Les plats s'échangeaient entre les familles. Les jouets étaient rares. Tout se passait dans la rue.

— La vérité est que nous ne voulions pas voir la réalité. La colonisation, qu'elle se fasse par le biais d'un protectorat ou d'une annexion, prend fin lorsque sa mission est accomplie. En choisissant le protectorat en Tunisie, FERRY avait compris qu'il présentait plus d'avantages qu'une annexion. La présence du BEY sauvait l'honneur des musulmans et facilitait, par sa collaboration, toutes les réformes dont le pays avait un besoin criant. Les indigènes conservaient leur nationalité, leur religion, leurs us et coutumes, leur justice. Ce qui diminuait les responsabilités françaises dans la vie quotidienne, laissait une plus grande autonomie administrative au BEY et permettait une cohabitation plus souple entre les différentes ethnies. Le BEY troquait une part de sa souveraineté contre une véritable protection et l'économie du pays gagnait en prospérité. Le temps a prouvé que la mission de FERRY consistant à vouloir civiliser une contrée qu'il disait « barbare » a entrainé inéluctablement un besoin d'autonomie, de liberté de ce peuple. Cette aspiration était tout à fait légitime. Nous aurions du prévoir que dans un temps plus ou moins lointain, l'Afrique du Nord, évoluée, modernisée, se détacherait un jour de la Métropole. Les hommes politiques auraient du anticiper cette séparation, la préparer, l'expliquer, en amont, sans conflits, sans violence, en ménageant les intérêts de tous. En réalité la rupture a été brutale et a entrainé beaucoup de souffrances et un profond sentiment d'injustice et d'incompréhension.

– Les revendications des indigènes étaient légitimes, poursuit Victor et les responsables politiques n'ont pas voulu les entendre. Les écarts de salaires, la priorité donnée aux fonctionnaires venus de métropole dans tous les postes, l'impossibilité pour les tunisiens d'accéder à la fonction publique, d'acquérir des terres sur leur sol au même titre que les colons, d'obtenir les mêmes avantages que les français, étaient vécus comme une humiliation, une frustration qu'une puissance étrangère leur imposait. Ils se sont révoltés contre toutes ces injustices. C'était à prévoir. Et nous avons été les victimes de cette situation.

– L'exil est une souffrance indicible. Un arrachement, une mutilation. Personne ne quitte son pays, le lieu de sa naissance, les souvenirs de son enfance, sans éprouver une immense douleur et une profonde angoisse devant l'inconnu.

— Lorsqu'on a du quitter précipitamment la Tunisie, Mimi et moi avions quarante ans. Ta grand-mère ne connaissait ni la France, ni l'Italie, et pas même la Tunisie dont nous n'avions jamais fait le tour. Elle a été très courageuse. Pourtant nous n'avons pas toujours été bien accueillis par certains métropolitains qui nous traitaient de colons.

Olivier regarde en souriant le cadre dans lequel son grand père a agrafé ses seize médailles. Victor les énumère : Croix de guerre, Médaille militaire, Ordre national du mérite, Croix de combattant, Etoile civique, Reconnaissance de la Nation. Nichan Iftikhar et autres citations...

— J'ai fait une carrière militaire, dit Victor, et cependant j'ai été soumis en ma qualité de naturalisé au code Beylical qui ne donnait pas du tout les mêmes droits que le code Métropolitain destiné aux français de souche. La France faisait la différence entre les français nés en France et ceux qui étaient nés en Tunisie.

— C'est une injustice, répond l'adolescent.

— C'est vrai. Mais j'ai le sentiment que la musique prenait tant de place pour moi qu'elle cachait la réalité de cette situation complexe.

Ils reprennent leurs instruments et se remettent à jouer.

Un soir Victor évoque avec son petit fils sa famille sicilienne.

— Il y a une tradition de malheur qui s'abat depuis des siècles sur les siciliens, dit-il. Tous les parents de mes cousins éparpillés aujourd'hui entre l'Italie, la France et les Etats Unis, qui ont émigré au dix neuvième siècle, fuyaient la misère qui sévissait en Sicile après l'unité italienne. Ils ont quitté leur pays, leurs traditions, leur culture, pour s'exiler sur une terre étrangère où ils ont travaillé durement pour reconstruire leur vie, fonder une famille, nourrir leurs enfants. En 1914, beaucoup d'entre eux, exilés dans le Maghreb, sont morts pendant la guerre en combattant aux côtés de la France. En 1939, ils ont du choisir entre la France et l'Italie. Entre le pays de leurs racines et leur pays d'adoption. Quelque soit leur choix, ils étaient piégés. Pour les uns, ils étaient des traitres, pour d'autres des vendus. S'ils devenaient français, ils partaient au front, méprisés par leurs frères italiens contre lesquels ils devaient se battre. S'ils restaient italiens, ils étaient réquisitionnés pour le travail obligatoire par les allemands puis déportés dans des camps de concentration par les français ou affectés de nouveau au travail obligatoire. S'ils choisissaient de se battre en Italie, ils ne pouvaient plus revenir en Tunisie. La France les expulsait pour avoir combattu aux côtés des forces ennemies. Leur seul espoir était de voir un jour la Tunisie devenir italienne. Alors ils criaient « *Tunisia Nostra* » et Mussolini se pavanait.

— Que sont-ils devenus après l'indépendance de la Tunisie ? Demande le jeune garçon.

— En 1956, ils ont été confrontés au même dilemme, répond Victor. Ils quittaient sans un sou leur pays natal et ils parlaient deux langues, le sicilien et le français. Les uns, enracinés dans le passé de leurs ancêtres, ont tenté l'aventure en Italie. Les autres, plus ouverts à la culture française, nés dans un pays sous protectorat français, qui avaient fréquenté les écoles françaises, appris la langue française, travaillé pour la France, ont débarqué dans des ports français après avoir traversé la Méditerranée durant des nuits et des jours, parfois sans papiers, entassés dans des paquebots avec d'autres émigrés qui comme eux prenaient la route de l'exil pour arriver dans un pays inconnu alors qu'ils n'étaient ni français, ni tunisiens mais originaires par leurs ascendants d'une Italie qu'ils ne connaissaient pas. Quelques années plus tard, d'autres migrants venant d'Algérie, pourtant français, ont vécu le même chagrin.

Ce malheur qui se répandait comme un tsunami sur les côtes métropolitaines était insupportable pour la population française qui se demandait comment son pays aller absorber une telle invasion. Ces immigrés ont eu du mal à reconstruire leur vie. Pourtant aujourd'hui tous sont fiers de leurs enfants et de leurs petits enfants qui comme toi ont fait des études ou exercent des professions honorables.

— Es-tu retourné en Tunisie ? Demande Olivier.

— Jamais, dit Victor. Je pense que parfois il ne faut pas revenir sur les lieux de son enfance. Ils ne restituent que des larmes. Le retour tue le rêve et l'imaginaire.

— Ta grand-mère est retournée seule à TINDJA peu de temps après notre départ pour enterrer son père, Vito BONGIORNO. Elle n'a ensuite plus jamais voulu parler de la Tunisie, ni entendre le dialecte sicilien. Elle a tiré un trait sur son passé, du moins le croit-elle. Elle est française. C'est un vrai choix, délibéré, définitif, sans contestation possible. Pour éviter de parler de ses origines lorsqu'on la questionne sur la blancheur de sa peau, ses yeux clairs et sa chevelure blonde, elle répond qu'elle est bretonne. Elle cache sa douleur derrière ce mensonge. Elle ne veut pas transmettre son chagrin à sa descendance. Sa Tunisie est morte avec son enfance, ses parents, ses souvenirs.

— Un jour ELLE, ta mère, y est allée en vacances, poursuit Victor. Elle a rapporté des photographies de TINDJA, de FERRYVILLE. Mimi a refusé de les voir. Il a d'ailleurs mieux valu que ce tourment lui soit épargné. Tout a changé. Les rues ont été débaptisées, comme les villages. A FERRYVILLE, qui porte aujourd'hui le nom de MENZEL BOURGUIBA, l'église n'a plus de clocher. L'école Sainte Agnès est devenue une école privée de filles. Pour prendre des clichés, ta mère a du se cacher de la police. La maison n'est plus reconnaissable. Le jardin au grand prunier a été transformé en une cour bétonnée. L'accès de l'arsenal où mes enfants venaient me rendre parfois visite le dimanche, est interdit au public. La plage CELLIER avec ses cabines de bain, son sable blanc, ses rochers, sa digue, est abandonnée. A TINDJA, dans la propriété de Vito BONGIORNO, il n'y a plus de champs d'orangers, de grenadiers ni de citronniers. Les vignobles ont disparu. Il n'y a que du foin, étendu à l'infini. La ferme avec sa tonnelle, ses bancs de pierre et ses massifs de belles de nuit, est clôturée par des murs de béton. Le hangar où se trouvaient le four à pain, les cuves, les pressoirs, est inaccessible, condamné par un cadenas. Et le bassin dans lequel les enfants jouaient est asséché, rempli de bidons, de tuyaux et de vieux seaux. La terre que ton arrière grand père a eu tant de mal à creuser, retourner, fertiliser pour transformer des marécages en une magnifique campagne, ne produit plus de fruits. La ferme mitoyenne de l'oncle Peppino SPINELLA appartient à un tunisien fortuné qui habite en Suisse et possède de nombreux hectares de terres à TINDJA. Un gardien y loge durant l'année lorsque le propriétaire est absent. Quant au cimetière, ta mère n'a pas retrouvé la tombe des GAGLIANO où sont enterrés mon père Gaetano, mon frère et mon grand père Nardo. Tous les caveaux sont effondrés. La chapelle des BONGIORNO est envahie par les herbes sauvages. Les portraits, les ornements, les vases ont disparu. Le portail est brisé, les murs lézardés. Quoiqu'il en soit, il parait que ce cimetière abandonné sera bientôt détruit pour la construction d'une autoroute. C'est la raison pour laquelle ta grand-mère refuse de voir ces photographies. Elle préfère garder dans son souvenir les images de son enfance.

— Combien d'erreurs auraient pu être évitées, ajoute Victor, pour que les italiens et les tunisiens poursuivent une cohabitation chaleureuse et harmonieuse. Ils s'entendaient parfaitement et beaucoup d'indigènes ont pleuré au départ des paysans siciliens. La Tunisie n'est pas encore au bout de ses peines. Il lui faudra parcourir encore un long chemin avant qu'elle retrouve la sérénité. C'est ce qu'il faut lui souhaiter.

Un soir Victor confie un secret à son petit fils. Il lui parle de ce violon GAGLIANO transmis de génération en génération.

— Lorsque ta mère s'est rendue en Tunisie, elle est allée dans la maison de mon grand père Nardo à CHEBAOU, dit-il. C'est lui qui possédait le violon. Un magnifique instrument qu'il a sorti d'un étui poussiéreux pour que je le voie lorsque j'avais ton âge. Il l'avait caché derrière la mangeoire des chevaux et m'a montré la cachette pour qu'un jour, après sa mort, je vienne le récupérer. Je lui en ai fait le serment. Lors de l'indépendance de la Tunisie, je suis parti précipitamment en Métropole comme tous les français. On ne pouvait rien emporter. J'ai juré qu'un jour je reviendrais. C'est ta mère que j'ai chargée de cette mission. Malheureusement, le violon a disparu. ELLE a cherché partout. Les indigènes qui occupent la maison l'ont autorisée à fouiller dans la grange, les dépendances, sans succès. Lorsqu'elle leur a parlé du violon, l'un d'entre eux lui a expliqué que des tunisiens avaient habité la ferme avant eux et qu'en partant ils avaient emporté plusieurs objets ainsi que des meubles pour les vendre. Il avait entendu parler d'un instrument de musique que les précédents occupants avaient trouvé. Ils l'avaient certainement vendu. Il ne savait pas où se trouvait cette famille. Depuis le retour de ta mère, je suis très malheureux. Je pense sans cesse à cet héritage précieux que je n'ai pas pu protéger. Il était l'âme de notre famille GAGLIANO. Le témoignage de notre histoire.

X

Un soir de Noël, Olivier écoute un concert donné dans la cathédrale de PRAGUE par des jeunes gens de son âge. Une sonate de Mozart l'immobilise sur les marches de l'église. Suivie par des airs de Vivaldi, Bach, Haendel que le groupe de jeunes musiciens joue avec gaité, sans se préoccuper des curieux qui stationnent le long de la nef. A la fin du concert, une jeune violoniste range son instrument dans un étui et se dirige vers le pont San Carlo. Olivier la suit. Elle s'installe entre deux immenses statues baroques, sort le violon de son étui qu'elle pose sur le sol à côté d'un chapeau offert à la générosité des touristes.

Emus par le spectacle de la vieille ville, les badauds semblent indifférents à la musique qui envahit les rues, les places, les monuments publics et les églises dans une Tchécoslovaquie qui ne s'est pas encore totalement émancipée de l'empreinte communiste.

Olivier écoute, longtemps. La jeune fille semble aussi pauvre que belle et talentueuse. Elle lui sourit et lui parle dans une langue que le jeune garçon ne comprend pas. Un touriste s'approche et traduit : — Elle raconte qu'un musicien tunisien qui jouait à PRAGUE lors d'un festival lui a offert l'instrument il y a quelques mois. Elle demande si vous souhaitez l'acheter.

— L'acheter ? répond surpris Olivier.

— Elle est peut-être dans le besoin, dit l'homme.

— Un tunisien, à Prague ! se dit Olivier en pensant à l'histoire que lui a racontée Victor, son grand père. « *Des tunisiens qui ont habité la ferme de Nardo GAGLIANO ont emporté divers objets et un instrument de musique qu'ils ont certainement vendu* », lui avait-il dit.

Olivier fouille dans ses poches et tend à la jeune fille toutes ses économies. La musicienne arrache les billets, lui donne son violon et part en courant, sans se retourner.

X

2017 : Olivier est mort à quarante et un ans. Trop vite, trop jeune, trop tôt. Tué par un crabe qui a sournoisement dévoré ses reins, son foie, ses poumons durant quinze ans. Un mal qui ne lui a laissé aucune chance de continuer à jouir de la vie qu'il s'obstinait à construire malgré les douleurs, la menace et la peur. Depuis sa naissance, un nuage de tristesse voilait son regard. Un poids invisible l'écrasait, contre lequel il luttait obstinément pour tenter de conjurer un destin douloureux. Il répondait à cet ennemi invisible par une immense énergie, un désir de construire, d'avancer, toujours plus loin, toujours plus vite.

Il ignorait que le sort l'avait élu pour porter un lourd capital génétique qui avait traversé le temps et l'espace. Pour transmettre un héritage familial chargé de siècles de malheurs, de maladies, d'injustices, de luttes, de violence, d'exil dont il était le dépositaire et le passeur. Une mémoire d'enfants morts, de pères disparus trop tôt dont il était le comptable inconscient. Il subissait la malédiction de générations d'enfants sans pères. Le sien était parti sans lui laisser le temps de partager quelques années de vie commune. Alors il s'était recroquevillé sur sa souffrance. Et de sa douleur était né son génie.

De ses ancêtres GAGLIANO il possédait la passion de la musique. « *Enfant, tu dessinais les notes de solfège avant d'écrire les lettres de l'alphabet,* » lui disait ELLE, sa mère. Il jouait de tous les instruments qu'il collectionnait et entassait de la cave au grenier. Pianos, batteries, trompettes, flutes, saxophones, guitares, basses, mandolines, cornemuses, se côtoyaient sur le sol et sur les murs. Il ne s'était jamais séparé de son violon. Il ne pouvait pas respirer sans les sons qui se répandaient partout dans sa chambre ou son jardin. Haendel, Mozart, folk, pop ou jazz, peu importait pourvu que la musique l'accompagne. La nuit, il composait des morceaux pour son groupe d'amis musiciens qui lui étaient fidèles depuis l'enfance. Personne ne se doutait qu'il noyait un profond chagrin dans la gaité de ses concerts. Parce qu'il riait aux éclats et répandait de la joie.

De sa famille BONGIORNO, il avait hérité d'un profond amour de la nature et des animaux. Depuis son plus jeune âge il remuait la terre des heures durant, plantait, taillait, dépotait, rempotait. Le jardin était son royaume. Les animaux ses amis. Il les nourrissait, les soignait, les pleurait lorsqu'ils disparaissaient.

Très tôt agrégé des universités, il enseignait à des étudiants fascinés par son humour et son intelligence, des matières difficiles qui par son discours devenaient accessibles. Il leur parlait de culture, d'art, de beauté. Puis il invitait ses élèves, ses collègues, ses amis, à jouer de la musique dans la cour d'honneur de la faculté. Chacun prenait son instrument et le groupe improvisait. Parfois, lors du festival lyrique d'Aix en Provence, des musiciens quittaient le Palais de l'Archevêché, traversaient la rue pour se joindre à eux et donnaient un concert insolite. La cour d'honneur, qui raisonne toujours de tous ces sons joyeux, porte aujourd'hui son nom.

ELLE, sa mère, était seule à savoir que derrière sa magnifique intelligence, son immense sensibilité et sa tendresse infinie, cet être solaire cachait des maux qui le torturaient. Il avait peut-être compris qu'il était venu au monde pour payer une dette inconnue. Que son existence était sacrificielle. Et qu'elle serait courte.

Alors le soir, lorsque les ombres de la Sainte Victoire envahissaient sa maison Aixoise, il sortait son violon de l'étui de velours vert et jouait pour calmer ses peurs, ses angoisses, ses douleurs. Seul dans la campagne endormie. Pour oublier que le temps lui était compté, qu'aucun avenir ne lui serait accordé, que la mort le guettait, lui qui aimait tant la vie, lui qui était pétri de tant d'amour à distribuer, de tant de joies à partager, à transmettre. Il savait qu'aucune grâce ne lui serait accordée mais qu'il devait combattre encore de toutes ses forces défaillantes pour faire reculer l'échéance cruelle qui l'attendait. Il avait demandé qu'on l'enterre au soleil, dans la nature, si le pire devait arriver.

X

ELLE a accompagné son enfant jusqu'à sa tombe dans le petit cimetière d'un village provençal au pied de la Sainte Victoire, cette montagne qu'il avait choisie et tellement regardée de sa fenêtre pendant des années. Il lui avait tout confié, jour après jour, ses joies, ses terreurs, ses souffrances. La montagne restait immobile du haut de ses lignes de crêtes en lui répondant dans le langage de la nature. L'été, ses pierres blanchissaient au lever du soleil, inondant la terrasse du jardin d'une lumière vive qui réchauffait les grappes de raisin, ouvrait le cœur des roses, parfumait le jasmin et offrait les deux chattes, Tabata et Mini, aux caresses du matin. Il remerciait le ciel de lui offrir encore un jour de vie dans ce décor paradisiaque. Au printemps, il observait les caprices du ciel, les arcs en ciel après l'orage, les bourgeons qui annonçaient les amandiers en fleurs et le tapis de verdure qui s'étalait au pied de la montagne. Il recommençait à espérer. Survivre avec la belle saison. Avoir le temps. Oublier les tiroirs remplis de cachets, les piqures, les scanners, les troubles qui agitaient son corps souffrant, les crampes, les hémorragies, les brûlures, les douleurs. Faire encore des projets de vie, de voyages, de fête, de plaisir. Parfois il pleurait, seul, de colère, de chagrin, de désespoir. Puis il repartait dans sa vie tourmentée pour l'apprivoiser encore, quémander un peu de repos, une once de bonheur, une parenthèse de malheur. Il transformait son jardin en lieu de fête, invitait ses amis, sa famille, se déguisait, gonflait des ballons de toutes les couleurs, allumait des bougies, des lanternes, distribuait du plaisir pour recevoir de l'amour. Pour qu'on ne l'oublie jamais.

Un jour, l'automne était arrivé. La montagne avait repris sa couleur de pierre. Les arbres dépouillés ne cachaient plus leur chagrin. L'horizon était devenu gris et sa mère parlait d'une voix calme pour ne pas pleurer. ELLE savait. Lui aussi savait. Il savait que l'hiver approchait, que ses forces l'abandonnaient, que son gosse grandirait sans père, que le temps rétrécissait. Alors il prenait son violon, sa guitare ou sa mandoline et jouait doucement devant le berceau de son enfant pour ne pas hurler de rage. Le froid parcourait ses membres glacés. Il allumait des feux dans la cheminée mais n'avait plus la force de transporter le bois. Son corps refusait les nourritures terrestres. ELLE, la mère, l'observait en silence, figée dans l'angoisse et l'attente. L'attente de ce qu'on ne peut nommer. L'attente d'un sursaut, d'un miracle, d'un réveil. La fin d'un cauchemar. Elle courait dans les églises pour allumer des cierges, elle priait, suppliait. Elle retrouvait la foi de son enfance et les incantations de ses aïeules, les sorcières siciliennes.

Mais le pire était arrivé. Depuis qu'on lui avait volé le sourire, la voix, la douceur de ce fils, ELLE refusait d'entrer dans ces lieux de prière. Elle se disait que Dieu l'avait abandonnée. Alors elle poursuivait son chemin, sans s'arrêter.

Lorsque le cercueil entra dans la Cathédrale d'Aix en Provence, devant la foule qui se pressait sur le parvis, ELLE se dit que son enfant avait été un don du ciel par tout l'amour qu'il avait donné, un immense amour que tous ces inconnus étaient venus lui témoigner pour lui rendre un dernier hommage. Elle avait mis au monde un ange que le ciel lui reprenait.

Alors les orgues, les violons, les flutes se mirent à jouer pour lui. Il avait demandé qu'une musique l'accompagne à la sortie de l'église. « *Good Bye Mama* » chantait l'interprète de *Bohemian Rapsody*.

Son frère parla de lui en évoquant « *sa légèreté et sa profondeur* ».

X

Longtemps plus tard, ELLE découvrit, caché dans la cave, un étui poussiéreux oublié au milieu de cartons et de vieux dossiers. Lorsqu'elle ouvrit la boite, le violon apparut. Il semblait avoir été abandonné dans ce lieu humide et obscur pour être soustrait à des regards hostiles. Elle prit l'objet dans ses mains. Il avait été abimé par le temps. Le vernis craquelé avait perdu son éclat. L'archet était fendu et les cordes brisées. Des pièces d'érable, détachées de l'ensemble, étaient posées sur un velours râpé. ELLE ne comprenait pas pourquoi son enfant avait caché en secret cet instrument qu'il aimait tant. Alors elle le reposa dans son étui, l'enveloppa d'une couverture et se rendit chez un luthier. L'homme, en silence, examina l'instrument.

-Il est très beau, dit-il, et très vieux. C'est une pièce magnifique et rare. J'espère pouvoir lui rendre sa splendeur d'autrefois.

Lorsque le luthier ouvrit l'étui, quelques semaines plus tard, ELLE découvrit le chef-d'œuvre. L'équilibre de ses formes, l'éclat de son vernis couleur de miel étaient une alliance de perfection et de beauté. L'homme s'approcha de la fenêtre, prit l'archet et joua doucement tandis que des éclats dorés se reflétaient dans la lumière du jour.

X

Quelques mois plus tard, ELLE écoute un concert donné en l'honneur de son fils. Un jeune violoniste, dans le silence de la salle, joue Gluck, Schumann, Debussy, Brahms, sur l'instrument magique.

Par la fenêtre, elle regarde le ciel. Elle aperçoit l'âme de son enfant et celle du violon qui s'envolent avec les arpèges, l'une contre l'autre, avant de se perdre dans la poussière des étoiles.

ELLE se penche alors sur son petit fils César, assis à ses côtés :

– Ce violon est celui de ton père. C'est un héritage de notre ancêtre Leonardo GAGLIANO, violoniste célèbre. Plus tard, je te le confierai, lui dit-elle. Tu devras en prendre grand soin !

Ainsi se poursuit le chemin de l'exode. Il coule comme l'eau d'une rivière, sur des roches escarpées, des cours asséchés. Il traverse des continents, disparait puis réapparait, pénètre dans la terre, la fertilise de saison en saison pour nourrir ses enfants, ces fruits de l'exil qui suivent le cours irréversible de leur histoire familiale.

X

IMPRIM'VERT
Achevé d'imprimer en janvier 2021
Dépôt légal : janvier 2021